金　山　海南大学外国语学院教授、日本九州大学比较社会文化博士、硕士生导师。海南省有突出贡献的优秀专家、宝钢教育基金会优秀教师奖获得者、海南大学（合并后）首届十佳教师。

译者简介

金　山　海南大学外国语学院教授、日本九州大学比较社会文化博士、硕士生导师。海南省有突出贡献的优秀专家、宝钢教育基金会优秀教师奖获得者、海南大学（合并后）首届十佳教师。

中国书籍·学术之星文库

浮云

[日] 林芙美子◎著　金　山◎编译

中国书籍出版社
China Book Press

图书在版编目（CIP）数据

浮云/（日）林芙美子著；金山编译．—北京：
中国书籍出版社，2017.3
ISBN 978-7-5068-6047-5

Ⅰ．①浮…　Ⅱ．①林…②金…　Ⅲ．①长篇小说—
日本—现代　Ⅳ．①I313.45

中国版本图书馆 CIP 数据核字（2017）第 025044 号

浮云

（日）林芙美子著　金山编译

责任编辑　张　文
责任印制　孙马飞　马　芝
封面设计　中联华文
出版发行　中国书籍出版社
地　　址　北京市丰台区三路居路 97 号（邮编：100073）
电　　话　（010）52257143（总编室）　（010）52257153（发行部）
电子邮箱　chinabp@ vip. sina. com
经　　销　全国新华书店
印　　刷　北京彩虹伟业印刷有限公司
开　　本　710 毫米×1000 毫米　1/16
字　　数　287 千字
印　　张　16
版　　次　2017 年 4 月第 1 版　2017 年 4 月第 1 次印刷
书　　号　ISBN 978-7-5068-6047-5
定　　价　68.00 元

版权所有　翻印必究

目　录
CONTENTS

林芙美子的长篇小说《浮云》

导　读

一

“花的生命是短暂的，而人世的苦难却是漫长的”。这两句诗是日本著名女作家林芙美子（1903—1951）的名句，也是她跌宕起伏的人生经历的真实写照。在她母亲的出生地——鹿儿岛的樱岛，至今仍竖立着刻着这两句诗的文学碑。正是在那里，林芙美子的母亲与一位行商相识，之后在下关生下了她。后来，她的父亲因与一位艺妓相好，而将她的母亲逐出了家门。母亲带着她过了相当长的一段流浪生活，之后又与一位小自己20岁的行商走到了一起。为了生计，母亲和继父带着她辗转于九州和中国地区，遍历世间辛酸，最后定居在了广岛县尾道市。小学毕业后，已经在文学方面初露才华的林芙美子在老师的推荐下，升入了尾道市立高等女子学校这座只有有钱人才可以进入的贵族学校。为了筹措学费，她不得不在夜间偷偷地跑去一家帆布厂打工。穷困的家庭环境、平凡的外貌，在她幼小的心灵里投下了自卑的阴影，使得她不愿意与人接触。孤独的她常常一个人躲进图书馆，沉浸在美妙的文学世界里①。其间，共同的文学爱好让她与一位大财主家的公子相爱了。由于悬殊的门第之差，这段恋情受到了男方家的极力反对。尽管如此，她还是在毕业后毅然追随到明治大学读书的恋人来到了东京，开始了同居生活。然而，这段恋

① 林芙美子．文学自传［A］．现代日本文学大系69［M］．东京：筑摩书房，1969. 429.

情并没有持续多久，在父母的压力下，男方最终还是抛弃了她。饱受失恋之苦的林芙美子，此后又先后与演员田边若男、诗人野村吉哉度过了一段同居生活，却都没有长久，直到后来遇到了学画的学生手塚绿敏，她的感情生活才算稳定了下来①。在东京期间，文学成了林芙美子唯一的追求和寄托。为了实现心中的文学梦，艰苦的创作之余，她先后做过女仆、女工、女招待，尝尽了人间的酸甜苦辣。这一段社会最底层的生活经历，为她日后的文学创作打下了深厚的生活基础。

1930 年，林芙美子发表了长篇自传体小说《放浪记》。小说中女主人公每到家中穷困潦倒、食不果腹之时，便不得不一次又一次地出入欢场，卖笑求生。而每次被发现之后，却还要忍受丈夫冷漠无情的拳脚相加。尽管我们不能将小说的主人公与作家完全地等同起来，但是从她的身上我们还是可以体会到一位精神上极其高贵雅致的女子，在现实世界中却必须以出卖尊严、吞咽屈辱来苟且偷生的痛苦。正如水与火的难容，天与地的差异，当它们匪夷所思地出现在同一个人的身上时，我们简直无法想象，那种心灵深处的苦痛该有多么的巨大。

有人称林芙美子为“日本的萧红”，在战乱的光景中她们都曾是才华满腹却又时运不济的女子。然而，与幼时家境富裕、深受祖父宠爱的萧红相比，林芙美子的一生却更为悲苦。苦难自始至终纠缠着她，即便在她成名之后也从未摆脱。然而，正是这诸多的苦难，给了这个命途多舛的女人无穷无尽的创作源泉和动力。从这一意义上讲，苦难或许正是她荣誉的勋章、创作的力量，让她无法止步，不敢懈怠。

《放浪记》一经问世便成为畅销书，林芙美子也凭借着这部作品一举确立了其流行作家的地位。之后的岁月里，林芙美子依旧笔耕不辍，一生共创作了 270 余部各种体裁的文学作品。

综观林芙美子的作品，最具代表性的除《放浪记》之外，当属晚年所著的短篇小说《晚菊》② 及长篇大作《浮云》③。前者获得了第三届日本女流文学奖，后者《浮云》则被认为是集林芙美子创作才能之大成的传世之作。从 1949 年至 1951 年，林芙美子为写作《浮云》耗尽了心血。她的死，与小说的完成之间，仅仅隔了短短的三个月。这部以反战和恋爱为主题的作品被评价为“不仅是林芙美子个人的代表作，也是日本战后小说中的一部杰出之作”④，先后被收录进日本多家出版社的文学作品集中。小说的男主人公富冈，更是被评

---

① 平林たい子．解说［A］．林芙美子．放浪记［M］．东京：新潮文库，2005. 567 – 569.

② 刊载于《别册文艺春秋》，1948. 11.

③ 前篇 1949. 11 – 1950. 8 刊载于《风雪》、后篇 1950. 9 – 1951. 4 刊载于《文学界》.

④ 日本现代小说大事典［M］．东京：明治书院，2004. 97.

价为"日本战后颓废精神的最典型代表，是一个可以填补日本战后文学史空白的形象"①。在小说中，林芙美子以战后混乱颓废的日本社会为背景，用女作家特有的细腻笔触，描写了战争中于异国越南相识相恋的农林技师富冈和打字员由纪子，回到日本后的一段欲罢不能、藕断丝连而又充满痛苦的爱情故事。作品通篇洋溢着透入骨髓的哀惘，深得日本古典美学之三昧。

1951年6月27日，日本昭和时期（1926－1989）最具代表性的作家之一林芙美子因心脏病发作猝然长逝，年仅47岁。而《浮云》也成了她人生的最后一部长篇小说。值得一提的是，日本文学巨匠诺贝尔文学奖获得者川端康成，亲自担任了林芙美子丧礼委员会的负责人，她在日本文坛的地位由此也可窥见一斑。

二

爱情之所以是文学永恒的主题，是因为它出自人的本性，是人类社会生活中不可或缺的一种情感。古往今来，无数的哲人文士苦苦地探索爱的本质，提出了各种不同的学说。其中最为著名的当属柏拉图的"精神恋爱说"。该学说从人的精神需要出发，认为爱情是一种纯粹的精神性的活动，是人的灵魂对于"美"的本体眷恋的表现。而与之相对立的学说则从人的生理需要出发，认为爱情是根源于人的肉体需要而产生的一种欲念。它的直接目的是追求肉欲的满足，是一种纯粹的生物本能②。尽管两种学说相互对立，但却都是从人的自然属性，即个体的人的角度出发去解析爱的本质，而忽略了人的另一种属性，即社会属性。正如社会学家们所指出的，人既是一种自然的存在，同时又是一种社会的存在，受各种社会因素的影响。人的这种两重性决定了爱情也必定同时具有自然属性和社会属性，它的产生过程除了人的自然需求外，也不可避免地会受到社会需求的影响。例如，在原始的群落社会中，人们的社会关系比较简单，爱情主要表现为男女之间的自然性爱，受经济、政治、文化等的影响并不大。然而，随着人类生产能力的发展、文明程度的提高、文化沉积的增厚，爱情不再是单纯的自然性爱，而要受政治利益、财产、社会地位和名誉等各种社会因素的左右③。所谓的"门当户对"反映的便是这种社会需求。由此可见，

---

① 平林たい子．解说［A］．日本文学47［M］．东京：中央公论社，1964.

② 张卫东、杨学传．爱情的哲学思考［J］道德与文明．2003（3）．

③ 同上。

爱情是一种融人的自然属性和社会属性为一体的复杂情感。当然，在笔者看来，其中的自然属性既不是柏拉图所说的纯粹的精神性的活动，也不是单纯的肉体欲望，而是集精神活动和肉体欲望于一体的综合性情感。由于人的自然需求和社会需求并非总是和谐统一的，所以当事人之间也总会产生各种各样的矛盾和痛苦。《浮云》中男女主人公的曲折经历便源于这种自然需求和社会需求的矛盾。

首先让我们回顾一下小说的故事梗概。女主人公由纪子为了摆脱与伊庭的畸形关系随军前往越南大叻，在那里邂逅了已有家室的农林技师富冈。安逸舒适的环境和难以忍受的心灵孤寂，让二人走到了一起，开始了一段恋情。战败后他们先后回到了日本，可是富冈却始终走不出战败的阴影，变得颓废而自暴自弃，对由纪子的感情也日渐淡薄。失望中，由纪子自甘堕落、流落风尘，但在内心深处却始终无法忘记富冈。在对越南生活的共同回忆中，他们曾一度重拾旧日的恋情。不久，由纪子怀了孕，可富冈却又陷入了与他人的情事。万般无奈之下，她选择了堕胎，并重新成为已是新兴宗教组织骨干的伊庭衫夫的情妇。然而，当先后失去了情人和妻子、生活陷入穷途的富冈找上门来时，由纪子心中沉寂的爱情再一次被点燃。她带着从教会偷出的一笔巨款，追随富冈去了屋久岛，最后悲惨地死在这座南疆孤岛上。

在这段曲折离奇的故事中，我们很容易注意到这样一个现象：尽管由纪子始终深爱着男主人公，而且一直在大胆地追求，可是在几次的分分合合中，她却始终处于一种被动的地位，他们的爱完全是一种非对称的爱情。这与作家本人在一次次的大胆追求之后，又被一次次无情抛弃的感情经历如出一辙。由此我们不难看出，在作家的眼里男女之爱就是一种非对称的爱情。那么，在她看来男女之爱的这种非对称性，又是如何产生的呢？

小说中，无论是富冈还是由纪子，他们对于对方的爱都包含着自然需求和社会需求，是一种综合了两种需求的统一体。然而，仔细地分析一下，我们就可以发现，在两个人的爱中，自然需求和社会需求所占的比重和地位却是截然不同的。

首先，从由纪子的角度看，她对富冈的爱以一见钟情开始，以为爱献身结束。尽管她也曾流落风尘，或者委身于自己并不爱的伊庭，但这两段经历都发生在她被富冈冷落或者抛弃的情况之下，是为了自身的生存而不得不作出的选择。在内心中，她对富冈的爱一刻也没有改变，完全称得上是至死不渝。这种爱虽然也包含着经济上的依赖等社会需求，但更多的却是出于感性的、对于对方肉体的迷恋，即所谓的自然需求。她对富冈身上的那种独特的男性体味

"如痴如醉"，对他做爱时的野性力量更是"刻骨铭心"。为了这种迷恋，她可以不理会未婚男子加野的穷追不舍，冒着社会舆论的压力投身已为人夫的富冈的怀抱；也可以抛弃伊庭赋予她的贵妇人式的生活，跟随在经济上毫无保证的富冈远走他乡。尽管她知道富冈依旧是那个禀性难移的花花公子，自己随时都有被抛弃的危险。她对富冈的爱可以说是既简单又纯真，相反也正因为简单、纯真才显得格外地执着，给人以强大的震撼力。

其次，从富冈的角度看。他对由纪子的爱除了纯粹的自然需求之外，始终受各种社会因素的影响。在越南，富冈原本已经有了一位情人。初遇由纪子时，他不仅没有任何好感，甚至还对这个独自来到越南的年轻女人大加讽刺。然而当他意识到由纪子听出了他的话外之音，是一个可以与他进行深层次沟通的同一民族的女性时，态度却立即发生了变化。在这里，民族和语言成了他对由纪子产生爱情的关键因素。战后，富冈重新回到了自己的家庭。出于对妻子和父母的责任感，他选择了与由纪子分手。之后，对于越南生活的共同回忆，让他和由纪子重新走到了一起。其间，出于对生活的绝望，他带着由纪子去了伊香保，准备在那里自杀。然而，当年轻的阿清出现时，他又产生了借助阿清重振生活勇气的想法，为此再一次抛弃了由纪子。此后，他相继遭遇了阿清被杀、妻子病逝的变故。生活上的穷困潦倒迫使他重新找到了由纪子，二人的感情以富冈借钱为契机再一次死灰复燃。透过这一连串的变化，我们可以看到富冈对于由纪子的爱总是受各种社会因素的左右，他对爱情的追求更多的是出自社会需求。也正因为如此，他对爱情的态度才显得自私而易变，在一系列的感情纠葛中始终是变化在先，占据着主导地位。

综上所述，男人追求爱情主要出自社会需求，所以自私而易变；女人追求爱情更多的是自然需求，所以无私而痴情。这就是作家在小说中所表现的爱情观，也是作品中男女主人公之间的非对称的爱产生的原因。尽管有学者从女权和社会性别的角度解读林芙美子的小说，认为她的作品意在表现女性对自我和自由的追求，揭露社会对女性的束缚和迫害①，但在笔者看来，这种对于爱情本质的认识，即爱情观才是作家所要表现的最根本的思想，至于女权意识和社会性别其实不过是这种思想的表现形式和结果而已。

小说中，作家几次借女主人公之口怒斥富冈爱慕虚荣，水性杨花，就像是莫泊桑《俊友》中的那个把女人当作梯子向上爬的男主人公。这表明在她的眼中爱不应该过多地受社会需求的左右，而应以自然需求为主。然而，正如作

① 张丽、王有红．冲不破的樊篱［J］．北京工业大学学报（社会科学版）．2006（6）．

家自身和女主人公的命运所证明的那样，以自然需求为主的女性的爱，在现实社会中很容易成为以社会需求为主的男性的爱的牺牲品。对此，作家只能无奈地感叹：“女人就是这样不值钱。在男人眼里，无论多好的女人都不值得珍惜……”她为此而不甘，却又始终寻找不到理想的、对等的爱情，最终只能因为绝望而放弃。或许在林芙美子的眼中，爱情本身就是一种看得到却摸不着的存在，如同天上的浮云一般。

三

《浮云》是一部爱情小说，同时也是一部反战小说。故事的发生和发展，从头至尾都是在战争这个大背景下展开的。如果没有战争，就不会有男女主人公的相遇、相知、相爱，假若没有战败，男主人公也不可能变得消沉颓废，之后的那段曲折离奇的爱情故事也就失去了存在的基础。正如小说中男主人公所感叹的：“假若没有战争，自己不可能遇上这个女人，也不会跑到遥远的越南去。如果没有战争，自己现在想必还是一位老实本分的公务员，过着安稳的公务员生活。”尽管小说通篇看不到一丝的硝烟和战火，但却处处让人感受到战争的阴影。

有人说，人类的历史就是一部战争史。的确，在人类漫长的历史长河中，战争就像是一个可怕的恶魔如影随形。无论是在崇尚“仁义礼智信”的中国，还是在追求“自由、民主、平等、博爱”的西方，战争都从未停歇过。尽管战争的目的各不相同，有的人为了强占他人的资源或者将自己的意志强加于人而主动地挑起战争，也有的人是为了保卫自己的生命、财产、尊严而被动地应战。但不管怎样，只要是战争就必定伴随着杀戮、毁灭、破坏和伤亡。在战争状态下，人类总是要丢掉人性中的真善美，暴露出自身野蛮和残忍的一面。而这种野蛮和残忍也注定要给人的生命、财产和心灵带来巨大的伤害。更为可怕的是，这种伤害并不仅仅只限于战争当中。当枪炮停止了轰鸣，硝烟逐渐散去之后，人的心灵、感情、社会生活等并不会立即恢复到战前的状态。失败的一方，要在遍地焦痕中开始痛苦的生活，获胜的一方同样要在喜悦中舔舐自己的伤口。战争给社会、国家、城市、人的身体、人的心灵带来的创伤，将会在相当长的一段时间里困扰人类，带给人们无尽的痛苦和烦恼。这种痛苦和烦恼，在小说《浮云》中体现得可谓淋漓尽致。一段发生在战时的恋情，在战后仍久久地困扰着双方。透过小说，我们看到了一个个支离破碎的家庭，一个个消失的灵魂和肉体。面对着一面将热乎乎的鲜血强行咽回喉咙，一面在内心中呻吟"我要活下去!"的由纪子，我们无法不痛恨这出悲剧的制造者——战争。

人们常说小说是作家价值观、世界观的体现。作家对于人和事的看法、态度决定了他写什么、如何去写。小说中人物的喜怒哀乐以及事件的发生过程、场景等，无一不蕴含着作家自身的价值观和世界观。这一点，对于以自传体小说见长的林芙美子而言尤其如此。小说《浮云》所表现的反战思想无疑也是作家本人的思想。那么，她的这种思想又是如何形成的呢?

从整体上看，林芙美子的早期作品，如《放浪记》《风琴和渔镇》《哭泣的小僧》等大多以其本人的生活经历为题材，描写的是普通平民的艰辛生活，很少涉及战争内容。然而，随着侵华战争的全面爆发，日本政府一方面加强了对文化的管制，限制出版不利于战争的作品；另一方面又积极号召作家们协力战争，创作美化战争、为侵略战争歌功颂德的作品。当时，林芙美子的一些作品因揭露社会阴暗面而被禁止发行，由她的作品改编的电影也被禁止放映。而这对于以写作为生、视写作为生命的林芙美子来讲，显然是一个难以接受的现实。于是，在强大的国家机器面前，她和当时绝大多数的日本作家一样选择了屈服。1937 年，她以《每日新闻》社特派员的身份来到中国的天津采访、报道。1938 年 8 月，她又作为"笔部队"陆军班的第一批成员来到中国，先后到北平、南京、武汉等战场采访，创作了《战线》《彼岸部队》等一批以美化侵略战争为内容的侵华文学，被当时的媒体誉为"笔部队"陆军班的"头号功臣"，得到了日本军方的首肯。回国后，她先后在福冈、熊本、大阪、名古屋、东京等地作了多场从军巡回报告，客观上成为了战争的协助者。第二次世界大战后，日本国内的舆论导向和对战争的态度都发生了巨大的变化。面对战争给社会、个人带来的创伤，林芙美子开始重新审视战争，反省自己的战争责任，创作了《吹雪》《雨》《旋流》《晚菊》《浮云》等描写战中、战后平民痛苦生活的作品①。

综上所述，林芙美子对于战争的态度经历了从不关心到支持再到反战的一个相当大的起伏变化。由于这种变化包含着很多被动的、不得不的成分，毫无疑问，它也给作者的内心带来了诸多的矛盾、困惑和痛苦。人们常说，任何事情的发生都有其特定的历史背景。今天，当我们把林芙美子的这段经历放到战

① 参照王劲松．侵华文学中的"他者"和日本女作家的战争观——以林芙美子《运命之旅》为例［J］．重庆大学学报（社会科学版），2008（4）；谭姗姗．日本女作家林芙美子的战争观［J］．安徽文学，2007（11）．

争这个大背景下重新审视时，似乎能够理解她不得不做出变化的苦衷，然而作家本人却并不能够原谅自己。《浮云》中有这样一个情节：收音机里正在播放审判战犯的内容，富冈恳求由纪子不要听这种让人揪心的节目，由纪子则生气地说："你应该听……你我都应该接受审判。"① 此处的"你我"，显然并不仅仅代表男女主人公，而是包括作家在内的所有的战争发动者、参与者和协助者。而作家对于女主人公悲惨结局的设计，其实也可以理解为她对自己的惩罚和审判。至于那个像迷路人一般漫无目的地行走在广袤无垠的雪野上，找不到心灵归宿的男主人公，则更像是作家的化身。他的那种困惑、茫然，也正是林芙美子内心世界的流露。

当然，由于所处时代、社会的局限，《浮云》这部作品主要描写的是战争给日本国民带来的灾难和痛苦。在小说中，作者写道："想来在任何一场战争中，战败的一方总是既可怜又可悲。战败者的灵魂，似乎总在无声地呼唤往昔的旧梦，并且总要在旧梦中，反省自己的过去。"很明显，这里缺少了对中国人民在战争中所遭受痛苦的理解，虽然他们暂时属于胜利的一方，但同时也是受害者，为了这场被动的战争他们付出了更大的代价。小说的这种缺陷很容易片面地给人留下"日本是战争的受害者"的印象，从而妨碍人们更深入地去思考为什么会发生战争、怎样才能使战争不再发生的问题。这是我们在阅读这部小说时必须注意的问题。

然而，任何一位作家、任何一部作品，总会存在着这样那样的缺陷和问题，也总是要受到时代和社会的局限。对此，我们不可能也不应该苛责求全。当我们把《浮云》放在刚刚战败后的日本社会去考察时，我们不得不承认它表现出的反战思想对于促进人们反思那场战争，提高人们对战争危害的认识，还是具有相当大的意义的。而这也正是它引起人们共鸣、深受人们喜爱的根源所在。从这一点来看，《浮云》不失为一部优秀的反战小说。

结 论

在《浮云》的后记中，林芙美子这样写道："这部作品描写的是某一时期的我。我想描绘的是一种任何人都无法看破的、在空间流动的人的命运。在写作的过程中，我有意识地去表达一种自己心中的道德。"希望"在所有的幻想

① 该情节前后出现两次，内容略有不同，此处为两次的综合。

全部破灭之后，会有新的希望产生出来，这便是这部小说的篇名产生的缘由”。

由此可见，林芙美子的写作意图在于从繁乱无序的战后生活中寻找一种新的希望。然而透过整部小说，我们所看到的却都是消极、堕落、困惑，甚至是绝望。从这种意义上说，作家的目的只达到了一半。她成功地为我们描绘了一个所有幻想全部破灭了的世界，但却没能让我们看到新的希望。

金山

海南大学外国语学院

2009 年 2 月

一

为了搭乘午夜的列车，由纪子在离开住了三天的收容所后，漫无目的地在敦贺①的大街上闲逛了一天。晚上，她在海关的仓库附近找到一家兼营杂货生意的小客栈，歇了下来。身边没有了收容所里的六十多名妇女，由纪子终于得以独自一人，躺在了那阔别已久的故国的榻榻米上。

客栈里的人热情地为她准备了洗澡水。或许是由于人手不够，无法经常更换的缘故，澡盆里的水看起来很是混浊。不过，对于千里迢迢搭乘轮船而归的由纪子而言，即便是别人用过的污浊的热水，泡起来也一样很惬意。窗外，雨滴夹杂着雪花，敲击着浴室那扇陈旧而灰暗的窗子，发出沙沙的声响，令她本已孤独的心，又泛起无限的感慨。

外边刮起了风。由纪子推开脏污的玻璃窗，仰望着铅色的淫雨夜空——久违的故国天空，竟然如此黯淡！她屏住呼吸，两只手臂搭在椭圆形的澡盆上，眺望着窗外的景色。不经意间，左臂上那条蚯蚓般凸起的长长的刀疤，令她心中一惊。她勉强控制住自己的情绪，一边向疤痕上撩着热水，一边回想起种种令人怀恋的往事。她预感到，从今天起，自己将要迎来的是一连串令人困窘而又不尽如人意的生活。她感到一阵倦怠，仿佛高潮刚刚退去一般。由纪子用脏兮兮的毛巾，缓缓擦拭着身体。在肮脏狭小的浴室里冲洗身体的场景，让她感到虚幻缥缈。刺骨的寒风从窗外吹了进来。已经很久没有这种寒风触肌的感觉了，由纪子仿佛重新感受到了“季节”的滋味。待她洗过澡返回房间时，因褪色而发了红的榻榻米上已经铺好了被褥。简陋的火炉里炽旺的火苗向上升腾着。火炉边是一只茶盘，里面放着一个装满萵头的小碗。火炉上，铝壶里的水已经沸腾，发出咕嘟咕嘟的声响。由纪子取下壶来，泡了一杯茶，然后拿起一颗萵头放进嘴里咀嚼着。

这时，从门外的走廊里传来两三个女人的声音，似乎正要一窝蜂地拥入隔壁的房间。由纪子竖耳倾听，发现将要住进自己隔壁房间里的，竟是曾与自己同船的几名艺妓。

“能够回来就算不错啦！既然回到了日本，那就是自由之身了……”

“真是冷得要命……我还没有一件能够御寒的冬装，从现在起，可要费心

① 位于福井县内，濒临日本海的港口城市。

去张罗喽!”

虽然嘴上这么说，但语气听起来却很开心。几个女人不知为什么，嗤嗤地笑个没完。由纪子无聊地钻进被窝，发了好一阵子呆，内心的郁闷始终挥之不去。邻房里嘈杂的说话声，响个没完没了。陈旧的被单黏糊糊的，即便如此，能够暖暖地躺在上面，也已经是很享受的事情了。可是一想到接下来还要面对一段漫长的旅程，她又变得不安起来。现在，就连和亲人见面也提不起劲儿来了。由纪子想，不如干脆直奔东京去寻找富冈。

富冈很幸运地在五月份就离开了海防①。他曾经承诺过，自己先回国准备好一切，等待她归来。然而如今，由纪子在重返日本并亲历了如此残酷不堪的现实后，不禁领悟到，先前的约定无非是像浦岛太郎②对龙宫神女所作的承诺一般，除非二人相见后重新核实，否则一切都是靠不住的。其实，早在船刚刚抵达日本之时，她便给富冈拍去了电报。之后，她在遣返人员收容所里熬过了三天的时间。在接受了必要的审查后，同船归国的人们都已各自返回了老家。然而在这三天中，她却始终未能接到富冈的回电。或许，即使他回了电报，结果也不会有什么不同。不知不觉中由纪子已有些心死了。

由纪子睡了一会儿，可没多久便又醒了过来。门外是一片昏暗，房内的灯还开着。隔壁房间的人似乎正在吃饭，由纪子感到饥肠辘辘，于是打开枕边的背包，拿出了船上发的盒饭。茶色的小饭盒里整齐地摆放着四根骆驼牌香烟，餐巾纸、干面包、方便汤料、猪肉以及马铃薯罐头等。由纪子取出其中的巧克力，趴在被窝里吃了起来，味道却如同嚼蜡一般。

——杜森湾③那温馨的红黄色海水，浮现在由纪子的眼前。或许今生再也无缘见到杜森湾畔的白色灯塔，以及红道岛④上那葱郁繁茂的绿色了！在扬帆启程的轮船上，由纪子曾久久地凝视着眼前的景色，仿佛要将它牢牢地烙在脑海中。然而现在，那奇异的异国风光却已模糊得难以记起。

隔壁的女房客们似乎还要继续赶路，吃过饭后，便找来客栈的老板娘结账。由纪子一面听着邻房的喧闹声，一面打开一袋汤料，用开水在茶碗中冲好后啜饮起来。剩下的萵头也被她吃了个精光。不一会儿，隔壁房间里传来女房客向老板娘致谢道别的声音，接着一群女人叽叽喳喳地跟在老板娘的后面，顺

---

① 越南北部的港口。

② 日本童话中的渔夫，与龟共赴龙宫，居住三年享尽荣华富贵。临别，神女赠送其一玉盒，告诫他不可以打开，此人归家后却打开了盒子，于是在盒子喷出的白烟中化为老翁。

③ 越南最南部的海湾。

④ 位于越南南部外海的岛屿。

着长廊鱼贯而出。从言语中，由纪子猜想她们大概是要返乡的，而这也勾起了她的思乡之情。

在船上时，由纪子曾听人谈起过这些艺妓，据说，她们在金边①的料理店工作，是与军方签了两年合同的。名义上是艺妓，其实就是军方招来的慰安妇。住在海防收容所的女人中，虽然也有做护士、打字员或事务员的，但大多数是像她们一样的慰安妇。在海防，有很多来自日本各个城市的女性在做这种事情，数量之多令人吃惊。而她——幸田由纪子，则是在位于大叻与都兰之间的，巴斯德研究所的金鸡纳树栽培试验所里当一名打字员。她是在昭和十八年②的秋天抵达大叻的。该地的海拔高度在一千六百米左右，最高气温为二十五度，最低气温六度，虽然是高原地带，但却很适合居住，有很多经营茶园的法国人住在这里。对于由纪子而言，能够在高原的碧空下听人们讲优美的法语，实在是一种奇特的体验。

由纪子突然起了给富冈写信的念头。虽然不晓得该写些什么，但总觉得写写信能让自己烦乱的心绪清晰起来。想到现在又和富冈生活在同一片蓝天下了，先前在海防收容所时的那种惴惴不安的心情，似乎也一点点地平静了下来。由纪子拜托客栈掌柜的孩子买来了信封和信纸。

---

① 柬埔寨首都。

② 昭和元年为公元1926年，昭和十八年即为公元1943年。

二

由纪子改变了主意，打算先去东京投靠伊庭。只要他家的房屋未毁于战火之中，那么在与富冈重逢之前，尽可以先到那里借住上一段。虽然那个人留给她的都是令人生厌的回忆，但事到如今，她已别无选择。在家乡静冈，已没有她可以依靠的人，更不会有人盼望她返乡。

由纪子准备搭乘午夜的列车离开敦贺。在昏暗的站台上，由纪子见到两个曾与她同船的男人，她故意避开他们走向后一节车厢。站台上的人群杂乱得难以形容，人们竞相拥挤着从车窗向车厢里面爬。由纪子费了好大的劲儿，才从车窗挤上了火车。对于这一切，她感到一阵后怕。站在推搡的人群中，由纪子感到周围有很多双眼睛，在偷偷地盯着她看。或许是她那身与寒冷的冬日极不相称的单薄衣衫，让人联想起了战败后的残破景象。由纪子环视四周，或许是夜晚之故，每个人的脸上都看不出一丝的生机与血色。一张张万念俱灰的脸，拥挤在狭窄的车厢中，仿佛是一群不知将被卖到何处的奴隶。周围人的表情，反射到由纪子的眼中，一点点勾起了她的不安。日本，究竟要变成什么样子？昔日在欢送的旗海中昂首出征的士兵面孔，早已无从寻觅。车窗外暗夜中重峦叠嶂的山河，也尽显疲态，看后令人感到更加的恐惧。

抵达东京时已是翌日夜晚，天下着雨。由纪子在品川站下了车。从国营电车线的站台上，可以看到山坡上一家舞厅的后窗。窗面上，依稀可见的是正在昏暗的灯光下翩翩起舞的几对男女的头。蒙蒙细雨中，传来了一阵令人伤感的爵士乐。由纪子仰望着舞厅的窗户，冻得浑身颤抖。站台上满是衣衫不整的人群，远处站着两名高大的宪兵，他们头上的白色钢盔，在灯光中很是耀眼。在哀怨的爵士乐曲中，由纪子紧绷的神经慢慢地松弛下来，生出了随遇而安的念头。尽管如此，从明天起不知是否能够生活下去的疑惧，还是让她打不起精神来。站台上大多是背着背包的旅客，不时还意外地出现一些涂着猩红嘴唇、挽着老外的手臂沿阶而下的女人。由纪子好奇地注视着那些浓妆艳抹的女人们，不禁感叹往昔的东京生活，如今已是面目全非了。

由纪子搭上最后一班电车，在西武线的鹭之宫①站下了车。通过火车道口后，她朝记忆中的发电厂方向走去。在宽阔的马路上，三名年轻女子踩着雨

① 位于东京都中野区内。

水，急匆匆地从由纪子身边走过。三人的头上都裹着艳丽的丝巾，长长外套的衣领向上竖着。

“今天我到横滨送他去了。反正你也知道他是有老婆的人……不过，人的感情本来就是转瞬即逝的！这样也好……那个人居然还把我介绍给了他的朋友，真是不可思议，居然将自己的女人推向朋友的怀抱！这种事，咱日本人真是难以理解……”

“哎，这不是很好吗？反正分手以后又不可能再见面了，就当是换换心情好了！其实，我的那位，没多久也要回去了……反正每天去厚木①也很麻烦，我想差不多也该是寻找下一个目标的时候啰……”

由纪子跟在这三名喋喋不休的女人身后疾步而行。她们毫不避讳的谈话，令由纪子感到有些不可思议：日本怎么会发生如此大的变化！

不一会儿，女人们在竖着邮箱的拐角处向右转去，渐渐地走远了。由纪子全身湿透，俨然已成了一只落汤鸡，只感到疲惫不堪。这附近的街景，跟她南行之前并没有丝毫的不同。拐角处依然立着接生婆细川家的招牌，左拐后最里面的一间房子便是伊庭的家。由纪子穿过狭窄的小巷，来到石砌的大门前，借着昏暗的路灯整理了一下自己的衣服。她想，瞧见自己这副凄惨的模样，伊庭一定会大吃一惊的。她的头发和肩膀已经全部湿透，一副落魄至极的样子。

由纪子伸手去按门铃，一瞬间，她觉得自己远赴越南的经历宛如一场梦，好似全然不曾发生过。玄关的玻璃窗里亮起了灯光，一个高大的身影旋即从里面走了出来。她感到一阵心悸。虽然是男人的身影，但却不像是伊庭。

“哪一位？”

“我是由纪子……”

“由纪子？哪个由纪子？”

“是去了越南的由纪子！”

“啊……你找谁？”

“伊庭杉夫不在吗？”

“伊庭先生吗？他疏散到乡下去了，还没有回来！”

男人终于不耐烦地打开了门。看到眼前这个淋成了落汤鸡的样子，背着背包却未穿外套的年轻女人，身穿睡衣的男人露出了一副惊讶的表情。

“我是伊庭的亲戚，今天刚刚回来……”

“啊，请进！伊庭先生大约在三年前就疏散到静冈去了。”

---

① 位于神奈川县内，内有美军基地。

“就是说，他不会再回到这里了吗?”

“不是的，我只是暂时替伊庭先生看家而已，他的行李已经寄回来了。”

听到两人的谈话声，一位妇女抱着小孩儿从里面走了出来，看样子像是男人的老婆。由纪子对他们讲了自己从越南被遣返回国的原委。男人和伊庭之间似乎为了这座房子有些纠纷，所以表现出一脸的不情愿。虽然如此，他还是请由纪子进了屋，以免她在外头受冻。

离开敦贺的客栈时，由纪子拜托老板娘做了几个只够她吃一顿的饭团。在长途列车上，除了这点儿饭团，她没有再进任何饮食。此时，她的身子虚得仿佛要飘起来一般。在走廊上，她撞到了一架缝纫机，磕磕绊绊地来到伊庭家原本用作卧室的六块榻榻米大的房间①。屋子里堆满了打着包的行李，压得榻榻米都凹陷了下去。大概是从越南遣返回国的经历引起了那位妻子的同情，她给由纪子泡了壶茶，还拿出地瓜干请她吃。男主人看上去四十左右，身材高大魁梧，有着军人般的体格。而女主人则是娇小玲珑，白皙的脸上长着雀斑，一笑起来还会现出可爱的酒窝儿。

当天晚上，由纪子将借来的两床棉被铺在行李堆的缝隙间，睡了一宿。她从背包中取出两盒干粮作为礼物，送给了那位妻子。

由纪子躺在被窝里，试着用手指去戳那些行李，但由于外面钉着厚厚的木板，很结实，所以看不到里面究竟装了些什么。据那对夫妇讲，伊庭决定在年底之前回来，所以交代他们务必腾出两间房子来。可是他们全家有六口人，着实不知道该怎么办。再者，在东京遭受空袭时，是他们冒着生命危险把房子保护了下来，现在就这样要他们搬走，在情理上无论如何也说不过去，况且他们也确实无处可去。通过老早就将行李寄回这件事，由纪子体会到了伊庭一家眼下的心情。想必是伊庭不习惯乡下的生活，急着要搬回来。奇怪的是，在听到伊庭全家平安无事的消息后，她的内心反倒有些失望。

---

① 榻榻米的尺寸一般为长1.86米、宽0.93米。一块榻榻米的面积约为1.73平方米。

三

幸田由纪子是在昭和十八年的十月下旬抵达越南大叻的。当时，包括她在内的四名打字员跟随农林部的茂木技师，首先抵达了海防。由于茂木技师受军方之命要对越南的林业状况进行调查，所以便从同在农林部工作的打字员中招聘工作人员。按照每个部门配置一名的计划，茂木需要招聘四名打字员，可应聘的总共才有五人，幸田由纪子便是其中之一。

幸田由纪子一行首先搭乘医疗船到了海防，之后乘军车抵达了河内。在河内，由纪子等三人确定了自己的工作单位，剩下的一位名叫筱井春子的打字员则被派到了西贡。幸田由纪子“抽中”的是一支“下下签”，她要去的是位于高原地区的大叻。在四个人当中，数她要去的地方最为艰苦。或许这都是因为她一向朴素平凡，而且性格内向，不喜欢惹人注目的缘故。她的额头很宽，眼睛却很细小，皮肤虽然白皙，却缺少几分妩媚，五官看上去总好像有几许落寞，很难引起人们的注意。她的那张贴在军方证明书上的照片，也显得比实际年龄苍老，看上去不像只有二十二岁。除了那身有领的白色衣服，还能够衬出她的几分姿色之外，其他无论什么服装穿在她的身上都显得平庸至极。在四个人当中，被派到西贡的筱井春子最为漂亮，脸蛋儿长得有点儿像李香兰[①]。在她的光环下，由纪子的存在愈发引不起人们的注意。

一行人搭乘两辆汽车离开河内，经由清化、葵州前往荣市。从河内到南部的荣市，大约有三百五十公里的车程。一路上，不时可见山头上野火烧过的焦痕，有些正在燃烧的树林还在冒着浓浓的黄烟。也许是汽车一直在无穷无尽的森林中穿行的缘故，筱井春子不住地长叹，显出忧心忡忡的样子。由纪子则因为不习惯这种长途旅行，早已疲惫不堪。汽车自从离开清化后，便以相当快的速度奔驰在绵延不绝的道路上。快要到达荣市的时候，天已经完全黑了下来，四周许多巨大的飞蛾，成群结队地舞动着，向被汽车的远光灯照得通亮的前方扑来，好像是飞舞着的白色纸片。

当天晚上，他们投宿在一家名为“豪华旅馆”的旅店。旅店的左边似乎是条运河，不时可以听到一阵越南船夫的说话声和牛蛙喧闹的鸣叫声。汽车在槟榔树和大叶合欢树下停了下来，一行人被旅店的工作人员迎进了客房。筱井

---

① 1920年生，原名山口淑子，曾活跃在伪满洲国的日籍影星、歌手。

春子与幸田由纪子被分配到位于一楼的一间还算干净的房间，从屋子里可以看到运河。

春子推开窗户，运河潺潺的流水声立即从窗外传了进来。房间里，桌上的台灯散发着橘黄色的光，四周的墙壁上贴着花卉图案的粉红色壁纸，双人床上铺着浅蓝色的毯子，显得既整洁又可爱，充满了浪漫的法国风情。对于长年生活在战火下的日本，过惯了困窘生活的二人而言，这简直就是一个梦幻世界。

洗漱过后，两个人来到餐厅吃起了迟到的晚餐。戴着白色臂章的日本军人，搭讪似的过来察看她们的证件。想必在这遥远的异国他乡，年轻的士兵们很少能够看到来自家乡的女性！当天夜里，由纪子和春子都无法入睡。离开日本时，正值初冬季节，天已经开始变冷，但一路南下，她们从海防经河内，再到清化，突然发现又转回到了夏天。躺在柔软而富有弹性的床上，两人辗转反侧，无法成眠。窗外的牛蛙无休无止地鸣叫着，就像粗杆的日本三弦弹奏出的音乐一般，刺激着二人的耳鼓，又好像淅淅沥沥的雨滴声。

由纪子的脑海中，如梦似幻地浮现出离开东京前的一幕幕往事——在伊庭家的遭遇、朋友们的送行聚会，还有去陆军部打预防针的忙碌日子……就连由纪子自己都觉得不可思议，她怎么会来到了越南？这是连做梦都没有梦到过的事情！

伊庭杉夫是由纪子的姐夫伊庭镜太郎的弟弟，已经结了婚并且有了孩子。他在东京拥有自己的房宅，是由纪子唯一可以投靠的亲戚。由纪子从老家静冈的女子学校毕业后，考上了位于神田①的打字学校。为此，她寄宿在伊庭杉夫的家里。杉夫任职于保险公司的人事课②，外人对他的评价是老实、耿直。然而，在住进他家刚满一个星期的晚上，由纪子就被杉夫玷污了。在伊庭的家里，由纪子住的是三块榻榻米大的佣人房间。那天晚上，她怎么也睡不着觉，迷迷糊糊中，似乎听到杉夫到厨房喝水的声音。接着，佣人房的纸拉门被拉开了。由纪子半睡半醒间听到有人开门，随后又将门轻轻地关上。随着踩在榻榻米上的脚步声渐渐临近，一个男人重重地压在了她的身上。由纪子大吃一惊，在黑暗中睁开了双眼。她闻到一股皮革的臭味。模糊之中，她听到杉夫在轻声地呢喃着什么。被窝里，男人那两条粗糙的大腿压向了她。由纪子本想出声呼救，但随即一想此事实在不好声张，于是便绷紧了身体默默地忍受着。

自从有了那一夜的情事之后，由纪子便觉得有些愧对杉夫的太太真佐子。

---

① 位于东京都千代田区。

② “课”为日本公司的一级组织，地位通常低于“部”而高于“係”。

然而，不知为什么，一到夜晚却又忍不住期盼杉夫的到来。每次来时，杉夫都要将手帕塞进由纪子的口中，以免她叫出声来。由纪子委实猜不透，杉夫已经有了一位既漂亮又聪明的娇妻真佐子，为什么又要对相貌平平的自己表现出如此激烈的情欲？由纪子在伊庭家住了三年。从打字学校毕业后，她在农林部找到了一份工作。真佐子对杉夫和由纪子之间的事似乎毫不知情。每当真佐子带着孩子回横滨的娘家时，杉夫便早早地躺在床上，叫由纪子上来陪他，由纪子也只能默默地满足杉夫的要求。杉夫从未跟她谈论过两人未来的事情，只是用对待妓女般的态度来待她。为了摆脱这种畸形的关系，由纪子下决心要远赴越南。在事情正式决定之前，她不但瞒着伊庭杉夫，就连对静冈的母亲、姐姐和弟弟也没有透露半点儿口风。直到最终结果出来之后，她才将此事告诉了家人和伊庭夫妇。不过，杉夫闻讯后，竟然丝毫不为所动。

偷偷地望着态度出乎意料地冷淡的伊庭，由纪子心头涌起一股受辱般的感觉，但同时也有一种出了口恶气似的快感，仿佛自己的离开是向伊庭的心中刺进了一根粗壮的钢钉。由纪子对真佐子也同样怀着憎恨的心情，因为真佐子平时经常半开玩笑、半嘲讽似的对她说：“最近由纪子动不动就板着脸，看来要赶紧把她嫁出去喽。”

伊庭在得知由纪子再有两三天就要前往越南一事之后，开始张罗着帮她准备一些药品、手提包及内衣等物品。对于杉夫的举动由纪子很是反感，而真佐子则更是莫名其妙，对丈夫对由纪子表现出的这番体贴显得颇为不满。

四

由纪子在清晨时分梦见了杉夫。或许是由于长途旅行之故，她莫名其妙地怀念起对方的肉体，心情寂寞得宛如坠入地狱一般。虽然刚刚来到异乡，但内心里，她却极度渴望能够立刻返回日本。她的耳畔响起了杉夫将手帕塞进她口中时发出的急促的喘息声。虽然杉夫一向令她讨厌，但是来到这遥远的异乡后，那感觉却突然变成了怀念之情，脑海中浮现的尽是跟杉夫行鱼水之欢时的情景，这令她自己都感到不可思议。她想，杉夫也一定会感到寂寞的。那个人一向沉默寡言，在离别之际也没能说出什么贴心话，但直到由纪子出发之日，两人一直维持着肉体关系。奇怪的是，二人的关系整整维持了三年，由纪子却一直没有怀孕，反倒是真佐子在这三年间生下了一个男孩儿。

剪不断理还乱的种种回忆，让由纪子心烦意乱。她悄悄地走下床来，推开通往阳台的玻璃窗，闪亮的运河立即映入了眼帘。运河两旁长着高大的大叶合欢树，珍奇的小鸟在枝头叽叽喳喳地叫着。清清的薄雾轻浮在运河的河面，水面上飘着几条越南人的小船。由纪子倚在石砌的阳台上，任凭清晨的和风吹拂着全身，只感觉说不出的畅快。她聆听着小鸟的啁啾声，如痴如醉地眺望着运河的河面，不禁在心底里赞叹：地球上竟会有如此梦幻仙境般的国家。一群燕子掠过头顶，渐渐地飞远了。由纪子感觉海防的这片混浊的海面，似乎将变成自己人生的一个分水岭，以往的一切将全部消失在那虚妄的彼岸，至于即将迎来的将会是怎样的人生，则是她无法预知的。

早早地吃过早餐后，一行人又搭乘汽车，向着越南南部的古都顺化出发。透过道路两旁的木麻黄树，可以看到运河岸边的茅草屋里升起的袅袅炊烟。车身被涂成了黄绿色的雪铁龙，飞驰在宽阔的殖民大道上，车轮过处发出的刷刷声，仿佛被吸进了铺着柏油的路面之下。

据同行的几位男士说，荣市的人口有两万五千多，是安南①北部的重要城镇。沿着殖民大道行驶不久，汽车又经过了一处岔路口，其中的另一条道路是通向高原老挝的。沿途中，不时可见右侧的森林中野火喷出的浓烟向上升腾的景象。车子在殖民大道上，朝着位于广袤森林中的顺化开了相当长的一段时间后，朝阳才渐渐地点亮了四周，开启了一个晴朗的早晨。被阳光照射过的空

---

① 在法国统治期间，越南中部地区曾被更名为“安南”。

气，似乎也随之变得干燥起来，呈现在眼前的，是一幅天高气爽的夏日景象。

第二个投宿地是顺化。在这里，一行人也住进了豪华旅馆。此地驻扎着很多的日本士兵。宽阔的顺化河从旅馆门前流过，附近有一座叫作“克列孟梭”的大桥。由纪子难以相信日本军队竟然会驻扎到这种地方来。她有一种感觉，进驻此地的日军简直就是在蛮干。倘若有谁认为这种兵力上的优势能够继续维持下去，那实在是太过天真。然而，由纪子此时还无暇去思考日军是否可以像这样长久地占领这一宝地的问题。她就像一名随意坐上一辆汽车的旅客，任由车辆向远方行驶，因为她想做的只是一次单纯的旅行。这里的日军看起来很是羸弱，身上的军服一点儿也不合身，大大的脑袋上戴着小小的战斗帽，好似从哪个未开化地区冒出来的军队。反倒是那些行走在路上的越南人，以及偶尔路过的法国人，跟整个街景极为相称，附近的华侨小区里也是充满了活力。市中心道路两旁的樟树青翠欲滴，在朝阳的照耀下，冒出粉嫩的新芽。在红瓦飞檐的王宫附近，脚上穿着五颜六色袜子的越南女孩儿们正在踢足球。对于由纪子而言，这实在是一幅奇特的风景。河岸的步行区，火焰木和美人蕉开满了花朵，充沛的河水呈浊黄色，带着腥味的河面清风，不停地向清晨的街道吹来。

或许是因为人在旅途的缘故，一行七人似乎从桎梏中获得了解脱，始终处于一种自由自在的气氛中。自从离开河内后，隶属于矿山班的名叫濑谷的老先生一直抢着跟女孩子们同乘一辆车，而且老要坐在春子的旁边。他故意用身体碰触春了的肩膀或膝盖，全然不顾满身的汗臭，厚着脸皮对春子说些猥亵的话。西贡有小巴黎的美称，是具有巴黎风情的城市。由纪子了解了这些后，不禁嫉妒起筱井春子来，巴不得自己也能在如此美丽的城市工作。虽然工作单位早已分配妥当，任谁也无可奈何，但由纪子很清楚，工作的分配其实是跟女孩子容颜的美丑密切相关的。想到即将在闻所未闻、见所未见的高原深处的大叻，在一个再平凡不过的岗位上度过自己的一段人生，由纪子不禁悲悯起自己的命运来。对一位年轻的女性而言，最令人痛苦的莫过于“平平凡凡”。想到这份工作必须要做满一年，她的心情越发地沉重起来。

离开东京时，杉夫曾开玩笑似的跟她说，如果越南是个好地方，别忘了写信告诉他，因为他也很想从内地的战时环境中获得解脱。虽然只是句玩笑话，但此时由纪子不免幻想，最好杉夫能够辞掉保险公司的工作，报名前来越南。

在顺化住了一夜之后，一行人又从位于海边的芝坊车站搭乘火车赶往西贡。车厢虽然狭窄，却很可爱。虽说是二等车厢，但内部的设备却出乎意料地豪华，不但有沙发、小桌，还有一台转动不停的小电风扇。车厢的一侧还配有淋浴设备，比坐汽车要舒适许多。在火车上，由纪子终于得以和筱井春子享用一间只属于她们两人的包厢。由纪子要了一杯咖啡，不一会儿便有越南服务生给她端了过来。咖啡杯很深，设计得像花瓶一般。看着剧烈摇晃着向前奔驰的列车，由纪子似乎明白了其中的缘由。不知从何处吹进来的尘埃令两人感到难以忍受，灰尘之多和先前乘坐汽车时竟然没有丝毫的不同。无论设备如何豪华，一旦有大量的黄尘吹进来，列车也就变得污浊不堪。

不知在什么时候、用什么样的方法，总之，春子弄到了一双丝袜和一双时髦的胶鞋。在刚上火车时，由纪子就已经闻到了春子身上浓郁的香水味。由纪子感到自己被彻底地击败了！望着自己身上那件用学生时代的哔叽制服改成的长裤和脏兮兮的宽头黑皮鞋，她有一种无地自容的感觉。那条藏蓝色的长裤，在经历了这趟长途旅行后，早已变得污浊不堪。她怀着满心的嫉妒，望着浓妆艳抹的春子说道："筱井小姐，你能在西贡工作，真是幸福呀!"

"哎呀，没亲眼看到之前，哪能确定是不是个好地方？其实，幸田小姐才是幸福呢！巴斯德的金鸡纳树园听起来就是个很摩登的地方。再加上你人又聪明，想必很快就能学会法语和越南语！你不觉得那才是最高级的地方吗？至少我是这么想的。听说那里气候凉爽，是个很好的地方……"

由纪子当然明白，春子是在存心安慰她。

"可是听说那里人烟稀少，会很寂寞的！再怎么说，我也不愿意和一路上祸福与共的你分手，独自去不为人知的山里面工作！我肯定会觉得无聊的……"

火车在无边无垠的山野间漫无止境地向前疾驰，一路上摇摇晃晃。

抵达西贡时已是夜晚。

五

大概是因为不习惯这种长途旅行的缘故，由纪子感到疲乏至极，有时一天中还会莫名其妙地发几次高烧。一行人在西贡又要停留五天左右，因为按照军方的规定，有很多繁琐的手续需要办理。在这段时间里，由纪子一直没能抽空去街上逛一逛。在西贡，她们住进了军方指定的旅馆，这是自离开海防之后，由纪子第一次投宿在与自己的身份相符的简陋旅馆里。到了第四天，筱井春子被军方宣传处的一位姓中渡的军官，带去了工作单位的宿舍。

由纪子等人所住的这间旅馆，过去曾是一位华侨的住宅，除了每间屋子里放着一张折叠床之外，再无其他摆设，显得空空荡荡。两名越南妇女慵懒地打扫着房间。

茂木技师、黑井技师、濑谷老先生和由纪子一样，都是要前往大叻的。因此在吃饭时，他们总是围坐在同一张餐桌旁。餐厅里摆放着三张高脚紫檀桌，蓝色的泥墙上贴着一张印刷粗糙的大地图，里面来来去去的都是些因不同目的前来投宿的客人。在聚散匆匆的餐厅中，用餐人的面孔总是换来换去，只有一位男子每次都是一成不变地坐在窗边那个通风的座位上，一边吃饭，一边阅读书籍或报纸。由纪子不经意间注意到了那个男人。男人看起来不像是有同伴的样子，每次的座位和用餐时间都是一成不变的。他的皮肤黝黑、头发浓密，长着一张长脸，专心读书时的侧影，看起来像是死人一般毫无生气。每到夜晚，他便独自坐在空无一人的餐厅里自斟自饮，酒杯前总是放着一瓶威士忌。在由纪子看来，这个穿着短袖南洋衫和褐色长裤的男人，很像是个越南人。因为发烧，由纪子经常到餐厅里要些冰块，因而总可以看到男人粗鲁地把脚跷到椅子上喝酒的样子。男人似乎根本没有注意到进出餐厅的由纪子的存在，摆出一副享受孤独的姿态，悠闲地喝着酒。

到了晚上，旅馆附近的街道依然很热闹。唱片和广播的声音，从一长排华侨经营的饭店中流泻出来。若是风向凑巧，在旅馆里便隐约可以听到从远处传来的“爸爸，你曾那样强壮”等日本歌曲。在餐厅的一角，正在服药的由纪子突然间受到了歌曲的感染，莫名其妙地生出想跟那名独酌男子攀谈的想法。虽然由纪子认为天下的男人都跟杉夫一个德行，但或许是出于旅途的孤寂，她觉得纵然未经介绍，主动与人攀谈几句也是无妨的。于是，她待在餐厅里，不慌不忙地浏览男人散置在桌上的日本报纸。

然而那男人却仿佛对任何事情都不在意，只是边看书，边喝着酒。不一会儿，他的肌肤泛起红来，那双露在白色短袖衬衫外面的修长手臂，吸引了由纪子的目光。男人看起来约有三十四五岁。就是这样一个既不知道姓名，也不晓得职业，不过是萍水相逢的人，却使由纪子难以忘怀。躺在狭窄的单人床上，由纪子的眼前萦绕的始终是他的身影。

第五天，有一辆卡车要去大叻。由纪子跟在茂木技师等人的后面，忙着整理行囊。

西贡的地名是古时候高棉族人取的，意为森林之都。坐在卡车上向外望，只见马路两旁尽是高大挺拔的栎树。成群的三轮车，在平整的柏油路上像昆虫般来来往往。繁华的卡其那大道上，身穿水蓝色衣服的法国小孩儿在路旁的酸果树下嬉戏，犹如一幅图画。酸果树上结满累累的果实，看起来像是梨子，令人联想起美丽的田园风光。马路上干净得一尘不染，在林荫道上悠然漫步的越南人和华人的华丽服装，令看惯了色彩贫乏的日本服装的由纪子惊叹不已。她突然羡慕起筱井春子来，能够留在如此美丽的城市本身就够让人嫉妒的！这时，一队日本兵从郁郁葱葱的大树下走过。望着这些来自故国的士兵，由纪子感觉不到一丝的乡情以及军旅应有的威风。士兵们孤独无助地在路上行走，与其说是行走，还不如说是被扔到了路上，在漫无目的地游动。或许是因为长时间的旅途劳顿，卡车上的几个人满脸油腻、面色苍白。由纪子觉得自己仿佛已变身为一名没有任何骄人之处的苦力的女儿。她的心情黯淡到了极点，很想立即返回内地。她已不想知道大叻究竟是什么样的地方了。她觉得自己无论如何也无法独自一人待在这个高原城市，她渴望与人交往。

矿山班的濑谷老先生自打与筱井春子分手后，就转移了目标，向由纪子亮起了笑脸。

“怎么一副无精打采的样子？打起精神来！要相信，无论走到哪儿，都会有日本军队保护你的！没什么可担心的。再说，你作为这里唯一的日本女性可是责任重大哟！你要和皇军一道努力工作才对，是不是？”

六

距大叻十六公里处有一座名叫“布兰”的村落。过了那里，道路开始变得弯曲而又陡峭。卡车在通往兰宾高原的九曲十八弯的山路上缓缓爬行，发出“轰轰”的声响。此时已届傍晚，不时有几只白色的孔雀突然从沿途的树荫中飞出来，令人感到心惊肉跳。

在夕雾缭绕的高原上，卡车不时与路旁的寒樱擦肩而过，山坡上的树林里散布着豪华的别墅样的建筑。别墅的庭院里栽满了盛开着牡丹色花朵的九重葛，网球场的周围随处可见金色的夜合花。坐在疾驰的卡车上，由纪子仿佛闻到了夜合花散发出的若有若无的幽幽香气，只感到如痴如醉。身处雄伟的高原之中，由纪子深深体会到，这里的美景确有森林之都西贡所无法比拟之处。沿途上一些头戴三角形斗笠、肩挑扁担的越南妇女躲到路边给经过的卡车让路。

在由纪子的眼里，高原城市大叻的街景，就像是映衬在天空中的海市蜃楼。背靠兰宾山、前临湖泊的大叻山城的秀美，令由纪子此前的不安一扫而空。卡车驶进一栋白色建筑物的庭院。据说，这座建筑物过去曾是市政府所在地。院子的正中央高悬着一面太阳旗，石砌的大门上挂着一块写着“地方山林事务所”的崭新招牌，招牌下则是一块写着越南文和法文名字的小木牌。在一间能够看到湖泊的接待室里，一行人见到了事务所的牧田主任。由纪子的工作地点就在这里。一位越南女佣带着她去看宿舍。分给她的房间在二楼的最边上，从屋里虽然无法望见湖泊和市街，但却可以透过北面的窗子看到兰宾山。庭院里九重葛开得正盛，一只毛茸茸的小白狗正在草坪上嬉戏。

经过了漫长的旅途，由纪子终于在属于自己的房间里安顿了下来。柚木材质的地板上没有铺地毯，显得很凉快。房间里除了一张不知从哪儿弄来的简陋的睡床之外，还有一张高脚桌和一把椅子。那只涂着白漆的西式衣橱，与房子的阴暗色调显得极不协调。窗外归巢的倦鸟，在黄昏的残阳中叽叽喳喳地鸣叫。

茂木技师和濑谷等人，搭乘牧田主任的汽车，去大叻最高级的兰宾宾馆住宿。牧田喜三主任是个已经发了福的四十岁上下的小个子男人，据说，他原先在鸟取①林业局工作，后来调到农林部任职。昭和十七年年底，他以军人的身

① 临日本海的一个县。

份来到了这里。他麾下的四名工作人员，似乎都到各自负责的山区巡察去了，事务所里只剩下两名越南翻译、一名林务官和一位混血女事务员。由纪子感到精疲力竭，她以身体不适为由，谢绝了去兰宾宾馆与其他旅伴共进晚餐的邀请。

由纪子躺在床上翻来覆去，耳畔好像还轰响着卡车行驶时的震动声，那感觉就像是耳朵里塞进了什么东西。她想沉沉地睡上一觉，但一闭上眼睛，晚风吹拂森林发出的沙沙声，便如同蝉噪般冲击她的耳鼓，衣橱上的油漆味儿也一个劲儿地往鼻孔里钻。

这天晚上，由纪子独自一人坐在宽敞的餐厅里，吃越南女佣为她准备的日本料理。餐厅的中央是一只壁炉，看起来像是块竖立着的岩石。在靠近入口的地方，放着一架闪闪发亮的钢琴。她将手放在浆得雪白的桌布上，觉得自己这双发黄的手似乎还比不上越南女佣的手干净。玻璃制的洗手钵中漂浮着一朵九重葛花。对由纪子而言，状似香肠的红黑色的鱼板和豆腐汤，可算是久违了的佳肴。女佣约莫三十多岁，能讲几句日本话。她的眼睛很漂亮，额头略高，耳朵上戴着一副蓝色的假玉耳环，平平的褐色面孔上化着淡淡的妆。成群的白蛾拥挤在罩着纱网的大窗子上。刚用过餐，由纪子突然听到从前面的院子里传来一阵汽车的引擎声。她想可能是牧田主任回来了，可又觉得有些不对劲儿，于是竖起耳朵仔细倾听门外的动静。

女佣急急地迎出去，甜甜地冲着院门道了一声“晚安”。随即，一个男性的声音伴随着脚步声向餐厅方向传了过来。真巧！来者竟然是由纪子在西贡时注意到的那个男人！高个子男人迈着轻快的步伐走进了餐厅。见到由纪子，他略显一惊，随即用眼神轻轻地打了个招呼，转身匆匆地向走廊方向走去。

女佣收拾好由纪子用过的餐具后，也匆匆地离开了餐厅。刚才由纪子满脸羞红地向那个男人点头回礼，可男人转身离去后，却再也没有回来，这让由纪子有些心烦意乱。除了先前的疲惫不堪之外，现在突然又多了一种焦灼不安的痛苦感觉。她逃跑似的匆匆回到自己的房间，对着衣橱的镜子向嘴唇上涂了一层厚厚的口红，扑了些脂粉，梳理好头发，然后又急急忙忙地返回了餐厅。可是，除了白蛾扑向纱网的振翅声之外，偌大的餐厅里竟是一片寂静。过了一会儿，女佣端来了咖啡，但没做任何停留，将杯子放在桌上后便又匆匆地离开了。由纪子等了又等，却始终不见那男人回到餐厅来。由纪子心情沮丧地返回了房间。

不久，宽宽的楼梯上传来一阵脚步声。由纪子强压着剧烈的心跳，将耳朵贴在门上偷听着。脚步声又慢慢地消失了，听声音不像是那个男人。她再度下楼来到餐厅，无聊地掀起钢琴的琴盖，用一只手在琴键上敲打着学生时代常弹的《海滨之歌》。窗边的墙壁上挂着一张表格，上面标示着关于该地区森林的各种统计数据。由纪子浏览着卡其亚松、美尔库西松、栎树、橡树、栲树等树木的标本图，深切地感受到自己已经来到了遥远的异国他乡。

想到那人不可能再来餐厅了，由纪子起身来到外面的庭院。群星在清澈的夜空中闪烁，透明的夜风像轻轻飘动的风车，吹拂着由纪子的衣裙。阵阵花香从四周传来……从小径的方向响起了女人道晚安的声音。薄薄的云雾在星空中飘动，湖泊已隐身于黑暗之中。由纪子转身回到房间，倚在窗边发呆。过了一会儿，楼下响起了刺耳的电话铃声，接着似乎是牧田主任驾车回来了。院子里立即变得嘈杂起来，随即传来几个男人的说笑声。

七

清晨时分，外面刮起了山风。

由纪子静静地倾听着阵阵松涛声。将醒之时，她做了一个梦，梦到自己和那个男人在一大片草坪上打网球，虽然感觉很甜蜜，醒来后却怎么也回想不起梦中的情景。同上次一样，那个人也许很快就会离开的！尽管如此，对于两个人能够再一次相聚在同一屋檐下的奇特经历，由纪子还是感到很开心。她精心化好妆，穿上一件质地普通但款式大方的白色丝绸连衣裙，走下楼去。在通往餐厅的大堂里，牧田主任正和那个男人坐在大窗户旁喝咖啡。满面红光的牧田主任笑容可掬地向她打招呼，可那男人却对她视而不见，满不在乎地将脚架在窗台上，坐姿粗鲁地眺望着笼罩在薄雾中的湖面。从他冷漠的态度中，由纪子读出了一种只有中学生才有的桀骜不驯。

“感觉如何？幸田小姐，到这边坐吧！一路下来一定很累吧？听说你在西贡时和富冈老弟住在同一间旅馆，是不是？”

看到由纪子不安地望着那个男人，牧田主任小声地冲着他说道：“喂，这一位是幸田小姐，以后暂时要麻烦她在此负责打字工作。半年之后，她就要调到巴斯德研究所……”

男人这才将身体转向幸田由纪子，但没有站起来，只是简单地说了句“我是富冈”。

“什么？原来你们刚刚认识，我还以为你们早就认识了呢！这一位是富冈兼吾先生，是我在农林部的同事，三个月前刚从婆罗洲①调到这儿来。在越南，日本女性很少见，所以很受欢迎……幸田小姐可是这儿唯一的一位哟！”由纪子坐在皮沙发上，离男人远远的。

昨晚在兰宾宾馆的大堂里，濑谷曾经提到过由纪子，说像她这样相貌平庸的女人其实更有利于工作，至于留在西贡的筱井春子则因为太过漂亮，反而让人担心会不会惹出什么麻烦来。如今牧田隔着一段距离仔细端详着幸田由纪子，觉得她并非像濑谷所形容的那样平庸。他很中意由纪子的那未曾烫过的秀发，看起来非常朴实，这在现在的女孩子中实属罕见，而裙子下面露出的并拢

---

① 也译作“加里曼丹岛”，为世界第三大岛，分属于印尼、马来西亚和文莱三个国家。

着的双腿又很丰腴，就像是盛产于练马①地区的水灵灵的萝卜，看了不禁令人莞尔。她那平滑的双肩和白里透红的脖子，让人不免联想起故国那令人怀念的榻榻米和纸拉门。对这种只有同胞之间才会有的情谊，牧田几乎要额手称庆。虽然她的额头有些宽，但比起那个名叫“妮芙”的女佣要好看得多。他还庆幸她不像混血儿玛丽一样，戴着六角形的眼镜。牧田做梦也没想到，竟然会有年轻的日本女性千里迢迢来到这座高原。过去，他对赴海外做事的日本女人一直没有什么好印象，但对幸田由纪子的印象却出乎意料的好。由纪子还很会化妆，这甚至让牧田生出些幸福感，他很高兴这里唯一的日本女人并不像濑谷所形容的那样平凡。

大堂的桌子上摆着一盆美人蕉。牧田主任兴致极高，一直兴奋地与富冈谈论着专业方面的事。由纪子看起来好像是在出神地望着窗外的明媚阳光，内心却是一片混乱。富冈将头向后仰靠在椅背上，一边吸着烟，一边将两只手臂交缠在椅子后面，左腕上那只黑色表盘的手表里，红色的秒针在嘀嗒嘀嗒地跃动着。他的身上是一件熨烫得笔挺的褐色防暑服，腰里系着一条让人感到一丝凉意的细细的塑料腰带，看起来像玻璃般透明。那张刚刚刮过的脸，泛着青色。不久，开饭的铃声响了起来。牧田走在前面，由纪子跟在富冈身后，鱼贯进入了餐厅。铺着白色桌布的餐桌上摆着一只玻璃瓶，瓶里插着白色和紫色的珍奇花卉，旁边的红色容器中装着酱汤，里面飘着几块豆腐块儿。煎蛋、粉红色的腌虾等陆续被端上了桌子。由纪子与富冈并肩坐在牧田主任的对面。投宿在宾馆的茂木、濑谷及黑井等人还未来到事务所。吊在天花板上的电风扇不停地转动着扇叶，发出恼人的吱呀声。牧田啜饮着酱汤，对由纪子说：“听说内地②的生活越来越苦了，可我们这里却像是极乐世界，是不是?”由纪子过去从没有享受过如此舒适的生活，她感觉这里的生活要远胜于极乐世界。不过，正因为如此，她反倒生出些不安来，她觉得自己就像是偷偷地住进了无人留守的豪宅一般，不安和心虚的感觉不断地袭扰着她。

富冈不时地谈起西贡农林研究所的事情，他指责日方人员对山林局的法国人局长不够尊重。当他讲到缺乏教养的日本人在豪华的大陆旅馆作威作福之事时，牧田也点头小声附和着。他也觉得军方将那样高级的旅馆当成兵营，将其弄得一团糟的做法，实属不当。他知道，这种做法必定会招致当地人对日军占领政策的反感。末了，他感慨道：“我们实在是太幸福了！姑且不论军方的目

---

① 东京都的一个区，因盛产萝卜而闻名。

② 此处指日本本土。

的何在，我们只要恪守自己的职责，保护好森林就成了。对这份幸运的工作，真是要谢天谢地……”

富冈此前到西贡，是去位于禄守街的农林研究所做用木炭制造煤气的研究。在那里，他住了十天左右。他喜欢吃面包。在餐桌上，由纪子递给他装奶油的碟子时伸过来的手臂，吸引了他的注意力。他好奇地望着那只丰腴的日本女性的手臂。虽然长着一些汗毛，但那只手臂在他的眼里既美丽又优雅。

“四五天之内，我要去一趟朗藩，考察一下那里的竹筋混凝土的研究情况。加野也寄来了有关薪炭林的中期研究报告，资料很详细，您看过了吗？木炭汽车并非是梦想，听说内地也在不断加大研究力度，而这里从老早以前就开始这方面的研究了。请您务必抽时间看一下加野的报告。另外，我还想顺便去杜朗古波姆研究所去看看加野……”富冈说完便自顾自地起身回接待室去了。

“真是个奇怪的人……”看到富冈大摇大摆地离去，由纪子忍不住对牧田说道。

“这个人虽有些奇怪，却是个很重感情的男人。每三天便要给妻子写一封信，这一点我可做不到。他的责任感很强，一旦答应了什么事，就绝不会误事。”

“每三天给妻子写一封信”，这句话不知为什么给由纪子的内心带来了强烈的冲击。

八

第二天傍晚，牧田临时有急事，要去西贡和金边等地处理公务，据说，大概要走十天左右，而濑谷老先生正好也要返回西贡，于是，二人同乘一辆大卡车离开了。由于茂木技师和黑井二人也在越南翻译的陪同下，分别到各自分管的地区视察去了，这样，事务所里便只剩下了富冈和由纪子两个人。

富冈住在二楼中央东侧的一间最好的房间。说它是最好的房间，其实是因为它很干净，在外人看来简直就像是一间病房。对于富冈每三天给妻子写封信这件事，由纪子莫名其妙地感到有些不是滋味。每次在餐厅中相遇，富冈最多只是对她道声早安或者轻轻地点一下头，至于打字的工作，他全都交给玛丽去做。打字员玛丽每当工作疲惫时，便去餐厅弹钢琴，稍作休息。或许是身处高原之故吧，那钢琴的音色高亢动听，由纪子虽然不知道是什么曲目，却也常常听得入迷。富冈看起来也是位音乐爱好者，他常常坐在办公桌前，出神地倾听着玛丽弹奏的钢琴曲。玛丽二十四五岁的样子，不过，看起来却有些苍老，或许是戴了眼镜的缘故吧。听说她出身于一个教养严格的家庭，一双羚羊般的长腿总是裹着深蓝色的袜子，脚上穿的则是一双白色的鞋子。她的腰身曲线相当健美，从后面看上去楚楚动人。她的头发是淡淡的金黄色，烫成小波浪披在肩上。每次听到玛丽弹奏的钢琴声，没有多少艺术细胞的由纪子便觉得自己很无能。玛丽通晓英语、法语和越南语，是个工作的好手。由纪子有时会突然想到，他们根本就没有必要特地将自己这样一个无能的女人招到如此遥远的高原来。她一面无所事事地度日，一面自我安慰地想，自己的工作是日文打字，或许在处理机密文件时还用得上。

由于牧田临时出差去了，富冈的朗藩之行无奈只得延期。大约在牧田走后的第五天，加野久次郎突然带着一名越南助手从杜朗古波姆来到了大叻。

刚刚进入事务所的加野，见到由纪子显得很是吃惊，脸涨得通红。在富冈的介绍下，他与由纪子互相寒暄了一番。加野看起来像是个无论对什么事情都很认真负责、对感情也很专一的青年。见到富冈后，他立即坐下来和他一起谈论起了公事。

“怎么样？这次待久一些好吗？”

“好的，谢谢您的好意！我这一段一直在拉肚子，身体有些不适，而且也很怀念大叻。真没想到富冈兄也回来了……”

谈过冗长的公务，两人叫女佣端来了咖啡，开始闲话家常。他们的交情看起来很深。加野看上去比富冈年轻，以男人的标准而言，他的皮肤稍显白净了点儿，个子也稍微矮了一点儿。他上身穿着蓝色的开襟衬衫，下面是条白色短裤，动作如同运动员一般敏捷。不过，与身材相反，他的眼神看上去却给人一种诚惶诚恐的感觉，显出一种不敢直视对方的懦弱。

自牧田主任出差后，餐厅里一直非常冷清。这天晚上，由于加野的到来，餐桌上又恢复了往日的生机。富冈打开一瓶从西贡带来的白葡萄酒为大家助兴，并给由纪子也斟上了一杯。

“幸田小姐的老家是在千叶①吧？”

或许是酒醉了的缘故，一向寡言少语的富冈突然和由纪子搭起话来。

“不，不是千叶！你猜得不对。”

“啊，是吗？可是看你的样子却像是个千叶人。你到底是什么地方的人？”

“东京。”

“东京？骗人！东京人哪会是你这副样子？不过，若是葛饰②、四木③一带的话，倒是有可能。”

“你这人太过分了！”

由纪子仿佛受到了侮辱一般，生起气来。加野看不过去，便插嘴说：

“富冈兄的刀子嘴可是难逢对手的，幸田小姐不要见怪！说话伤人，这是他的老毛病了。”

“是吗？东京人……东京人可是有江户腔④的！幸田小姐多大了？”

“我多大与你有何相干？”

“有二十四五岁了吧！”

“什么？我才二十二岁！你这个人太不像话了……”

“啊，是吗？才二十二岁……二十二岁的女人看起来像二十四五岁，这说明她有智慧。总想让自己显得年轻的女人，其实是很愚蠢的！”

富冈又取出了一瓶果酒，打开了瓶盖儿。加野和富冈都毕业于东京高等农业学校，他是在学长富冈和安永教授的举荐之下，前来越南从事林业研究的。

---

① 东京东部的一个县。

② 东京都东北部的一个区。

③ 东京都临近千叶县的地区。

④ 东京旧称江户。

他们都很喜爱文学，富冈醉心于托尔斯泰，加野则是夏目漱石①和武者小路②的忠实读者。

“来，为千里迢迢来到越南的幸田小姐干杯！”

加野说着将酒杯伸到由纪子的面前。由纪子眼中含着泪珠，一副抗拒的表情。富冈醉眼惺忪地望着由纪子泪光闪闪的双眸，那眼神中似乎藏着一股不可思议的魔力。富冈回想起妻子邦子的眼中也时常会闪现出这种泪光，他感到一阵莫名的慌乱，一口饮尽了杯中的果酒。

由纪子实在无法忍受眼前的气氛，悄悄地推开座椅，走出了餐厅。她原本想要回到二楼自己的房间，但户外美丽的夜色吸引了她。由纪子沿着露珠晶莹的夜路，漫无目的地走着。

加野跟在由纪子的身后追到了二楼。他敲了敲由纪子的房门，却没人应声。他转动把手，推开了门，只见房内灯火通明，床上放着一条女学生常穿的黑色内裤。加野呆呆地站在原地，愣了半晌。

回到餐厅后，那条黑色的内裤始终在加野的脑海中挥之不去。

“她生气了。”

“真是个惺惺作态的女人！”富冈不屑地说。

加野却在心里挂念着外出的由纪子，有一股想去寻找她的冲动。

“您不认为她长得很像女明星三宅邦子③吗？”加野问道。

“我可管不了这些。不过，我讨厌年轻女人来这种地方。”

“您真是个老古板……我倒觉得大叻因此而变得更美了……”

“幸田由纪子可不适合加野老弟！”

加野一面往自己的杯子里斟着果酒，一面用布满血丝的眼睛，仰望着挂在天花板上的白色风扇的扇叶。富冈懒洋洋地将脚跷到窗台上，仰头靠着椅背。

“哎，眼下这种生活，不知道能持续到什么时候……”富冈轻叹道，接着又说，“我不认为我们会赢。”

加野闻听此言，满脸惊讶地望着富冈。

“我在西贡时，便有了这种感觉。当然，这种话在公开的场合是不能讲的，不过，我想明年春天可能是一道难关，你说呢？”

“我一直待在荒无人烟的山区，对外面的情况一无所知。时局果真如此

---

① 1867－1916年，日本著名的小说家、评论家。

② 1885－1976年，全名为武者小路实笃，日本著名小说家。

③ 1916－1992年，日本著名女影星，曾主演过《户田家的兄弟》《早春》等影片。

吗？您听到了什么消息？”

“消息只有一条，就是我们绝对赢不了。”

“是吗？我倒不以为然。日本海军方面的情况如何？”

“应该还有一些办法吧！不是每天都有他们胜利的喜报吗？”

加野因为脑中挥之不去的黑色内裤而变得焦躁不安，他站起身来打开了电风扇的开关。白色的扇叶开始旋转，同时发出吱吱的声响。桌上的花被风吹得剧烈地摇曳起来。

九

天已经很晚了，幸田由纪子还没有回来。富冈一边吹着电风扇，一边自顾自地将头靠在椅背上睡着了。加野将电风扇关掉，悄悄地走出餐厅去寻找由纪子。

暗夜里，不时有夜鸟的啼鸣声从茂密的寒樱树丛中传来。潮湿的空气凝固了夜空游动的脚步，昏暗的灯影在树丛间闪烁着。在山林事务所的正下方矗立着一栋栋华侨的别墅，看起来好像已经很久没有人居住了，庭院里很是荒芜。由南洋蔷薇围成的篱墙上，开着雪花般的小花。从树篱里隐隐约约传出一阵歌声，竟然是日本歌曲！唱歌的一定是由纪子！加野循着声音向草丛方向走去。院子里虫声仍在不停地鸣响。由纪子正坐在一条舒适的靠背弯曲的木制长椅上唱歌。

由纪子察觉到了加野的到来。她停止了歌声，站起身来想要离开这幽暗的庭院。

“怎么了？生气了？”

“没什么……”

“回去吧！夜露会伤身的。在这种地方还可能被蚊虫叮咬，要是生病了可不好办……”

“过一会儿我自己回去……”

“那家伙是个好人，就是嘴巴太尖刻了。或许是神经衰弱的缘故吧……”

加野将手搭在由纪子的肩膀上，薄薄的衣料下柔软的女性肉体，顿时让他热血沸腾。或许是喝醉了的缘故，加野难以抑制自己的欲望，用发烫的手反复揉捏由纪子柔软的肩头。由纪子闪身挣脱了加野的手，她的胸中涌起一股难以压抑的愤怒。遭受到富冈尖酸刻薄的奚落之后，她本能地产生出想要报复富冈、让他难堪的想法。对于眼前这个面皮白嫩的男人，她一点儿兴趣都没有。由纪子沉默地伫立着。加野却又一次笨手笨脚地靠近她。远处隐约传来了汽车的引擎声，那是开往旅馆的汽车。

今天刚从杜朗古波姆返回的加野心中暗想，自己之所以会被由纪子吸引，或许只是因为情欲在作祟。但不管怎样，他有一种感觉：如果现在不得到这个女人，今后恐怕再也没有机会了。加野再度将身体挨近了由纪子。由纪子满眼怒火地盯视着加野。沉闷的杂草味儿混合着花香，飘散在夜色中，脚下的草茎不时地发出吱吱的声响。

“加野先生，我是因为在内地实在待不下去，才来到这里的……在战争时期，一个年轻女子要在全国一亿人‘宁为玉碎’的精神压力下活下去是如何的艰难，加野先生，您能明白吗？我不是因为心血来潮，才到如此遥远的地方来的……我只是想寻找一处安身之地！富冈那家伙凭什么对我恶语相向？这让人怎么受得了？我们三个可都是日本人！什么葛饰、四木，他哪里管得着人家的出身！别人带着苦闷的心情来到这里，可他却站在高处嘲讽人家，太失礼了……”

由纪子突然提高嗓门儿嚷了起来。加野满腔的激情一下子悬在了半空中。他偷偷地窥视着由纪子闪着野兽般凶光的眼睛，眼前浮现出由纪子所讲的内地令人窒息的生活场景。

“富冈喝醉了，他说的是醉话……”加野说完，又大胆地用双手紧紧地握住了由纪子的手臂。

“讨厌！加野先生也喝醉了吗？我不是那种女人……”由纪子语气坚决。她闭上了眼睛，却没有刻意要挣脱加野的纠缠。加野冷不防将火热的双唇印上了她的脸颊。由纪子的脸不由自主地躲了起来。加野的嘴唇一瞬间触到了她的脸颊，随即便又分开了。

就在这时，从道路的方向传来了富冈“喂，加野！”的呼叫声。

加野小声地对由纪子说：“你过一会儿再回来！”说罢，径自拨开草丛，向外面走去。看到加野默不作声地从草丛中走出来，富冈心中突然感到一阵不快。加野也看出了对方的不快情绪，他没有为自己找什么借口，只是默默地跟上富冈的脚步，与富冈并肩向事务所方向走去。高原的夜晚令人感到一丝凉意，露珠打湿了柏油路面，踩上去滑滑的。

“内地差不多该下雪喽……”富冈打了个哈欠接着说道：“哎，真想回去看看！要是能回去一趟就好了……”

加野没有理会富冈，他心里还挂念着由纪子刚才说的话——自己是因为想寻找一处安身之地才到这儿来的。

“幸田由纪子很生气吗？”富冈若无其事地掏出香烟，用手指尖儿轻轻叩动系着长链的打火机，将烟点着。

“嗯，很生气！”

“是吗……”

“她可是个好女孩儿！”

“哦，好女孩儿？她还是女孩儿吗……”

“是的！我刚才被她狠狠地教训了一顿！”

加野想到现在是向富冈老老实实地讲出真相的好时机，便一五一十地交代了刚才的事。

富冈吸着烟，默默地向前走着。

“以前在内地，你没有喜欢的女人吗?”

“那倒不是……”

“嗯……”

在拐弯处，加野转过头来向后看了一眼，坡道下依旧没有出现由纪子的身影。

“喂，明天开车到斐孟去钓鱼如何?”

富冈很喜欢钓鱼。在斐孟附近有四处瀑布，都是富冈常去的地方。可是加野现在却并不想去钓鱼，他没有那种闲情逸致。在深山里蛰居了相当长的一段时间，他现在很想与人交往。他的胸中淤积着挥散不去的苦闷，他是为了排遣这种苦闷才回到这儿的。能见到久违的富冈，他当然高兴，然而意外邂逅的幸田由纪子，却点燃了他心头的熊熊烈火。对于加野而言，那条黑色内裤所勾起的欲火早已喷涌而出，难以熄灭。

加野没有回答富冈的问题，吹了一声唤狗时吹的口哨。从车库方向，随即传来一阵隐约的犬吠声。

“牧田先生这次可找了趟好差事，在西贡和金边，可以好好地休养一阵子了。”

“嗯。”

“富冈兄，在西贡可有什么趣事?”

“哪会有什么趣事?”

“是吗……不会吧?”

“在返回杜朗古波姆之前，你不妨也到西贡走一趟，散散心……”

“西贡，我已经好久没去喽……”

不过，此时此刻，西贡已无法引起加野的兴趣了。萦绕在他脑海中的，全都是今晚在星光下闪烁的由纪子眼中的那抹野兽般的光芒。他按捺不住想跟由纪子聊天的冲动，想尽自己所能抚平她心中的寂寞。或许是夜风吹散了酒意，加野剧烈的心跳渐渐地平息了下来，他对自己的性急和鲁莽感到后悔。由纪子方才含着眼泪说她不是因为心血来潮才来到这种地方的。细想起来，这句话其实同样也适用于自己——来这里总比去当兵好。由纪子的话触痛了他心中几乎已经愈合的伤口，他回忆起当初被征召到赤羽工兵队进攻南京时的情景，那场阴暗的战争再度浮现在他的脑海中。往事像走马灯似的在加野的眼前闪现，他依然记得在一个漆黑的夜晚，自己在一个不知名的湖上，为排解压抑不住的欲望偷偷地躲在船中和素不相识的女人苟合之事。

十

富冈觉得很无聊，在餐厅前和加野分手后，便径自上了二楼。他瞄了一下手腕上的夜光表，时间早已过了十一点。踏入房内，他看见女佣妮芙正将洗好的衣物分门别类地往衣架上摆。妮芙整理衣物的动作很是迟缓，那模样让富冈无端生出一股难以忍受的寂寞。他转身从后面的楼梯走下楼去，来到了标本室。打开标本室的电灯，富冈在一张圆木椅子上坐了下来。他一面环视四周陈列架上那些了无生机的标本，一面莫名其妙地想，自己为什么要无所事事地坐在这儿。

想到好久没有给妻子写信了，富冈便想返回房间去写久违的家书。由于到西贡出了十多天的公差，他一直没有给远在家乡的亲人写信。他觉得自己此时的无端寂寞只能对妻子一人倾诉。在物资极度匮乏的内地，忍受着难以言喻的辛劳，独自一人承载着家庭重负的妻子的身影仿佛就在眼前晃动。他想在近期内托人把在西贡买的米歇尔口红和粉饼捎给内地的妻子。对了，在写给爱妻邦子的信中，应该把这件事情也告诉给她。

富冈感到有些口渴，于是走出标本室径自去了餐厅。餐厅里，加野还在独自一人喝着那瓶剩余的果酒。

“幸田小姐回来了吗?”

“嗯，回来了，回自己的房间去了!”

喝过水后，富冈步履沉重地走上二楼。妮芙已经不在房间了，他将房门锁好，和衣躺在了床上。身下的弹簧床嘎吱嘎吱地响了起来。富冈静静地眺望着挂在天花板上的昏暗灯泡，脑海中一片空白。难以言状的寂寞像潮水般袭扰着他，那感觉就像是罩上了一块厚厚的湿毛巾。一躺下来，他便懒得再提笔写信了。过了一会儿，富冈起身换上一件黄色的睡衣，那是一件用心洗涤后又烫得平平整整的睡衣。他不禁怜悯起妮芙的一片深情来。

富冈踢掉毯子，轻松地躺到床单上。楼下传来餐厅的关门声，接着是加野缓缓走上二楼的脚步声。富冈突然在心中暗骂道：“加野这个混蛋!”他想起了幸田由纪子结实的身材，感觉和妻子邦子有些相似。更重要的是，富冈发现她听懂了他隐藏在话里的深层含义。这是一种只有有着共通语言和相同生活习惯的，同一种族的男女之间才会有的交流。刚才与由纪子的会话，再一次证明了这一点。一想到加野今晚势必难以入眠，富冈的脸上露出一丝狡黠的笑容。

不一会儿，隔壁房间里传来了粗暴地拉拽椅子、打开衣橱的声响。那是加野在宣泄他的焦躁情绪。

躺在床上的富冈怎么也睡不着，他觉得自己好像忘记了关标本室的灯，于是慢吞吞地爬起来，走出了房门。刚一下楼，他看到身穿蓝色便服的妮芙正站在标本室的门前。

“我忘了关灯，所以下来看看。”富冈用越南语小声地说道。

“我也是来关灯的。”妮芙说着，一边用手抓着长衣的下摆，一边伸出另一只手来，关掉了墙上的开关。黑暗中，富冈伸手抱住倒向自己怀里的女人的胴体。妮芙似乎要开口讲话，富冈急忙用嘴堵住她的嘴唇，没让她发出声来。长吻之后，富冈将这娇小的女人推向了墙边，然后径自走上了楼梯。他感觉背后的妮芙似乎正偷偷地发笑。来到二楼后，富冈正了正姿态，像团十郎①的铜像般昂首挺胸地走进了房间。

这是一个寂静的夜晚。

在有风的日子里，松林大多会随风起舞，发出阵阵的声响，可是今晚却听不到一点儿松涛声。富冈在脑海中描绘着松林的景象。马尾松弱不禁风的长长的穗状叶片，美尔库西松的扫帚形叶子，还有卡其亚松的淡淡色彩，像一幅幅画面在他的眼前忽明忽暗。他联想起在南婆罗洲的山林旷野中，为寻找美尔库西松而艰难跋涉时的往事。在名为邦加尔马逊的小镇上，欣赏来自内地的戏曲慰问团的演出时的场景，也让他怀念不已。他还依稀记得那场戏的名字好像是《时间之神》，由五月信子②主演……还有那曾经让他为之震撼的场景也清晰地出现在他的眼前——一大片状似风信子的水草，在大海般宽广的混浊河面上飘动着。这一幕幕或许都已成为过眼烟云……

他想到植物只有在生养它的土地上才能长得枝繁叶茂，如果离开了故土，便很难长得好。想起眼下栽种在事务所庭院里的日本杉那半死不活的模样，富冈禁不住想，其实，不仅是植物，就是人类自身也同样适合这一法则。他产生了一种怪异的想法，植物也应该具有民族性，它们只能植根于它所生息繁衍的土地。

根据美尔库西松分布图来看，大叻附近的美尔库西松的林地面积总计在三万五千公顷左右。然而，这样一个关于异域林地的枯燥的统计数字，对于他这个莽莽撞撞地闯进来的并不聪慧的日本林业官员，又有什么意义呢？的确，美

---

① 指市川团十郎，1838－1903年，日本著名的歌舞伎演员。

② 1894－1959年，日本著名电影演员，曾出演过《现代女性》《信天翁》等影片。

尔库西松有着美丽的树干和木纹，可是就因为如此就要将那一大片森林贩卖到世界各地吗？这些经过漫长的岁月才长成的森林，是他人的珍宝。包括自己在内的日本人又有什么权力突然闯到这里来，强取豪夺根本就不属于自己的财富？日本人究竟要如何处置这片雄伟辽阔的山林……人类的心灵是自由而又无拘无束的。在迷迷糊糊之中，富冈的头脑中满是这些不着边际的荒诞想法，迟迟无法入眠。

富冈起身熄灭了电灯。

在熄灯的同时，从隔壁房间传来了加野的开门声，接着是缓缓走下楼梯的脚步声。他该不会是去……吧？富冈一面否定着自己的猜测，一面竖起了耳朵。隔了一会儿，从餐厅里传来了断断续续的钢琴声，宛如水滴滴在深井中发出的叮咚声。富冈知道，加野一直深居山中，长期的禁欲生活使他变得狂躁不安。静静地躺在床上，富冈想起了刚才自己和妮芙偷偷拥吻的事，突然对自己产生出一股厌恶的情绪。他想，无论是加野还是自己，都对自己并不爱的人产生了欲望。两个人都已经丧失了在内地时的那种旺盛斗志，越来越像是被移植到大叻后日渐枯萎的日本杉。大概是染上了南洋病吧——富冈口中喃喃地说道。

十一

“早安!”

从楼下的平台传来了玛丽柔美的问候声。富冈从枕头上抬起昏昏沉沉的头，看了一下手表。时间刚好是九点。没想到会睡到这么晚！富冈慢慢爬起来，坐在床上抽着烟。他感到头一阵阵地抽痛，身体懒洋洋的，一动也不想动，脑海中一片空白，不知该做什么好。窗外的小鸟悦耳地啼叫着。他缓缓地推开窗扇，高原的景色立即映入了他的眼帘。湛蓝的天空与翠绿的草地交相呼应，带给人一种心旷神怡之感。妮芙穿着一件淡褐色的发着冷光的衣服，站在位于庭院一角的花园里。这女人健康得不知疲倦为何物，这一点让富冈感到有些嫉恨。他实在摸不清妮芙的心思。想到妮芙在长吻之后竟然会发出虫鸣般的窃笑声，他觉得真是不可思议。富冈尽情地伸了个懒腰，然后又缓缓地在床铺上坐了下来。他感觉活动身体本身，其实就是一件毫无意义的事情。

富冈想要洗脸，便往盥洗室方向走去。经过加野的房间时，他顺便敲了敲门，却没有人回应。他试着转了一下门上的球形把手，散发着油漆味儿的房门“吱”的一声打开了。房间的窗户敞开着，地板上凌乱地丢着脱掉的衣服，床上上身赤裸、下身只穿一条褐色条纹内裤的加野还在熟睡。他白里透青的肌肤，看上去好似剥了壳的煮鸡蛋一般光滑，张开的嘴巴里不时传出几声鼾声，好似顺着导水管流动的水流声。富冈想，这或许就是“天昏地暗”的睡姿吧。他走上前去，用力摇晃加野冰凉的肩膀。加野睁开了惺忪的睡眼，或许是昨夜为情欲所困的缘故，他的眼里布满了血丝，视线漂移不定。

富冈丢下加野，径自到盥洗室冲了个凉水澡。清晨已经来临，一切都好像不曾发生过……昨夜的诸多烦心事早已云消雾散了。他抖擞精神，腰里裹着大浴巾，大步流星地直奔二楼的房间。穿上烫得平平整整的白色短袖衬衫和褐色的轧别丁长裤，富冈站在镜子前笨拙地刮起了胡子。

一阵咖啡的香味儿飘上了二楼，教会的钟声鸣响了。

富冈穿戴整齐后，下楼来到了餐厅。餐厅里，幸田由纪子正独自坐在窗边的餐桌旁用餐。富冈主动走上前去，道了声：“早安!”

由纪子的眼睛好像哭肿了一般，她没有回应富冈的问候，只勉强地笑了笑。望着由纪子温和的表情，富冈感到一丝歉意。他有些懊恼地走到自己习惯的座位上，匆匆吃起了早餐。而女佣妮芙则好像变了个人似的，板着一张毫无表情的雕像般的脸，为他们端上了咖啡和面包。从办公室方向传来了玛丽忙碌的打字声。

吃过早餐后，富冈忽然生出想到四公里外的曼金走一趟的想法，于是，一个人向安南王陵墓附近的山林观测站方向走去。在他看来，心情郁闷时，与其去钓鱼，不如到森林里去自言自语，更快活些。在大叻的各个村落中，有很多大小不一的木材厂。富冈一面听着木头被割开时发出的刺耳的悲鸣声，一面默默地行走在弯弯曲曲的盘山道上。沿途是一大片森林，椎树、竹柏、卡其亚松等常绿阔叶树，相互间盘根错节，遮蔽了清晨的阳光。抬眼望去，天空宛如一条蓝色的河流，在森林构筑的河堤间流淌。富冈觉察到背后有脚步声，转头一看，发现竟然是身穿白裙的由纪子朝着他快步走了过来。

富冈还以为是自己看花了眼。他一动不动地伫立在原地等待。由纪子上气不接下气地跑了过来。

“怎么了?”

“今天我该做些什么工作呢?”

“工作?”

“是啊……”

“加野呢?”

“还在睡觉呢!”

事务所里本来还有一位越南人林务官，可是刚刚来到这里的幸田由纪子不可能听懂他的话。

“牧田先生走前没有向你交代过工作吗?”

“没有，什么也没交代过。”

两人自然而然地向曼金方向漫步而行，富冈默不作声地在前面走，由纪子默默地跟在后面。军队的卡车和汽车，不时地从两人的身边疾驰而过。看到由纪子这位日本女性，司机们无不露出惊讶的表情。由纪子则故意跟富冈保持着一段距离。

见富冈始终没有开口，由纪子便再一次小声问道：“我该做些什么?”

富冈慢吞吞地转过身来，不高兴地回答道：“前面有一处安南王的陵墓，你就去参观一下吧!”说罢，便大步流星地向前走去。由纪子分辨不出富冈的话到底是不是出于一番好心，但从他自顾自地向前疾行的背影中，她仿佛读出了一丝恶意。富冈手持头盔式的帽子摇晃着，脚上穿着一双不会发出响声的胶底鞋，一副怡然自得的样子。由纪子的脚上则是一双廉价的白鞋，那是她在西贡时下了好大决心才买下来的。

在一个交叉路口处，两人拐进了一条狭窄的人行道。走了一阵子之后，富冈逐渐地放慢了脚步，由纪子终于得以与他并肩而行。由纪子暗自猜想，刚才富冈之所以走得那么快，或许是由于他们走的是大马路，而且不断有军方车辆经过的缘故。

“听说你昨晚生气了？”

“你说什么……”

“加野说你很生气……”

“嗯，确实很生气。”

富冈将帽子戴在头上，随后从挂在腰部的图匣中取出林业地图，边走边摊了开来。林鸽在两人的身旁不住地啼鸣。白色的地图反射出的光很是刺眼，富冈从胸前的口袋里掏出淡红色的太阳镜，架在了高挺的鼻梁上。地图顷刻间变成了淡红色。高原特有的强烈阳光，透过树林的缝隙倾泻到林间小路上。与日本女人并肩而行的富冈，情不自禁地在意起四周的目光来。即使在遥远的他乡，那种在日本内地养成的日本人特有的谨小慎微的习惯和性格，仍在强烈地影响着他。

十二

由纪子感到，富冈的这次“考察”，其实，不过是一时的心血来潮。四周满是繁茂的巨型常绿阔叶树，甜腻腻的花粉气息笼罩着他们。二人默不作声地向前走着，气氛异常沉闷。从森林上空传来了飞机呻吟般的引擎声，抬眼望去却是一片郁郁葱葱的枝叶，全然不见飞机的踪影。陵墓附近是一大片幽暗的原始森林，偶尔有几株卡其亚松和竹柏混生于其中，显得格外挺拔。穿过这片原始森林，便是十二三公顷的人造卡其亚松林。在附近的民宅里，甚至还可以看到炭窑。

由纪子走累了，或许是因为昨夜没有睡好的关系，她感到越走越喘不过气来，背部也焦灼般的刺痛起来。她不时地做着深呼吸，好让山林中的清凉空气将胸中的郁闷排挤出去。对于森林中的景色，由纪子一点儿也提不起兴趣，倒是富冈那高大的背影深深地吸引着她。一种因孤独而产生的想要靠近对方的心情，支撑着由纪子一步步艰难地向前挪动着。一种奇怪的感情，让她披上了一层寂寞的面纱。她巧妙地伪装着自己，随时准备在富冈转过头来时，向他展示自己精心粉饰过的女人的孤寂。在面纱的背后，由纪子暗自感到一阵兴奋，不由自主地发出了一声令人怜惜的长叹。富冈转过了头来。

“累了吧？”

“嗯。”

“我可以用半天的时间轻松地走上十二公里。在森林里，就算走得再久，也不会感到累，反而会让我在夜晚睡得更沉。”

“请问，加野先生要一直待在这儿吗？”

“大概要待上一阵子吧……”

“他让我觉得心里毛毛的。”

“为什么？是他太莽撞了吗？”

“昨晚他喝得烂醉如泥。我好害怕！”

富冈慢慢地、默不作声地走着。他突然意识到，昨晚自己之所以会一整夜没有睡好，或许内心深处担心的正是这件事情。想到此，他不禁对加野生出一丝厌恶之情。富冈停住脚步，站在原地等由纪子走近后，很自然地搂住她的肩膀，在阴暗高大的竹柏树下，紧紧地将她抱在了怀里。由纪子的反应竟然出乎意料地自然。她大口地喘着气，将头埋在富冈的胸前。

过了一会儿，富冈轻轻地移开由纪子的脸，凝视着她那近在咫尺的丰满嘴唇。这是一个与他在语言上全无隔阂的女人，他体会到了同一民族女性的可贵之处。他意识到，这张嘴唇的感觉会与昨晚与妮芙接吻时的感觉完全不同。富冈的心情异常轻松，无拘无束地注视着由纪子泛着红晕的脸。他发现眼前这位双目微闭、努力地控制着急促心跳的日本女性的面容，竟然酷似他的妻子。手中托着由纪子的脸庞，富冈已经麻痹了的心绪却飞到了千里之外。他知道自己所渴求的，并不是眼前的女人。他感到内心空空荡荡，这使他变得更加烦躁而不知所措。自从来到南方之后，他的感情已形同死灰，再也无法对女人产生纯真的爱慕之情。他觉得自己就像是在森林中自由奔跑，任意选择交配对象的雄狮，突然间被关到了笼子里，只能在狭窄的空间里急急地追逐一头随便分配给它的母狮。内心的空虚，即使在与由纪子接吻之时，也依然困扰着他，令他难以摆脱。富冈无休无止地吻着由纪子，由纪子变得面红耳赤，动情地用指甲不断地抓捏富冈的肩膀。过了一会儿，富冈的激情一点点儿冷却了下来，再也无法应和兴奋而迷乱的由纪子的兴致，他失去了完成更进一步行动的热情。一只野生的白色小孔雀振翅飞起，消失在树林之中。

两人在林中、村落和农园附近又转了好一阵子，直到午后才返回事务所。富冈径自回到房间拿了条毛巾到浴室冲凉去了，而由纪子则若无其事地到办公室转了一圈。办公室里电风扇关着，又闷又热，加野一个人正独自坐在窗边的大桌子前写着东西。对由纪子的到来，加野一副视而不见的样子，手中的笔也没有停下来。玛丽不知道是不是因为已经完成了工作回家去了，打字机上罩着套子。由纪子走出办公室，上了二楼，向自己的房间走去。奇怪！自己的房门竟是开着的，这令由纪子很是不快。她想，一定有人到过自己的房间，于是认真地检查起床铺和桌子。她发现床上有一处凹痕，似乎有人在上面坐过，一股强烈的恐惧感袭上了她的心头。由纪子锁好房门，连鞋子都没有脱便躺在了床上，可内心却始终无法平静下来。顺着敞开的窗户向外望去，天空依旧湛蓝。她突然觉得自己不知为什么要来这里，甚至为此而有一种自责的感觉。与此同时，内地那些在战乱中惊慌度日的人们的生活场景，像肥皂泡儿一样在她的脑海中浮现、破灭。在这里，虽然她感受不到内地的那种令人透不过气来的慌乱，但取而代之的，却是一种痛彻心扉的、无边无际的寂寞与孤独。

虽然不是完全彻底，但她已俘获了一个男人的心，这助长了她的自信，令她感到很是满足。由纪子的脸上不时地露出得意的微笑。在她看来，与伊庭的那段往事已不再重要，如今唯有富冈才是最具魅力的。她相信自己有能力去爱他，可以为他流泪、为他心碎。那个装扮得极为冷酷，其实却不乏热情的男人，在自己面前已乖乖地卸掉了面具。那个说话尖酸刻薄，却懂得疼爱妻子的男人，如今已成了自己的爱情俘虏，这对于由纪子而言是再高兴不过的事了。她庆幸自己战胜了富冈伪装出的冷漠，庆幸自己昨晚抵御住了加野的猛烈攻势——她觉得正是因为昨晚的顽强坚持，她才收获了今天的幸福。由纪子感到心满意足，在不知不觉中进入了梦乡。

冲过凉后，富冈换上干净的衣服，下楼去了餐厅。刚一进门，他便看到加野正坐在对着阳台的木椅上发呆。富冈手里拿着一本厚厚的舒伯里耶的植物学书，一屁股坐在加野旁边的一把椅子上。正前方的兰宾山巍巍高耸，眼前的湖泊闪耀着白色的光芒。电风扇发出的“吱嘎吱嘎”的转动声，不断地从餐厅后面的一间无人餐厅里传出来。

富冈吩咐妮芙端上来一瓶冰镇啤酒和一大盘冷鸭肉。

“来，喝一杯！”富冈开口对加野说道。加野无精打采地接过了酒杯。

小鸟在四周喧闹地鸣叫着。两人边喝啤酒，边眺望着远方的美景。在阳光的照射下，兰宾山呈现出五彩缤纷的颜色，那颜色随着光线的变化一点点儿地变幻着。对于富冈而言，加野能够默不作声地和他一起喝啤酒，已经是很不错的了。望着眼前这异国他乡的山峦、湖泊和天空，富冈在想，虽然同为异乡客，为什么自己就不能像法国人一样，与这片土地浑然融为一体呢？对此，他不免有些烦躁。他觉得，这片广袤无垠的土地，似乎不肯接纳日本人偏颇而狭隘的思想。包括富冈在内的所有的日本人，无论如何骄横，也不过是这块土地上的一小撮异物罢了。富冈此刻深切地感受到了没有任何才能的自己，无所事事地呆坐在这里的惶恐心情，就像一套拙劣的魔术戏法，随时都可能被人识破。然而，眼前的湖光山色，却是能够让人永远铭刻在心的美景。在这片土地上，没有人理会日本人的存在。日本人就像是一群蚂蚁，忙忙碌碌地在别人的土地上奔来走去。他们带着极为现实而又功利的目标而来，漫无目的地将一片片已有五六十年树龄的卡其亚松砍倒，之后却只是单纯地将砍伐的数量呈报给军方。在他看来，那一串串数字仿佛是对他们的嘲笑。尽管他们驱使毛依族人，将砍伐的树木沿着达尼姆河漂送到下游，或者用卡车运到外面去，但在富冈眼里，那些横遭砍伐的树木并没有被真正地派上用场。它们有的成了货车上的摆设，有的则在漂流至下游后，堆积在了河边。那些被丢入达尼姆河中的斧痕犹新的卡其亚松、竹柏等巨树，已布满了河岸。他们所拥有的，只是在办公桌上被传来传去的一连串的枯燥数字。那些淳朴而又略显愚笨的毛依族人，在他们看来，也不过是一群可以任意驱使的不够勤快的奴隶。

富冈边喝啤酒，边阅读手上的那本关于植物的书。法国人克雷坡和舒伯里耶曾经在这里生活过几十年，写下了不少关于该地区物产和植物方面的书。对富冈而言，这两个人的著作是难得的宝物，对于了解法属印度支那的林业情况，是再好不过的不朽名著。

大概是有了些醉意的缘故，加野的脸上已经没有了先前的那种不悦，好像想起了什么似的，突然大声问道："幸田小姐睡了吗?"

"嗯，谁知道她在做什么?"

"早上你不是带她到曼金去了吗?"

"不，是她自己从后面跟去的。我只是陪她转了转而已……"

"我爱上她了，请你记住这一点……"

"噢……"

"并非是我多心，刚才有个工兵队的军官来过，他说看到富冈兄跟一位日本女人亲密地走在一起，还问起那个女人是谁。看来你下手倒是蛮快的!"

"你可真是小心眼儿……我们不过是散散步而已！来说闲话的，是军车部的少尉吧……"

"嗯！我听说后立刻去了曼金，可是找了半天也没有找到你们……"

富冈偷偷地将视线转向了湖泊。他想，如果加野知道自己是故意选择林间小路的话，会怎么想？他有点儿后怕地说道："男人嘛，任谁都会对女人多瞧一眼……"

"不，富冈兄的身手实在让我惊讶。趁我睡觉时，跟幸田小姐一道去了曼金，这可不怎么好！争夺女人，胜负往往是由一瞬间的感觉决定的。富冈兄虽然说话刻薄，但我还是不能不防啊。"

"是她自己在后头跟过来的！她说所长离开时没有给她分配工作，而你又在睡觉，所以才跑过来问我该做些什么。我想，让她去参观一下也无妨，所以就带她去转了转。事情不过如此，并不是事先约好了一起去的……"

"好了，不要说了！既然我爱上了她，就一定会想办法把她弄到手!"加野不好意思地微笑着，拿起啤酒瓶，向两人的杯子里斟满了酒，那态度似乎是在告诫富冈："请不要从中搅局。"

富冈掏出香烟点着了火。他缓缓地向外吐着烟雾，同时在心里喃喃自语"已经太迟喽"。然而，转念一想，倒也未必会太迟。由于内心烦躁，自己面对由纪子的炽热情欲，竟然半途而废，他觉得此事恐怕会有些后遗症。上次赴西贡出差之前，富冈每晚都要跟妮芙云雨一番，这使他在肉体方面不至于像加野那样因极度饥渴而变得狂躁不安。然而，他与妮芙的情事其实不过是逢场作戏，对于妻子之外的女人，他从未有过精神上的恋情。牧田主任似乎也对富冈与妮芙之间的事情略有知晓，但只要不需要承担由此引发的责任，他向来不干涉下属的生活问题。他的这种温和的处事方式，也给了富冈可乘之机。

不知不觉中，太阳变成了橙黄色，慢慢地向兰宾山方向沉落下去。湖面微波荡漾，像是镶上了万缕金线。

从餐厅后面飘来了一阵油腥味儿。

夕阳的美景让两个男人陷入了更深的沉思之中。加野开口说道："这里如此安宁，可内地却正是吃紧的时候……我们居然还在这里谈什么恋爱，是不是有些过分……"

"你认为我们会打赢这场战争吗?"

"一定会赢的！事到如今，怎么可能打败仗呢？打到今天，如果失败了，那未免也太惨了。我从来没想到过会战败，不过，看得出来牧田先生和您对战局都有些不安。如果真的战败了，我就当场剖腹自杀……"

"剖腹？那可不是件容易的事情！我当然也不希望战败，但你要知道，战败的可能性并不是不存在的。虽然我尽量避免触及这个问题，可是最近传来的并不都是捷报。住在这块土地上的人对这种事情是极为敏感的！说起来，这是日本人的一贯风格，只知道一味地蛮干，但其实手中根本没有什么法宝。我总感觉日本的气数似乎是越来越弱了，还没有达到顶峰就已经陷入了绝境，而且把这里也弄得乌烟瘴气……为了替战争找个合理的借口，使出了各种手段，但对之后的事情却缺乏谋略，就像是猴子耍大刀一样……"

"好了，别说这种泄气话了！的确，我们可能遇到了一些困难，但现在还很难说谁胜谁败。就算战败了，最坏的结果不过是战死而已。死了就都解脱了，死了……"

"你这话太不负责任了!"富冈不屑地丢下一句，起身去了厕所。富冈刚踏出餐厅，幸田由纪子紧接着走了进来，看起来像是美美地睡了一觉，面色很好。她穿着一件红色方格连衣裙，浑身上下打扮得漂漂亮亮，头上还绑着一条蓝色的细丝带。加野瞪大了眼睛，转过头来盯着由纪子直瞧。

"中午饭都没吃，一定饿了吧?"加野一边挪动椅子，一边说道。由纪子大大方方地在加野身旁的椅子上坐下来，将两条腿交叠在一起。在金色的阳光下，由纪子的脸色看起来很是红润，嘴唇宛如吸饱了血液一般泛着红光。她身上的那股日本香料的味道，令加野颇为心动。他抽动鼻翼嗅了嗅，觉得好像是久违了的山茶油的味道。由纪子的头发油亮而有光泽。加野从口袋里掏出一个厚厚的信封，匆匆地放在由纪子的膝上，说道："过一会儿再看!"

由纪子迅速地用白手帕将信封包好后收了起来。富冈慢吞吞地走了回来，故意瞧也不瞧由纪子一眼，径自眯着眼睛眺望起金色的太阳。加野取来杯子和啤酒，将酒斟入杯中递给了由纪子。

尴尬的沉默持续了一会儿，富冈终于抱起那本舒伯里耶的著作，默默地起身离开了餐厅。加野内心自以为是，以为富冈是知趣儿地走掉了。

十三

外面雨势大作。

雨水流经竹管的声音宛如瀑布的轰鸣，将由纪子的思绪拉回到现实之中。她心情忧郁，翻来覆去难以入睡。在越南的那段多姿多彩的生活，有如走马灯一般，若明若暗地在脑海中闪现。或许是更深夜寒之故，只盖了一条棉被的她，冷得睡不着。尽管身体已经疲倦得有如一摊烂泥，可是那种好似在野外露宿般的不安，却令她心神不宁。一种既无依无靠，又无力与命运抗争的空寂袭扰着她。由纪子在黑夜中睁大眼睛，默默地倾听着激烈的雨点儿声。她暗自庆幸，好在伊庭不在同一间房子里。对她而言，能够摆脱伊庭独自生活四年，着实值得欣慰，她已无心再和那个男人重续旧情。

即使身处完全陌生的场所，周围都是陌生的面孔，也可以毫不在意地安然入睡，在越南的生活使由纪子本已养成了这一习惯，可是今天她却怎么也睡不着。在海防的收容所里，她没能遇到筱井春子，甚至没有碰到一位她认识的人。加野在战争结束前被押送去了西贡的宪兵队，从此杳无音信。一直坚持到最后的富冈幸运地搭上了五月的归船，先由纪子一步回到了内地。从五月份分手到现在，由纪子不晓得富冈是否已经变心，但她相信只要能够重逢，两人之间的问题就一定能够解决。她需要有信心，因为这可以让她的心里好受一些。

第二天清晨，雨过天晴，初冬的天空多了些干爽，少了几许潮湿。荒芜、狭小的庭院中，一棵柿树上挂着几颗瘦小的披着白霜的涩柿子。望着已经长大了的柿子树，由纪子不禁感慨自己离开这里已有四年的时光。这时，女主人煮好了黑麦饭，过来招呼由纪子一道吃早餐。男主人似乎一大早就外出了，据女主人讲，是去信州采购苹果去了。他是信州人，最近开始从事苹果批发生意，不过，考虑到现在这种水果管制政策迟早要解除，所以，他打算改做其他生意，试着去静冈买盐销到信州，再从信州采购大酱回来卖。

“如果跟伊庭先生之间的事情能够顺利解决，我原想拜托伊庭先生帮助购买食盐，可我家那口子偏偏跟他合不来。你知道在什么地方可以买到盐吗?”

对于这些，由纪子根本就是一窍不通。餐桌旁坐着这家的四个孩子，老大是个八岁的男孩儿，下面分别是七岁的女孩儿、三岁的男孩儿和刚出生不久的婴儿。据说男主人的弟弟也和他们住在一起，不过，今天早上和他一起出门采购苹果去了。

由纪子原想随便找份什么工作先干上一阵，不过，最后还是决定等见了富冈之后再说。女主人告诉她可以暂时住在放行李箱的那个房间，这让由纪子宽心了不少，禁不住连声道谢。现在，她还不知道是否能够重回原先的工作岗位，不过，这一点已不重要，因为她已没有了重操旧业的打算。

早餐后，经女主人指点，由纪子来到附近的酒类专卖店借电话。她把电话打到了富冈原先在农林部时的办公室。接电话的女人告诉她，富冈已经辞掉了农林部的工作。无计可施的由纪子，毅然决定到位于上大崎①的富冈的住处去看一看。

由纪子在目黑车站下了车，穿过地下通道，沿着与国有铁路并行的道路，边走边打听。经过伏见恭亲王的府邸之后，她按照富冈留下的地址，开始在灾后的住宅区里一户户寻找。眼前是一片战火遗留下的焦痕，已经完全没有了往日的风光。她费尽周折找到了富冈的家，可是当看到门上写着“富冈”两个字的门牌时，她却莫名其妙地胆怯起来。富冈一家似乎和别人住在一起，因为门上还挂着另外两张门牌。房屋已经破败不堪，每一扇玻璃窗上都贴着细细的胶带。一簇经过夜雨洗涤的箭竹，斜倚在残破的木板墙上，看起来像是一把扫帚。尽管她不愿意见到富冈的妻子，但由于发了几封电报都没能得到回信，所以除了亲自上门之外，也实在是别无他法。由纪子定了定心，拉开镶着玻璃窗的格门，自称是农林部派来的人，要求见富冈。一位五十岁左右的优雅的老妇人走了出来，闻言后立即转过身向里屋走去，这时，身穿和服的富冈出人意料地从里面缓缓地踱了出来。看到眼前的由纪子，富冈的脸上并没有显出特别惊讶的神色，自顾自地穿上木屐，一言不发地径自出了大门。由纪子尾随在后追了出去。转过几条不知名的小巷，二人来到了一条人迹稀疏的街道，路两旁的建筑物上还残留着大火烧过的痕迹。

富冈这才转过头来问道：“你还好吗？”

“接到电报了吧？”

“嗯。”

“为什么不回信？”

“我想反正你会找上来的。”

“听说你把工作辞掉了？”

“嗯，七月份辞掉的。”

“现在在做什么？”

---

① 位于东京都港区内。

“帮家父做事……”

“刚才那位是令堂吧?”

“嗯。”

“长得和你很像，所以，我想可能是她老人家。”

“你现在住在哪儿?”

“住在鹭之宫的亲戚家……”

“你在这儿等我一下，好吗?”

“好的!”

富冈说要回去准备一下，随后掉过头循原路往回走去。望着他那穿着带有碎白花纹的藏青色和服的背影，由纪子突然感到有些陌生，怀疑自己是否认错了人。她在一处坍塌了的带着焦痕的石墙上坐了下来。凛冽的寒风吹拂着她的身体。由纪子下身穿着一条黑色的长裤，上身则是一件从女主人那里借来的蓝色旧夹克，这种装束跟眼前这荒凉至极的景色倒很相配。想到这是一次危险的探访，由纪子的脸上不由得一阵发热。

大约等了三十多分钟，富冈才穿着一身旧西服返了回来。虽然这身打扮使他有了几分往日的影子，但或许是西服过于寒酸的缘故，富冈的身上已没有了在大叻时的那份朝气，人也消瘦了很多。远远地望着坐在坍塌石墙上的由纪子，富冈的内心没有一丝的激动，毕竟生活的舞台已转换成了眼前的这片废墟，他已不想再重温在大叻时的那段旧梦了。富冈强忍着内心的烦躁，举步向由纪子走去，心想，该是结束一切的时候了。

他像鹦鹉般重复着先前说过的话：“你还好吗?”

“嗯，一心只想着回来和你重逢，怎么能不好好保重自己呢!”由纪子加重语气回答道，同时眯起眼睛抬头凝视着富冈。

对此，富冈只是咧嘴笑了笑，并未作答。很显然，刚刚回到国内的由纪子还没有看出他要斩断旧情的决心。自接到由纪子的电报后，富冈没有感受到任何的喜悦之情。可是即便如此，他还是打算承担自己该承担的责任。他原本不想做得太绝情，可是如今见到由纪子之后，他觉得没必要顾忌太多。他下定决心，索性在今晚过后便与她一刀两断。他问由纪子要去哪里，由纪子当然不知道有什么地方好去。富冈想起曾听人说过，最近在池袋新开了几家小旅馆，于是便带着由纪子去了那里。

池袋附近有好几处用木板搭成的简易旅馆。街道上各种建筑物杂乱无章地拥挤在一起，有市场，也有小吃店。富冈想，这种混乱的状态，倒很适合男人带着女人前来幽会。他选了一间挂着招牌的木造小旅馆，推开玻璃门向里面走去。一位头发蓬乱、脸色苍白的女人口中嚼着口香糖，拖着一双连鞋带都没系的鞋，急匆匆地从里面冲了出来，看架势好像要把玻璃门撞破一般。由纪子不禁从心底里涌起一股寒意。二人被带到了二楼的一个四张半榻榻米大的房间，从窗户向下望去，刚好是市场。房间里的榻榻米污浊不堪，还有被香烟烫过的斑斑痕迹。绿色的墙壁上是一道道的划痕，房间的角落里堆着两条红色没有花纹的脏被子，上面摆着两个油渍渍的没有枕套的枕头。

富冈掏出钞票，吩咐服务员弄些馄饨和酒。空荡荡的房间里，既无桌子，也无暖炉，两人显得无依无靠，不知手脚该放在何处。富冈倚墙而坐，长长的双腿蜷曲着，双手抱着膝盖。由纪子则横躺在棉被上，一只手托着头，另一只手伸到胸前，隔着夹克衫用力地揉搓圆润、硕大的乳房。

“怎么也没想到这个世界会变成这个样子……”

“战败了嘛，不变才是怪事!”

“说得也是……嗯，可是我真的很想见到你，你却好冷淡，似乎对我被遣返回国一事并不同情，对不对?”

“别说傻话了！被遣送回来的又不是你一个人，我不也一样嘛！像我们这样的人多得很。”

由纪子谈起遣送时所流露出的那种似乎自己受了很多罪似的语气，让富冈觉得很不舒服，他觉得眼前这个女人有些不明事理。此外，由纪子在如此肮脏的环境中所表现出的毫不在乎的倒地便睡的做法，也让富冈感到很不习惯。相反，由纪子却在内心中期待着男人的热情。她感到百思不得其解的是，为什么在这间只有两个人的客房里，富冈却表现出初次见面时的疏远和拘谨。难道她们在大叻时的相知相许，在历经了短暂的分别之后，已经成了明日黄花？不过，由纪子并不想为这种小事而烦心，已经在大风大浪中历练过的由纪子，大胆地靠近富冈，将下巴抵在了富冈的膝盖上。

“别作出一副傻乎乎的样子好不好?”

“怎么了……”

“你讨厌我，是吧?”

“这是什么话！你们女人可真是活得无忧无虑……”

“才不是呢！早知道这样被你甩掉，我就不会像现在这样一个人回来了。我可是跟加野一道回来的。我知道你心里是怎么想的……”

“别说这种蠢话！加野是加野，我可不一样！加野会变成那样，你也是有责任的。女人在内心里总是希望每个男人都喜欢她，在那种地方女人又被捧上了天……对于你们女人来说，受到所有男人的爱慕，肯定是件开心的事……”

“你说什么！这种时候你居然说出这种话来，真讨厌！你是成心在欺负我吗？你已经不再爱我了，是吧？那好！索性我也像刚才在门口遇到的那个女人一样自甘堕落，再也不用顾忌任何人，就此沉沦下去……”

“别这样歇斯底里！我已经回到了国内，不可能再像在大叻时那样过不负责任的生活了。我只是想告诉你，在国内如果还幻想继续过在大叻时的生活，是绝不可能的！至于你的生活，我也会尽力去帮助。这一点儿责任，我还是要负的。”

“责任？什么责任？”

十四

或许是因为酒精的作用，富冈的心情一点点儿开朗起来，心中纠结已久的郁闷也渐渐地散去了，代之而起的，是一股继续像从前那样维持二人之间危险关系的勇气。此时，家庭问题也好，由纪子的问题也罢，尘世的繁杂早已消失得无影无踪，富冈的头脑中充满了游离于现实之外的虚幻缥缈。同时，作为一个男人，富冈肉体中的人性欲望也慢慢地驱逐了原来的理性思考，让他禁不住想要拥抱躺在自己眼前悲泣的女人。自从回国之后，富冈便在内心中一遍遍地否定自己对由纪子的思念，对于往日的记忆也已日渐淡薄，可是就在这种时候，由纪子却又一次出现在了他的面前。对此，富冈毫无精神准备，他感到自己似乎很难摆脱命运的捉弄。这次，富冈主动爬到由纪子的身边，与她并肩躺了下来。

“我想起了好多事情……那时候，我跟你简直就像是疯子。那一次牧田先生和一位内地来的什么少佐，还有你，一道去清实视察林区。临上车时，你突然说：‘幸田小姐不一起去吗？’那位少佐也随声附和：‘对！带幸田小姐一道去吧！’于是我们四个人一起去了清实，这件事你还记得吗？那间旅馆叫什么名字来着？大家一起在煤油灯下吃饭、喝酒，喝得酩酊大醉。当时你住在最里面，我暗中记了下来，然后半夜里光着脚溜到了你的房间。记得那一排房子的前面是一片沼泽，丛林中不时传来恐怖的鸟叫声。房间没有上锁，我轻轻地转动门把手，一抬头却发现一名越南保安正站在院子里，吓得我差点儿叫出声来……不过，那一晚是我们的第一次，对吧？”由纪子紧握着富冈的手，扳着他的手指头回忆起来。富冈这才又回想起那件往事。当军人们血染沙场之际，自己却整天跟女人厮混在一起，对于富冈而言，那段疯狂的日子就像是一场梦。

这是一间像马厩一样简陋的小客房。由于相邻的客房之间只有一段薄墙相隔，就像是隔了一道屏风，因此，房间里的任何声音都可以清清楚楚地传出去。富冈闭上眼睛，眼前立即浮现出只属于他们两人的那段回忆。在卡其亚松的林地里，到处可见繁茂的黄背草和白矛，草丛中处处点缀着杜丹、杨梅和晚香花……清实的森林也是令富冈怀念的地方。他回想起自己以森林官的身份到清实视察时的往事。在森林中，每两名苦力编成一组，或砍或锯，一天最多只能砍四棵树。在那个地区，充当苦力的绝大多数是毛依族人或越南人。由于害怕患上痢疾，所以即使贴出招工广告，也没有多少人前来报名，为此，富冈每天不得不亲自去清实招募劳工。他们在山中搭建起简陋的制材厂，劳工们全凭双手将砍下的树木锯成角材或木板，然后运到大叻，交由军方用卡车运走。苦力们的工作十分辛苦，但工资却少得可怜，不过，他们都跟富冈相处得很好。在战争结束前，虽然已经隐约知道了日本即将战败之事，但他们却一直卖力地工作。

“看来，我们再也没有机会去越南的深山了，是不是？以前我们还说起过，即使在那里当苦力，过一辈子砍树生活也是不错的，对吧？”

“嗯……”

“我记得是你先说出那种想法的！”

“不过，我们已经没有机会了。”

“是啊，再也去不成了！如果加野没有惹出那件事的话，或许战争结束时我们已经逃到了清实。说到底，人是无法自由选择居住地的。为什么我们就不能过与大自然亲密接触、自由快乐的生活呢？”

富冈当然也不想在战后的日本过如此痛苦而又令人窒息的生活。他的胸膛里，始终回荡着一股野性的召唤。就像“拿撒勒”是耶稣的故乡一样，富冈觉得自己心灵的故乡就是那片大森林。对于那片森林，他不时产生一种强烈的乡愁，就像对女人的爱情一样。

不知不觉间已到了黄昏时分。

窗子下面的市场里，人声鼎沸，灯火通明。由纪子一个人去外面买了些寿司和一瓶廉价的烧酒。已经无家可归的由纪子，只希望能和富冈多待上一会儿，哪怕片刻也好。烧酒的作用，使得二人醉意渐浓，让他们不禁生出“就这样沉迷于酒色之中也未尝不好”的念头。富冈很自然地伸出手去抚慰由纪子，二人躺倒在从白天起一直铺着的被子上，没有任何的激情，机械地进行着男女之事，宛如两只交尾的蟋蟀。望着窗外渐渐西沉的夕阳，富冈努力地想忘记目前的窘境，将内心里近乎残酷的痛苦和挣扎，完全托付给那个现实生活中的自己。只要上帝站在自己一边，又有谁能够与我为敌呢？富冈觉得自己应该跟眼前这个女人携手前行，父母和家庭不过是他人生中一堵微不足道的围墙。醉意蒙眬中，富冈仿佛听到了上帝的声音：“你应该跨过这道围墙，跟这个女人共度一生！”酒醉的富冈产生一种错觉，觉得自己必须发表一篇长篇大论，来论述“日本人已经受到来自上帝的启蒙”，他紧紧地抱着由纪子，继续着长长的激吻，两双嘴唇久久地黏在一起。

入夜之后，旅馆里逐渐热闹了起来。几个花枝招展的女人，偶尔会搞错房间，冒失地拉开富冈和由纪子的房门，可他们却毫不在意地继续搂抱在一起。远处国营电车的轰鸣声，不时伴随着风声传进屋来，刺激着二人的耳鼓。脏兮兮的棉被上，胡乱丢弃的两条长裤，看起来比一对赤身裸体的男女更让人感到“淫荡”。

由纪子拥抱着富冈温暖的身体，内心里却在期盼着更炽热的激情，她感到心情烦躁，她甚至觉得眼前这个男人跟她相好，不过是出于一时的冲动。由纪子回想起在和伊庭秘密幽会的三年期间，自己也曾有过类似的感觉。她渴望着对方更强有力的表现，并想方设法挑起他更狂热的欲望，这使得由纪子心浮气躁。而富冈则在搂抱由纪子身体的同时，生出如死灰一般的寂寞。他不时地伸出一只手，将烧酒倒入玻璃杯中，喝上一口。由纪子也偶尔把手伸到桌子上拿起一块寿司送到嘴里。暗夜还将持续很长的一段时间！她一面咀嚼着寿司，一面将发烧的大腿伸到棉被外面。虽然他们之间有着很多共同的回忆，但实际上此时此刻他们的心却完全背道而驰，根本无法产生共鸣。两人根本不想谈论彼此的未来，只想忘却一切现实，努力地唤醒昔日的激情。可是，或许是眼前的环境太过荒凉的缘故，二人不时感觉到一种欲振乏力的无奈。当不经意间，彼此的鼻子碰触到一起时，对方呼出的污浊气息也令他们感到难以忍受。

“你瘦得好厉害!”

“都是因为营养不良的缘故!”

“我也瘦了吧?”

“那倒没有……”

“可是抱起来的感觉是不是不一样了？跟你太太相比，哪一个更胖呢?”

对于由纪子的问题，富冈没有搭腔。他伸手端过酒杯，将杯子里的酒一饮而尽。富冈感到他们之间的激情早已褪尽。事实上，他们已经坠入了战败的深渊，心中不再有一丝的激情，只不过此时此刻，他们还意识不到这一点。

“哎，我觉得自己真有点儿对不住加野。仗着你对我的宠爱，对他大加戏弄。不过，想来他却是那种愿意陪我共赴黄泉的男人，而且他对任何事情都深信不疑，就拿战争来说，我从来没有见过还有谁像他那样对日本的胜利坚信不疑，你说呢？他是个好人，对我们俩来说，是再好不过的陪衬了。”

“你这个女人真是过分!”

“是吗？可是女人有时候就是这样的!”

从内心讲，富冈并不愿意回想起加野。但由纪子却不时地提起他。在她的心里，不能不说暗藏了一种自私的念头——她希望加野能够成为他们永远的陪衬，帮助他们唤醒往日的激情。富冈已经疲惫不堪，由纪子却毫无倦容，一面吃着已经变黑的金枪鱼寿司，一面滔滔不绝地讲个不停。对于女性的这种与生俱来的不知“没落”为何物的强悍，富冈感到憎恨。那张从红色棉被中探出的宛如刚刚洗过一般的红润面孔，看起来也很低俗。

“你在想什么？”

“什么也没想。”

“在想你太太？”

“傻瓜！”

“没错！我是傻瓜。女人大多是傻瓜，男人却很伟大，对不对？要对一个傻瓜负责任，你是不是觉得自己很可悲？不考虑将来的事情，只知道缠着眼前的你，这不是傻瓜，是什么？……尽管千里迢迢地返回内地让我吃尽了苦头，可是只要能够见到你，就足够了，对我来说就这么简单！在海防时，每当我想到你和你太太在一起的场景，便难过得受不了……你太太是个什么样的人？一定很漂亮吧？有教养，人又漂亮……”

由纪子茫然地想象着富冈的妻子，眼前浮现出一个楚楚动人的美丽身姿。富冈一面听着由纪子的唠叨，一面昏昏沉沉地睡了过去。

“你倒是会说谎，说什么在我回国之前一定与太太离好婚，清清静静地迎接我回来。看来男人都是骗子！只会用花言巧语哄骗女人，却没有半点儿真心。你带我到这种地方来，就是为了要让我看清现实，是不是？真是太过分了！还说什么将来回到日本之后，彻底地告别过去的生活，和我一起过二人世界，即使打零工度日，也心甘情愿……”

由纪子闭上早已热泪盈眶的双眼，伸手抚摸富冈的肌肤，只觉得他的腰部瘦骨嶙峋。这个整天吃不到好东西的男人皮肤十分粗糙，这让她的心中生出一丝同情。由纪子把手移到了自己的下腹部，那种嫩滑的感觉让她感到一丝神秘，她觉得不可思议，充满生机的女人肌肤为什么会如此光滑？国家的战败，竟没有使年轻女性的肌肤发生任何变化！由纪子又悄悄地把手移到了富冈的下腹部，抚摸起来。

“到了明天，就将各奔东西，然后再在这种地方见面，你还像现在这样喝醉了倒头便睡，是不是……我大老远回来了，可你却一点儿感觉都没有。我能从那么远的地方回来，难道不是一种奇迹吗？如果你不像在大叻时那样疼爱我，我可不依！喂！你起来呀！只知道睡觉，你太过分了！我讨厌你睡觉。”

由纪子在富冈身上用力地拧了一下，昏昏入睡的富冈终于睁开了醉眼。他环视四周，觉得自己正置身于一个怪异的地方。可是，顷刻间困意再一次袭来，他又深深地闭上凹陷的双眼，说道：“真讨厌！想必你也累了，睡一会儿吧！总想着那些陈年旧事，又有什么用?”

“什么！你可真是个无情无义的人！那些陈年旧事对你我来说怎么就不重要呢？没有了这些，你我之间还能有什么？人还没有老，却做出一副未老先衰的样子，说什么营养不良啊，打不起精神啊，感到疲倦啊，真讨厌……战败怎么了，日本不是已经自由了吗？看看隔壁房间的男人，可没像你这样萎靡不振！起来，别一副老态龙钟的样子！你再不起来，明天我就去找你太太，向她讲出真相!”

十五

第二天下午，由纪子告别了富冈，打算返回位于鹭之宫的伊庭家。虽然没有做出明确的保证，但富冈告诉她，即使二人将来能够生活在一起，也要花一段时间来处理眼下的事情。对此，由纪子也是无可奈何。

富冈还答应尽快帮由纪子找个落脚的地方，再为她筹集一笔资金。在由纪子听来，这不过是一个男人信口说出的场面话，不过，在目前情况下，她也只好相信了。

两人在池袋车站挥手告别，富冈随即消失在了杂沓的人潮中。由纪子感到有些沮丧，她靠在月台的柱子上，望着被电车吞进、吐出的嘈杂人群发了好一阵子呆。一张张因饱受战争困苦而显得营养不良的面孔，在由纪子的周围晃来晃去。

由纪子不知道该何去何从。

就算回鹭之宫去，也没有人在等她。她也想过是不是该回静冈老家去看一看，可是对富冈的牵挂又让她舍不得离开东京。虽然与富冈的重逢，使她对这个男人的热情产生了一些变化，但重逢总是一件值得高兴的事。由纪子心里明白，如果这样继续下去的话，自己只会成为富冈的累赘。她觉得自己首先必须融入眼前这芸芸众生之中，找一份赖以谋生的工作才行。想到这里，她忽然记起了在品川车站见过的那个舞厅。不知为什么，由纪子产生了想做舞女的想法。她试着想象浓妆艳抹的自己在优美的音乐声中翩翩起舞的情景，可是看到自己眼下的这套装束，她又感到这一职业对于自己或许有些勉为其难。

由于从富冈那儿得到了一点儿零用钱，由纪子便想到新宿去逛一逛。久违了的新宿，依然像几年前一样热闹。看着满街的陌生面孔，由纪子不禁生出一种人在他乡的感觉。新型的汽车在街头奔驰，穿着厚厚冬装的人群在凸凹不平的人行道上穿梭不息。在一栋没有玻璃窗的巨大建筑物前，由纪子停下了脚步。抬眼望去，她发现这竟是过去的三越百货大楼。沿着大楼向右转，有几条小巷，里面挤满了摆地摊的小贩。有人正从石油罐里抓出沙丁鱼在叫卖，身边的小玻璃箱里还装着糖果。把橘子摆成金字塔形的水果摊、卖胶鞋的鞋摊、五块钱一碗的冷冻鱿鱼摊，充斥着每一条巷子。在焦痕尚存的瓦砾堆中，一群脏兮兮的孩童正聚在一起抽烟。

由纪子拿出二十元钱买了一小筐橘子，然后爬到瓦砾堆上坐下来，剥开橘子皮，吃了起来。四周的荒凉景色，反而使由纪子感到一丝畅快，仿佛是一场革命摧毁了所有旧弊，她觉得自己孤独的心灵得到了一点儿慰藉。此时此刻，她觉得坐在瓦砾堆上的感觉比待在任何地方都更为自在，于是索性把柑橘袋扔到了一边，将口中的柑橘籽随意向四周喷吐。或许这种形式上的革命，真的能够改变人的心情，望着眼前熙熙攘攘的人群，她觉得无论哪一张面孔都如同家人般可亲可爱。

由纪子觉得有些好笑，此时的富冈或许已经回到了家中，正在向妻子解释一夜未归的原委，她很想知道他会编些什么样的谎言。以富冈的性格看，他一定会装出一副若无其事的样子欺骗家人，而家人大概也不会对他起什么疑心。对此，由纪子感到有些嫉恨。她一直幻想自己回到内地时，富冈会来迎接自己，然后将她带入新居。可是现在她意识到，自己的想法竟是如此的天真。她不禁感到有些懊恼。

午后，由纪子回到了鹭之宫。她把剩余的两个橘子塞给了主人家的孩子，然后走进了堆放行李箱的那个房间。空无一人的房间，显得冷清而孤寂。

望着伊庭的行李，由纪子突然萌生出一种想要找些值钱的东西换点儿钱花的念头。她想这样做也算是对伊庭的一种报复吧！把值钱的东西拿出去卖掉，作为眼下的生活费，也没什么不可以。对于这家的主人，只要说拆开行李是为了寻找自己寄存在伊庭家的东西，估计也不会引起他们的怀疑。另外，即使伊庭事后知道了行李丢失之事，如果是由纪子所为，谅他也不敢责怪。

傍晚时分，由纪子向女主人要了几个煮熟的番薯。由纪子一面吃着番薯，一面隔着玻璃窗眺望狭小的庭院，只见一只瘦瘦的小花猫正在脏兮兮的杜鹃花丛中窥视着什么。她不禁回忆起过去的早春时节，杜鹃花绽放出的牡丹色花朵。往事一件件历历在目，恍如昨日一般。过了一会儿，小花猫无精打采地钻入围墙边的一棵枇杷树下。由纪子拉开纸门，来到了走廊，她试着唤回小猫，可小猫却毫不理睬，径自向远处走去。

十六

富冈花了两三天的时间考虑由纪子的事情，之后便在不知不觉中将其淡忘了。什么替她找房子啦，帮她筹钱啦，所有的承诺都被他抛在了脑后。他希望能就此断绝与由纪子的情缘。跟由纪子的重逢，令他感到窒息般难受，他祈祷由纪子能够从此自由自在地开始她自己的人生。

富冈最近准备跟一位做木材生意的朋友合伙到山中采购木材。他本想在近期到北信州的乡下收购些杉材，可是由于朋友在资金筹措方面遇到了一些困难，另外，原定的用木筏运送木材的计划，在技术方面也存在一些无法解决的问题，所以一直拖拖拉拉地待在家里，整天无所事事。不过，他想只要这些问题能够解决，这个生意一定可以赚钱。此外，最近黑市上木材价格上涨很快，也使他坚定了即使冒险也要放手一搏的决心。自从返回日本后，富冈对公务员的生活已经厌恶至极，他很想借此机会改变一下自己的人生。

这一天，富冈出去给那位姓田所的朋友打了个电话，得知对方还需要四五天的时间来筹措资金，无奈只好悻悻地回到了家。刚一进门，妻子邦子便告诉他有个女人来找过他，而且留话让他明天到池袋的保亭商会去一趟。富冈猜想来的一定是由纪子，因为保亭商会就是他俩在池袋投宿过的那间保亭旅馆。富冈有些厌烦，脸上露出不悦的神情，而邦子却在故意装傻，问道："那个女人还问我是不是你的太太，她是什么人？是田所先生公司里的人吗？"

"不是，她跟田所先生没什么关系。可能是最近做生意时认识的保亭商会的老板娘吧……"

"是吗？这个女人给人的印象可不太好。自打战争结束后，社会上就出现了好多奇怪的人。她是我最讨厌的那种女人，总觉得有点儿不怀好意。她还一个劲儿地追问你到哪儿去了，什么时候回来，真不懂规矩！脸皮可够厚的！"

富冈心里一惊，暗想女人的直觉果然灵敏。邦子或许只凭直觉，便已察觉到了自己和由纪子的关系！富冈很是难堪，他想或许现在就应该向妻子坦白他和由纪子的事情，可是望着身穿粗布衣裤，正专心致志地缝补棉被的妻子，他却无论如何也张不开口。对无辜的妻子，讲述自己在外地的那段婚外情，未免太过残忍。富冈实在不忍心给妻子的心灵造成如此严重的创伤。邦子是个贤惠的妻子，在富冈离家的那段时间，她一面服侍富冈的父母，一面含辛茹苦地操持家务，等待他归来。

第二天中午过后，富冈动身前往保亭旅馆，当他赶到时，由纪子已在旅馆中等候了。由纪子今天穿了一件绛紫色的外套，额头上留着刘海儿，一身花哨的打扮，让富冈怀疑自己是不是看错了人。

由纪子把身子靠在暖炉上说道："昨天我去过你家了……"

"嗯……"

"你太太看上去很本分。"

"你今天打扮得可是够花哨的！"

"是呀！新买了件外套，好看吗？"

"你从哪儿弄的钱？"

"我偷卖了亲戚家的东西。天气实在太冷了，孤孤单单的，我这也是不得已而为之……"

"不管怎么说，总不该做出这种事情来！"

"我也知道不应该。不过，我也是实在没办法才这样做的！"

富冈一动不动地盯着由纪子妖艳的装束。她那无精打采的慵懒姿态，让富冈想起了以前看过的一部名叫《牵牛花日记》的歌舞伎。其中有一段戏，好像有个叫大井川的人，在大雪纷飞的舞台上，紧紧地抱着木桩悲叹，场景十分狂乱！富冈暗想，如果自己抛弃了这个女人，她很可能会就此坠入颓废的深渊。此外，富冈也担心如果任她自暴自弃的话，不知她还会闯出什么大祸来。

"你在想什么？"

"没想什么，只是觉得我俩今后可能要经历很多痛苦……"

"是啊，你一定在想，照这样下去恐怕会没完没了，是吧？不过，我已经对你死心了。上次见到你太太之后，我觉得非常悲伤。走在路上，我左思右想，越想越觉得我们之间不会有什么结果。对丈夫完全信任的尊夫人，既纯真又美丽。我可不忍心把不幸带给那么善良的人……"

富冈注视着由纪子，想确定她的话是否出自真心。他的眼前浮现出由纪子在他家门口徘徊时的情景。这时，由纪子从外套的口袋中掏出一条手帕擦起了眼泪。出乎意料的是，那条手帕竟然是他在大叻时用过的。

"你是想抛弃我吧？我想，你会这样做的。我只会让你感到痛苦，你已经不在乎我的感受了。可是你要知道，如果被你抛弃了，我就要陷入地狱，化作尘埃，从此一蹶不振。看得到你，却又得不到你，这种日子我怎么能过得下去？你深爱着你的太太，只把一点点儿剩余的爱情施舍给我，我这样岂不成了乞丐……"

"你在说什么？真是傻瓜！现在这种时候还讲什么爱情，不觉得不切实际吗？我也在想办法！也知道如果想不出好的解决办法的话，会连累你跟着受苦。正因为这样，尽管今天很忙，我还是来了。”

“讨厌！别摆出一副施舍的嘴脸……你根本就不了解女人的心情。难道我就不能任性地向你撒撒娇吗？直到现在你还在想其他的事情，对吧？不过，你放心，我不会提出什么过分要求的！只要你帮我找个住的地方，偶尔来看看我就好……我也想早点儿找份工作。反正，我天生就不适合当你的妻子。”

富冈一面喝着凉茶，一面忍受着由纪子的歇斯底里，膝盖冷得一直在发抖。由纪子则因为被冷落了三天而感到异常的寂寞，一见到富冈，便忍不住没完没了地数落起来。

“你帮我找房子了吗？”

“当然在找啊！别以为找间房子很简单，在这种满目疮痍的地方，哪有那么容易！即使找到了，也要支付几万元的押金。所以，你要再耐心地等一等……”

“反正你有房子住，可以安安稳稳地生活，可我至今却还没有个落脚之处！我现在住的根本就不是我该住的地方……我只想尽快有个属于自己的家。我的亲戚疏散到了乡下，把房子托付给了一个陌生人，我借口说只借住几天，这才被允许住了下来，你不知道我心里有多难过……”

“我这几天就帮你找，其实，我也不是在故意推托，只是眼下这形势，想找间房子实在不容易！哎，我说，这间旅馆怎么连个火炉也不生啊？真是冻死人了……”

“说得也是，不如像上次那样，我去跟旅馆的人借个酒瓶，买点儿酒回来，怎么样？”

大概是发泄过后心情好些了，由纪子拉过手提包，伸手在里面摸索着，不一会儿，掏出了一只钱包，满心欢喜地站了起来。

“喂，少买点儿就够了。我不想喝得太多……”

“你今天要早点儿回去吗？”

“晚点儿倒也无妨……”

“你不在这儿住吗？我身上带着钱呢！”

“今天不能住这儿。”

“是吗？真扫兴！为什么？是因为上次回去后挨骂了吗？”

“我又不是孩子，怎么会挨骂呢？不过，今天真的不行……”

由纪子倒也不强人所难，径自出了房间。和上次住的客房不同，今天的这间屋子冷得出奇，榻榻米既粗糙又肮脏，令人生厌。

富冈掏出一支香烟，边抽边想邦子对由纪子的评价，说她是最令人讨厌的那种女人。富冈也认为，与其在这种简陋的旅馆里，和见不得人的情人幽会，还不如坐在自家的客厅里，一边听着开水的沸腾声，一边坐在邦子身旁看报纸心情更愉快些。他不由自主地产生了一个可怕的念头——由纪子为什么没有死在越南？富冈想起曾经在一本书上读过的一句话：人无论在什么时候，总是同时有两种相反的愿望，其中之一是通向恶魔的。

富冈的目光随着烟雾移动，无意中落在由纪子那只胀鼓鼓的手提包上。他伸手拉过手提包翻看起来。脏兮兮的毛质手提包中，装着一个用紫色包袱布包起来的硬物，里面似乎是布料，此外，还有化妆品、富冈在西贡时买的嵌有蓝色钻石图案的派克钢笔、和平牌香烟、手绢、肥皂以及两封写给静冈父母的信。看过之后，富冈将手提包放回到了原来的位置，将烟蒂按息在暖炉的灰烬中。对于在自己心目中已渐渐失去位置的由纪子，他不由得生出了一丝歉意。然而同时，他又想到了温柔贤惠的邦子。自己背着无可挑剔的妻子，来这种地方跟由纪子厮混，其实，不过是为了摆脱现实生活的落寞而已。想到自己的这份自私，富冈不禁觉得冷汗直流。

富冈想起了自己当年横刀夺爱，将已是人妻的邦子据为己有的往事。多少年来，自己因私心作祟而一错再错，使得自身的罪孽愈加深重，或许这就是自己的宿命！在大叻时富冈曾和女佣妮芙有过一段情事。后来，妮芙因怀了他的孩子而辞掉工作，返回了乡下的老家，当时富冈给了她一笔钱。原以为二人之间从此便可以一刀两断，可是没想到内心的痛楚至今依旧袭扰着富冈，他时常会在梦中梦到妮芙。此时的妮芙想必已经生下了孩子，并且因为生了个混血儿而不得不承受来自周围的白眼。想着想着，富冈开始怀念起在越南的日子。

过了一会儿，由纪子回来了。或许在外面吹了冷风的缘故，她的脸红红的。

“哎，我又买了些寿司。你看，还有满满一瓶的烧酒。”

由纪子边说边在富冈眼前晃动着酒瓶。她粗鲁地将杯中喝剩的凉茶泼到暖炉里，然后把酒斟入杯中。

“我先尝一口，看看有没有毒！”

由纪子说罢，端起酒杯，一口气喝下了半杯左右。

“哇，真好喝！胸口和肚子就像在燃烧一样。”

富冈也接过由纪子递过的酒杯，一饮而尽。由纪子立即又替他加满。

“喂，今晚住下来吧……可以吗？只此一次，以后我再也不提这样的无理要求了。如果你不喜欢这间旅馆，我们可以去别的地方，地点随你挑。钱不够的话，我身上还带着值钱的东西，够我们住个更舒适的旅馆了。”

由纪子的话让富冈一阵感动，他禁不住眼前一热，紧紧地握住了由纪子的手。他觉得由纪子那种毫不掩饰自己感情的不羁性格很可爱。富冈的心情，从家庭的重担，以及令人窒息的环境中解放了出来。或许是借着酒意，他用牙齿轻轻地咬起由纪子的手指头来。

“再用力一些，用力地咬！”

富冈将由纪子的指头咬出了一道齿痕。由纪子大概是痛得受不了了，她把脸埋在富冈摇晃的膝盖上，嘤嘤地哭泣起来。

“我自己都不明白，我怎么变成了这种女人。救救我吧！你一定要救救我！”由纪子边哭，边用双手摩挲着富冈的膝盖。房间里的光线渐渐地暗了下来。或许是风向改变了的缘故，市场中喧闹的叫卖声清晰地传到了屋里。富冈轻吻着由纪子的头发，可内心却觉得自己的举动像演戏一般虚假。

富冈发现在由纪子的身上，有一种邦子所不具有的野性，但这一点只有在几杯酒下肚之后，他才能清楚地感受到。那感觉，就像是反射灯突然照到了脸孔上一样鲜明。

“我要是没见过你太太就好了，她是个好人。可是一想到她是你的太太，我就忍不住憎恨起那张脸来。自打去过你家之后，那张脸就一直在不断地刺激着我，让我心里隐隐作痛……你太太一定对我起疑心了。她一定说了什么，对不对？”

“什么也没说。”

“骗人！我用非常恶毒的眼神瞪你太太来着。你太太不可思议地瞧着我，从头到脚仔仔细细地打量我，然后令人讨厌地笑了起来。那笑容真让人讨厌，简直让人受不了。笑的时候，口里的金牙还一闪一闪地发着光……我真奇怪，她干吗要镶金牙呢……”

由纪子仰起脸，边笑边说道。被泪水洗过的脸上，没有了先前的浓妆，反倒显得楚楚动人起来。额前凌乱的刘海儿也因少了些矫揉造作，而恢复了往日的娇媚。大概是醉眼蒙眬的关系，在富冈的眼中，由纪子的面孔或远或近，时而清晰时而模糊，就像电影里不断变幻的镜头，摇曳不定。

“可是她的年纪却比我大得多……”

“你可真能无理取闹！”

“没错！我可不想让她一个人霸占你。一想到你跟嘴里镶着金牙的老婆接吻的情景，我就觉得恶心……”

由纪子毫不顾忌地讲着邦子的坏话，这让富冈心里很不是滋味。他从房间的角落里拉过一条又脏又潮的棉被搭在膝盖上，感觉冷冷的。

“我也要把脚伸到你的被子里，可以吗？”由纪子已经醉了。

“你说过要找份工作做，可是到底想要做什么呢？”富冈又连续喝了三四杯酒，然后问道。

“我想当舞女，不知行不行……”由纪子装出一副正经的表情，边抛媚眼边说道。富冈心想，这倒也无妨，但嘴上却不置可否。

“嗯，该回去了……”将近十点时，富冈喃喃自语。说罢，他从外套的口袋里掏出一团皱皱的钞票，放在由纪子的膝上。

“这是一千块钱。花光之前，想办法找份工作吧！至于住的地方，我一找到就会通知你。明天晚上我要到信州去，大约十天不能和你见面，你不妨先给那户人家点儿钱，求他们让你多住些时日……”富冈交代道。

由纪子手里拿着钞票，心里隐约觉得自己这就要被甩掉了。

“我不要你的钱！我想让你住下来，好不好？就这样分手，我会很寂寞的！我讨厌你这样！说什么要去信州，还不是想摆脱我！我说得没错吧？你老实讲……”

富冈一口饮尽杯中的残酒，一边晃动着膝盖，一边若有所思地说：“不，不是这样的！说起来很对不起你，但其实只有在那块美丽的土地上，我们才会有梦想。也许你会骂我，可是自打返回日本，看到一个完全不同的世界之后，我开始想不能让家人再为我承受更多的痛苦了，那样做未免太过残忍。她们承受了太多的痛苦，历尽苦难才熬到了今天。我不能狠心抛弃一直在期盼我归来的家人。我这样做的确违背了对你的承诺，但在你有一个幸福的归宿之前，我愿意为你尽心尽力。我真是这样想的……因为我喜欢你！我喜欢你，可是却不能和你在一起，这就是我的软弱之处。其实，今晚我原本是可以住下来的，可是我实在不忍心再欺骗你了，从刚才起，我一直告诫自己应该早点儿回去。信州之行确有其事，我原打算等回来之后再对你讲这些话，可不知为什么却突然一口气讲了出来。想到要与你分手，我真的很不忍心，然而，若要我抛弃现在的家庭，那是绝不可能的，因为我是他们唯一的生活依靠……”

听着富冈的话，由纪子眼里闪起了泪光。她一边焦躁地摇着头，一边用双手捂住耳朵，凝视着富冈的嘴角。富冈则平静地挪开棉被，双手放在由纪子的膝上，呻吟似的说：“分手吧，除此之外我们别无办法。”

“不要！这样一来，你是幸福了，可我呢？我不要这种钱！拿了你的钱，我也不会觉得有什么幸福。我不会任你摆布的，休想就这样把我甩掉！我也有说话的权利，其实，我和你太太是一样的。你想为了你太太的幸福而牺牲我，是不是？既然如此，当初我去你家找你时，为什么不当场就告诉我呢？”

由纪子感觉醉意一下子涌了上来，自己也不晓得在说些什么，但有一点她能确定，就是不喜欢富冈用那些自私的托词来搪塞自己。眼前这个男人在越南时是那样的充满活力，可返回日本后却突然间变得萎靡不振，对家庭和家人也有着诸多顾忌，这种怯懦的态度让由纪子极为不满。

由纪子抓住富冈的双手用力地摇晃着。突然间，她卷起自己的左手衣袖，露出蚯蚓般的细长疤痕说道：“这个，你还记得吗？这都是因为你向加野说谎造成的。你和妮芙之间的丑事，我也都知道。或许在人们的眼里，我对你的这份热情，看起来像是个疯子。因为像你这样的人很容易获得人们的信任，可是像加野和我这样的人，却经常被认为是不正常的，无法获得人们的信赖……不过，那时候，我的确没有想到你是个伪君子。你说要和我分手，我也没什么办法，可是你这样做，难道就对吗？即使你有一个幸福的家庭，你的家人也因你而过上了愉快的生活，可是你摸着良心想一想，为了追求自己的幸福，你牺牲了多少人！还装出一副若无其事的样子，真是太过分了！既然如此看重家庭和家人，当初怎么就不能心无旁骛呢！我原本也没想过要赶走你太太，取而代之，但我一直希望能有比现在好一点儿的结果。今晚我就住在这儿了，你要回去的话，请便吧……”

由纪子目视着富冈，然后放开他的手，用棉被蒙住头，在榻榻米上痛苦地翻滚起来。看着由纪子这副自暴自弃的样子，富冈无计可施，只是一声不响地呆坐在那里。

十七

四天之后，伊庭突然来到了东京。在巷口遇到迎面走过来的伊庭时，正打算外出的由纪子，还以为是伊庭的哥哥。伊庭也是满脸的惊讶。

“咦？这不是由纪子吗？”

由于没有心理准备，由纪子一下子涨红了脸。

“什么时候回来的？怎么没先回静冈呢？你真是一点儿都没变……”

四年不见，伊庭苍老了许多，连相貌都变了样。

“你怎么知道我到这儿来了？”由纪子问道。

伊庭拉起黑色外套的领子，回过头来说：“在家里说话不方便，找个地方，喝杯茶吧……”说着便顶着凛冽的寒风朝着大道方向走去。由纪子一面默默地跟在后面，一面望着伊庭那疲态毕露的背影，感觉怪怪的。过了道口后，伊庭并未进入车站，而是沿着马路又向前走了一段之后，才钻进了车站斜对面的一家面馆。微暗的店内冷冷清清，水泥地板上摆着几张桌子，桌面上落满了白色的灰尘。两个人来到靠门窗的角落里，面对面坐了下来。或许是由于寒冷难耐的缘故，他们不停地跺着脚。玻璃门上镶着的密密的木条屏蔽了不少的阳光，使得他们所在的角落看起来更加阴暗、寒冷。

“有荞麦面吗？”伊庭开口问道。一位带着纱布口罩、头上扎着两个髻的少女走过来回答说现在还没开始卖面。伊庭又问她有什么可吃的东西，少女回答只有红茶、红豆汤和汽水。考虑到这么冷的天无论如何也喝不下汽水，伊庭只好点了两碗红豆汤。这是一家老字号的荞麦面馆，颇有些古时候驿站食堂的风味。伊庭从口袋里掏出根香烟，点着后随手将烟盒放回到了口袋里。这时，冻得双肩不住地颤抖的由纪子忍不住说：“给我一根！”

“怎么，你也抽烟？”

“太冷了，想抽一根试试。或许烟吸进肚子里，能够让身子暖和一些……”

伊庭递给由纪子一支烟，并用火柴替她点上，然后开始啰里啰唆地追问起这些年的往事来。过了一会儿，服务员端上了两碗浓浓的掺了糖精的红豆汤。掀开的碗盖儿上粘着热气凝结成的水珠，碗里的汤不知为什么是米黄色的，上面浮着两个糯米团儿。

“听说你擅自拆开了我的行李，是吗？”伊庭低着头，一边用筷子夹糯米团，一边问道。由纪子默不作声。她和伊庭一样用筷子夹起一块糯米团送进了嘴里，心想，一定是那家人告了密。

“这件事只要回家检查一下行李，就可以知道的。你为什么要做这种事？倘若是缺钱用，只要你开口，我一定会想办法的！另外，还有一件事，你为什么没把返回东京的事，写信告诉静冈的家人？真奇怪……我是接到信后才赶过来的，听说你变卖了不少东西，真的吗？”

伊庭掏出火柴，重新点着了即将熄灭的半截香烟，用力地吸着。由纪子如今对伊庭已经没有一点儿感情了。

“因为天气太冷，我才打开了你的行李，暂时先借了几件衣物。”

“是吗？那你为什么要把它们卖掉？”

“是啊！我也觉得过意不去。不过，想想有些人连房子都被烧光了，你的这点儿损失也算不上什么。再者，我想你也不会怪我的。这件外套就是用那些钱买的。”

“你为什么不回静冈呢？”

“不想回去。再说，还有朋友跟我一道回来。我想尽快找份工作，等安顿下来之后再回去，或许更好些……”说着，由纪子从手提包中取出两封家书递给了伊庭。信是在四五天前写的，只是一直忘了寄出去。

“你都卖了些什么？”

“两匹绉纱和一些布料。”

“你不觉得这么做不对吗？怎么去了越南之后，你整个人都变了呢？”

由纪子默不作声。

“自打辞去原来的工作后，我一直在乡下种田。可是对于已经习惯了城市生活的人来说，乡下是无论如何也住不惯的。我打算在年底前就把家搬回来，所以才先把行李寄了回来。值钱的东西，在眼下这个时候，还是可以卖到好价钱的。我打算卖掉这些东西，换点儿钱来做生意。我记得你的外套不是放在乡下了吗？”

“是啊，你把它卖掉好了。我所有的东西你都可以卖掉的。我打算结婚了，这次先到东京来，也是因为这件事。”

“是吗？什么时候结婚？”

“说来事情也是一波三折。那个人有太太，还有父母，自从回到日本之后，一切都发生了变化。”

“那男人是干什么的？”

“是农林部的公务员，在那边和我是同事。回来后，在做木材生意。”

“那男人多大年纪?”

“比你年轻多了。”

“你大概被骗了……”

“也谈不上被骗，只不过是分手了……”

伊庭觉得很奇怪，原本不善言辞、老实本分的由纪子，竟然完全变了一个人，不仅外表看起来已是一副大人模样，说起话来也毫不拖泥带水。由于天气寒冷，由纪子用一条紫色的头巾包裹着脸颊，白皙的肌肤在紫色头巾的映衬下楚楚动人。

“从今天起，你就要住在这儿吗?”

“嗯，我打算先住个三四天，拜访一些东京的朋友，观察一下情况之后再回乡下。如果你愿意，可以跟我一道回去。”

“你没有行李吗?”

“行李倒是有，不过，我暂时把它寄存在了巷口的接生婆家。你的事情，我也是听接生婆讲的!”

“原来如此……”

因为不急着赶路，二人走出面馆后，又站在车站前的那个破旧的电话亭旁聊了一会儿。

“我待会儿要去新宿。如果你要回去检查行李，那就请便吧!”由纪子满不在乎地说道。

伊庭冷得转过身去，背着风说了句“我跟你一起去”，随后便与由纪子并肩走进了车站。在窗口处，伊庭买了两张车票，二人登上了开往新宿的电车。对于由纪子身上的这种不同于往昔的直率，伊庭感到不安，因为他完全猜测不到她在想些什么。车窗外虽然有些微弱的阳光，但风却很大，电车的玻璃窗已经破损不堪，车厢内冷得像是冰库。

“真是满目疮痍啊!”望着沿途焦痕尚存的荒凉景象，伊庭不住地喃喃自语。

“喂，我想去当舞女，你看行吗?”由纪子突然冒出了一句。

伊庭似乎是被这突如其来的话惊呆了，一时间不知该如何回答。过了一会儿，他才问道:“你不喜欢打字员的工作了吗?”

“对那种工作，我早就厌烦了，再说薪水也少得可怜。听说，如果到专门接待占领军的舞厅去上班，收入相当不错呢!”

“嗯，或许是这样，不过，问题是能做多久……”

到了新宿之后，二人漫无目的地闲逛了一会儿，然后到武藏野剧院看了一部名为《居里夫人》的电影。在他们的记忆中，似乎已经有好几年没看外国电影了。剧院的里面和外面一样寒气逼人，二人在破破烂烂的座椅上并肩坐了下来。环顾四周，只见各种设备残破不堪，全无往日的风采。坐在简陋的小戏院里，观看与现实脱节的西洋片，令他们产生了一种奇妙的感觉。

不知出于什么想法，伊庭在黑暗中拉过由纪子的手，紧紧地握着。伊庭的手暖暖的，由纪子虽然感到很讨厌，但却忍着没有出声，任凭其摆布。从银幕反射出的苍白光线照在伊庭的脸上，从侧面看起来宛如死灰一般。由纪子不禁想起了富冈，几天前跟富冈分手时的情景，又一次浮上了心头。一想到自己之所以落到如此地步，全是富冈一手造成的，她的泪水夺眶而出。

步出剧院时，天色已经微暗。路边的摊床已经不见了，四周异常寂静。废墟的各个角落里纷纷亮起了路灯，使得战败后的凄凉景象更加鲜明起来。在刺骨的寒风中，二人来到了一条铺有电车轨道的马路上。路旁的一间间木板搭成的小商店，都已关闭了店门。据说，这一带最近常有盗贼出没，因此很多商家一到黄昏，便早早地打烊休息。由纪子带伊庭去了一家她曾去过两次的位于角筈路的中国面馆。由纪子突然想喝些烈酒，她觉得此刻只有烈酒才能麻醉她寂寞的心灵。两人点了两碗竹笋面，然后在小暖炉旁坐了下来。由纪子已经好几年没见过火舌在炉中狂舞的情景了。火炉的上面是用白铁皮制成的烟囱，由纪子坐在炉旁，不时地用指尖轻轻地触碰泛着蓝光的烟囱。

“我不赞成你当舞女。”伊庭边抽烟边说。而由纪子则还在记恨刚才伊庭在电影院里厚颜无耻地握她手那件事，因此没有搭理他。

伊庭好奇地望着由纪子脸上的浓妆，感叹道：“我一直在担心你，不知你能否平安归来。日本现在的情况很糟糕，很多大人物都被抓了起来，整个社会就像被翻了个个儿。过去那些不可一世的人，如今都变得失魂落魄，不过，这种变化倒也大快人心。”

“那帮人原来都太得意忘形了。也好，至少今后不会再有战争了，这让人轻松了不少。不过，想来你没有被征召入伍，也的确是够幸运的。”

“嗯，原来我也一直担心这件事。为了逃脱兵役，我特意跑到滨松的兵工厂去工作，现在回想起来，简直就像做了一场梦……后来，兵工厂被炸毁了，于是，我又跑到了乡下去种地。我也觉得有些不可思议，自己居然没有被抓去服兵役！不过，战争结束后，我最担心的反倒是你，真没想到你能够这样平安归来……”

这时服务员端上了热腾腾的荞麦面，两人捧着面碗吃了起来。碗中飘着几片近来难得一见的染成红色的竹笋。

“真好吃……”

“是吧！这家面馆的面确实好吃。老板是个中国人，不仅分量足，价格也便宜。”

由纪子突然想起池袋的那间保亭旅馆，她不想就这样跟伊庭返回鹭之宫，一同睡在那个狭小的房间里。一想到自己追求的东西得不到，不想要的东西却又总是宿命般地围着自己转，她感觉自己的心正在逐渐地死去。

“今晚你要睡在家里吗？”

“是啊！”

“可是哪有房间啊？”

“你现在睡的是哪个房间？”

“饭厅。里头还有一大堆行李！”

“没关系！我跟你一起睡好了。”

“家里可没什么吃的！”

“我带了三升大米，反正是自己的家，尽可以自由地在厨房里煮饭，没什么好顾忌的。先前寄来的行李中还有一套高级棉被，回去之后，我就把行李拆开！”

“我在池袋有个落脚的地方，我要到那里去。”

“你的警惕性倒是蛮高的！”

“那倒不是！我今晚必须和朋友商量一下工作的事情，不然的话，明天还要特地再跑一趟……”

“今晚是久别重逢，还有很多话要对你说，一起回去吧！虽然不知道你变卖了多少衣物，不过，我绝不会骂你的。”

“这件事，就算你再怎么责骂，我也不会在意的。我是因为工作的事，才想去朋友那儿的。”

一想到和伊庭同床共寝，由纪子不禁觉得毛骨悚然。

十八

富冈的信州之行延期了，跟田所之间的事也一直悬而未决。他知道，如果再这样拖拖拉拉地混下去，自己将被这巨变的社会所遗忘。近来外面有传言说货币将迅速贬值，他本想趁机囤积一些木材。另外，他还听说纸张的黑市行情最近也在飞涨，因此也想收购一些。可是，他越来越深刻地感受到一个人在社会上孤军奋战的无奈，个人的力量毕竟太渺小了！每个人都是一副值得信赖的样子，可是当遇到事情的时候，却又都在暗地里盘算自己的利益。虽说是战败了，但在富冈看来人们并不悲观。相反，在乱世之中，人们往往容易轻信命运会特别地眷顾自己，期盼自己可以轻松地找到一座值得依赖的靠山。与战争时期相比，所有的人似乎都更喜欢现在这种革命性的、充满惊险气息的时代。人类是很容易厌倦的动物，无论时代发生怎样的变化，只要变化在不断地发生，人类就会感到刺激、兴奋。

富冈想，要想促成这件事，首先必须卖掉房子以筹措资金，除此之外别无良策。他想，只要房子能够卖到五六十万元，然后把它作为本钱，自己肯定能够做成点儿事情。他无法忍受自己像现在这样无所事事，眼睁睁地看着时光从眼前流逝。

……

这天早上吃早饭时，邦子突然开口说："昨晚，我在附近遇到了上次来我们家的那个保亭商会的女人，不知道她在这附近是不是还有其他什么熟人?"

富冈的眼前，浮现出了他努力想要忘掉的由纪子的面容。他默默地喝着酱汤，在附近徘徊的由纪子满脸焦急的表情，不断地在他眼前闪现。

"她问我，你什么时候从信州回来，我不知道该怎么回答才好。想到万一你在路上遇到她了，反而不妙，于是就对她说你昨天回来了……我还对她说，如果有事的话可以代为转达，她说只是刚好路过这儿，并让我转告你，她一直住在保亭商会，请你今晚务必过去一趟……对了，她还说想请你归还上次代你垫付的钱，她告诉我，这样说你就能明白。那女人脸上的妆，化得可够浓的!"

在一种令人窒息的气氛中，富冈听妻子讲完了由纪子别后的消息。如此说来，无家可归的由纪子可能一直就住在那家旅馆。上次分手时，由纪子无论如何也不肯收下那一千元钱，在池袋车站硬把钱塞还给了他，还边哭边说："难道你为了自己的幸福，就可以牺牲别人吗?"这句话至今仍清晰地响彻在富冈的耳畔，刺激着他的耳鼓。

想当初，自己为了得到由纪子而伤害了单纯的加野，使他几乎陷入疯狂状态。也正因为如此，由纪子才会被加野刺伤。那时候，两个人天真地想到过结婚，而且也做好了结婚的心理准备……富冈突然感到食欲尽失，匆匆地放下了筷子。他觉得自己对不住由纪子，并开始反省自己作为一个男人的不负责任的态度。他幻想如果把房子卖掉的话，自己将把所有的钱都交给父母和妻子，自己则身无分文地离开他们和由纪子一起生活。然而，这种幻想并未能让他的不安得到一点儿缓解。

“你向那家商会借钱了？”脸上未施粉黛的邦子不安地问道。

“那是昨晚几点的事？”

“大概七点钟左右，我刚好买东西回来。因为你回来得太晚了，所以昨晚忘了告诉你，今天早上在收音机的寻人广告中我听到了保亭这个名字，这才想起来。这个保亭商会到底是做什么生意的？”

富冈没有回答。由于富冈总是很晚才吃早餐，此时他的父母早已吃过饭，回自己的房间去了。

邦子边收拾报纸边问：“我可以到保亭商会去看看吗？”

富冈愣愣地凝视着邦子拉得长长的脸。他有一股想把事情向妻子和盘托出的冲动。他觉得自己已经疲惫不堪，希望妻子能洞察他的秘密。他没有勇气继续承受这种心灵的不安。他知道自己很自私，并没有尽心尽力地处理由纪子的问题。而那些问题，都是他一手造成的。自从返回日本之后，富冈简直变了一个人，好像是带上了一层厚厚的面具，不再轻易流露自己的感情，这让邦子觉得自己的丈夫变得好陌生。女人的直觉告诉她，那个浓妆艳抹的女人和她的丈夫，一定有着不寻常的关系，这让她感到不安。富冈最近经常心神不宁，即使在爱抚或拥抱邦子的时候，也会突然停下动作，深深地叹气。富冈已不再像往日那样热情有力，有时夫妻亲热也是草草了事，显得十分冷漠。

“从越南回来后，你变了好多……”在富冈回国后不久，邦子就曾这样说过他。富冈也知道自己变了。每天早上刮胡子时，镜子中自己的面孔，总让他感觉像史塔夫洛斯基①一样令人讨厌。当然，这张脸远不如插图中的男子英俊，嘴唇也不似珊瑚般红润，皮肤更非优雅的白色，可就是这张东洋男人的苍白面孔，却总让他联想起《恶灵》中那个令人生厌的史塔夫洛斯基，这令他很不舒服。

---

① 俄国作家陀思妥耶夫斯基的小说《恶灵》中的主人公。

他猜想田所最近之所以要疏远自己，大概也是因为看到了他的这种变化。想当初自己和邦子结合时，曾给田所添了很多麻烦。尽管如此，宽宏大量的田所并没有对他表现出丝毫的不耐烦，甚至在他从越南返回之后，还向孤独无助的他伸出了援助之手。想到这里，富冈觉得此次的事情不能只怪田所。

“我讨厌那个女人在我们家附近晃来晃去的，你能不能想个办法……你的举止怎么变得跟以前完全不一样了？”

“别胡说！我能有什么变化。”

“既然没变，那就让我代你去还她钱，可以吗？”

“这是男人的事，你最好不要瞎操心！”

“可不知为什么，我就是放心不下……”

“我既然说不要操心了，那你就相信我，好不好？”

“嗯，当然可以。不过，你是不是有什么对不住她的地方，怎么每次我一提到她，你都生这么大的气！”

“是你的疑心病让我生气。最近，田所那边的事情毫无进展，已经够让我烦的了，你最好别再讲那些疑神疑鬼的话，好不好？”

此刻，富冈真希望能够再一次回到越南的山林中。除了与山林有关的工作之外，他不想再插手任何事业，也不再想为双亲、妻子以及家庭的事情而烦恼。他想，即使在那片大森林中当一辈子苦力，也要比现在的生活幸福。突然间，在他的脑海中浮现出一幅清晰的画面——在一大片滩涂中，繁茂的红树林像船锚般纵横交错在一起，十分的壮美。在海防和西贡的港湾入口处有着大片的红树林，那油亮亮的叶子、像章鱼般蜿蜒的根，都令富冈难以忘怀。他真想再回到南方去。他想，如果真能够成行的话，这次他一定静下心来，认真地做些研究，绝不再像上次战争时期那样放浪形骸。可是，他也知道，如果整天沉溺于空想而不付诸行动的话，那也只能让自己的身心更加疲惫。他想，如果不能按正常渠道渡海南行的话，自己甚至愿意游过海去。富冈已经无心顾及家庭问题，只要能从目前的苦闷中摆脱出来，他宁愿乘船偷渡到南方。

富冈神情黯淡地陷入了沉思。注视着丈夫那冷漠的表情，邦子突然间泪水夺眶而出。

“你哭什么？”

“我心里很痛苦，真的很痛苦！我认为我这是遭了报应，是老天对我的惩罚。”

“你是不是想起小泉来了？”

“不，跟他没什么关系……只是一想到你最近好像要抛弃我，我就觉得自己是在遭受惩罚。”

“都是因为日子过得苦，你才会这样焦虑不安的。其实，我从来没想过要和你分手……”

对于自己的谎言，富冈不禁感到心虚。他觉得这句谎言，就像是熟透的石榴上张开的裂缝，正咧着嘴嘲笑自己。

十九

由于最近动不动就流泪，由纪子有时不免怀疑自己是否已濒临疯狂状态。每次哭泣时，一种前途未卜的不安感觉，便化成厚重的阴影，遮住她的双眼。她猜想，这种不安的感觉必然会化为现实。她相信自己的直觉。她想，既然没有一个强有力的靠山，自己今后的生活就只能像小石子一样，被人踢来踢去。

由纪子觉得自己的思想已被富冈同化，她觉得正如富冈所说的那样，自己对他的爱，不过是一份被千夫所指的正在逐渐褪色的爱情。即使二人能够偷偷地见面，也只能沉醉于对往日情怀的追忆，而那份情怀也终将在回忆中渐渐地淡去。不过，即便如此，由纪子还是一而再、再而三地想见富冈。然而，每次见面后，她都能感觉到那份感情又褪色了不少。事实上，在战败的现实中，那份藏在二人心底的遥远记忆，根本就无法激起他们的热情。

记得富冈在大叻时曾经说过，如果两个人相爱，就一定要及时厮守，否则将留下终生的遗憾。现在回想起来，富冈的这番话的确是对现实生活的正确解读。

由于无力负担在池袋的旅馆费，由纪子又搬回了鹭之宫的伊庭家。伊庭已经返回了静冈。据说，再过两三天，他就要举家返回东京，因此要那家人腾出了两间房，其中一间是六块榻榻米大的饭厅，还有一间是四块半榻榻米大的客厅。虽然名为客厅，但其实只是红瓦屋顶下的一个铺有榻榻米的小房间，里面连壁龛、壁橱都没有。

由纪子只在伊庭家里住了一晚。伊庭给她留了一封信，内容是说他已经检查过行李，虽然并不是很生气，但今后不许她再打什么歪主意。另外，虽然她刚被遣返回国，但考虑到家里的住房状况，不能再收留她了，请她好自为之。若是无处可去，建议她回老家一趟，和家人共商未来之事。如果在这段时间里，她再敢动行李的话，他绝不会答应的……

看到每件行李都捆得结结实实，外面还贴着封条，由纪子觉得实在是太好笑了。她恨不得拿起剪刀，把那些行李绳一一剪断。天下的男人，都是这种动辄溜之大吉的家伙！想到男人们利欲熏心的德性，由纪子不由觉得一阵恶心。既然对方说不答应，那就看看他到底会采取什么对策，倒也有趣！由纪子住了一晚之后，索性叫来了附近的搬家公司，把其中的一捆行李整个搬到了池袋的保亭旅馆。对于由纪子的行动，留守的那一家人并没有阻拦。很明显，他们与伊庭家的关系并不好。对于由纪子的行为，他们与其说是保持中立、不加劝阻，不如说是从心底里希望她尽情地去做，这一点从他们沉默的态度中便可以看出。

在池袋的旅馆里，由纪子打开了行李，只见里面装着伊庭的棉袍、旧披风大衣、一袋五斤重的红豆、两件木棉褥子、一条毛毯，还有一条上好的丝光被。望着这一堆“战利品”，由纪子很是兴奋。她立即将披风大衣和红豆拿到车站旁的市场上卖掉，心想，偷东西卖倒也蛮有趣！在她看来，伊庭的行李一大堆，即使少了这么一件，也没什么大不了的，更何况自己曾被那个男人玩弄了三年！一想到此，由纪子禁不住怒火中烧，她甚至后悔没有把他所有的行李悉数偷出。

第二天，经保亭旅馆的老板介绍，由纪子在附近的杂货店借到了一间破旧的储藏室。储藏室位于杂货店老板新居的旁边，房间不大，只有三坪左右，里头还堆着几卷崭新的白铁皮。除了一扇天窗之外，屋子里再没有其他的设施，甚至连水、电都没有。杂货店老板在地面上为她铺了两张旧的榻榻米，对于一个单身女人来说，这已经足够栖身了。望着眼前这间属于自己的屋子，由纪子突然产生了想见富冈的念头。她将一条褥子卖给了保亭旅馆的老板，用卖得的钱买来了锅和炉子，又在黑市上买了一升米和少许木炭。她用那只尚带金属味儿的新铝锅煮了一锅饭，然后将剩余的炭火放入被炉①中，在热腾腾的白饭里打了个生鸡蛋，吃了起来。此时此刻，她深深地感受到，能够自己开火做饭是一件多么幸福的事情！

饱餐过后，由纪子茫然地坐在被炉边取暖，不知不觉间一阵只靠口腹之欲无法填满的情感的空虚袭上了心头。由纪子百无聊赖地数起棉被的针脚数，偶尔抬起头来望着粗糙的木板墙出神。从墙缝中透进来的风，吹得烛光摇摇晃晃，望着随时有可能熄灭的烛火，由纪子不禁担心起来，她怀疑自己能否忍受这种独居的生活。房间角落里的那只装满水的铁桶，让她感到冷冰冰的。尽管如此，想到仅凭这几样东西自己便可以生存下去，由纪子又产生了一丝近似于幸福的感觉，只是这种感觉并不牢靠，她依旧不知道自己的明天在哪里。

第二天早晨，下雨了。由纪子睡到很晚才起来，她出门给富冈寄了一封信，顺便又去浴池洗了个澡。回来的路上，她在火车站前买了份报纸，回家后翻看起招聘广告来。可是看来看去，能吸引她注意的都是些打字员的工作。虽

① 日本的一种取暖设备。在炭火盆等热源的上面架上桌子，在桌子上罩上棉被，将脚伸入其中取暖。

然她也想马上开始工作，可是来自身体和心灵的双重空虚，却让她怎么也打不起精神来。最终，她还是整天待在幽暗的小房间里，无所事事地度日。

在这种心情下，由纪子挨过了四五天，富冈始终没有出现。她猜想富冈应该已经从长野回来了，从他一直没有露面这一点来看，那封信或许没能送到富冈的手上。

由纪子漫无目的地来到了新宿，此时天已届黄昏，街上刮着寒风，大多数的摊贩都收起了摊床，新宿的街头就像是沙漠一般荒凉。由纪子装出一副赶路的样子走了好一阵，可是内心的空虚却没有丝毫的减轻。她想回静冈老家去看一看，可是一想到现在好不容易有了一间属于自己的小屋，或许自己应该从这里开始一段新的人生旅程，便又放弃了这种想法。想着想着，由纪子不知不觉地来到了伊势丹百货公司的附近。这时，一个高大的外国人突然叫住了她，问她要去哪儿。由于太过突然，由纪子下意识地停下脚步，窘窘地笑着不知如何回答是好。外国人主动靠过来与由纪子并肩前行。由纪子也变得大胆起来。老外连珠炮似的向由纪子说着什么，由纪子则默默地依偎着老外，向前走着。她感觉自己的命运似乎正向着某个方向转变。一时的情感冲动，为萍水相逢的两个人带来了一线生机。

老外不时弯下腰来，用手抚摸着由纪子的下巴，嘴里叽里咕噜地说着什么，这让由纪子突然回想起在大叻时用英语和法语的混合语与越南人交流的日子。于是，她用生硬的英语回答道："我只是随便出来逛逛而已。"

"那太好了！我也正随便逛呢！"

不知不觉间，两人已挽起了手臂。虽然并没有什么值得发笑的事情，可由纪子却像喝醉了似的咯咯地笑个不停。由纪子与老外手挽着手，来到了新宿火车站，一起搭上了仅供外国人乘坐的国营电车。由纪子蜷曲着身体，依偎在老外身边，内心里却总觉得有些不好意思。她想起了西贡的街道，感觉好像又回到了从前。她把老外带到了自己那间简陋的小屋。脑袋几乎顶到天花板的高个子老外，笨拙地将长腿伸入尚未生火的被炉中，好奇地环视着周围。在摇曳的淡淡烛光中，由纪子开始生炉子。一股煤烟呈螺旋状向上升起，房间里立刻变得烟雾弥漫。由纪子指着天窗，用生硬的英语命令老外："窗子，打开！"老外不费吹灰之力便推开了天窗，煤烟立即顺着天窗向外冲了出去。

二十

翌日午后，老外又来了。他提着一只绿色的旅行包，弯腰钻进了矮小的房屋里。老外打开包，一边一件件地往外拿礼物，一边喋喋不休地说着什么。不一会儿，大枕头、沉甸甸的小箱子、配给口粮以及点心等，便摆满了榻榻米。沉甸甸的小箱子里是一台装了电池的小收音机，老外转动旋钮，优美的舞曲立即流泻出来。由纪子把耳朵紧贴在收音机上，兴奋得像个孩子。那婉转的音乐声，似乎在讲述历史的交替兴衰，让人感到一种命运的超脱。虽然他们无法用语言进行更深入的交流，但由纪子却并不担心，因为她觉得肉体的交流完全可以让他们了解到彼此的个性。她仿佛又拾回了自信，相信自己可以无忧无虑地开始新的人生。而那个大枕头，对于二人而言又具有怎样的意义呢……由纪子出神地望着雪白的枕套，禁不住热泪盈眶。

对于一个因孤独而倍感空虚的人而言，那个大枕头应具有特殊的意义：它似乎让由纪子重新燃起了生活的希望。由纪子一点儿也不觉得羞耻，在她看来，敢带着枕头来的男人，一定是个光明磊落的人。

——心上的人啊，虽然我已是明日黄花，但也曾美丽地绽放！你我共度的美好时光，永远在我心中珍藏。

老外的名字叫作“乔”。他低声地跟着收音机哼唱着这首名为《勿忘我》的歌曲，同时在纸片上写下英文歌词，交给由纪子，要她在下次见面之前记熟。由纪子则指着纸片上的一个个单词，向他学习发音。乔身上的那种岛国男人所不具有的粗犷性格，深深地感染着由纪子。她觉得富冈所欠缺的，正是这种无论何时何地，都可以自由自在生活的开朗性格。跟乔在一起，她感受不到和富冈见面时的那种锥心般的寂寞。即使语言不通，彼此之间也不会产生误解。她想，两个人在一起，之所以能如此无拘无束，大概是因为不必刻意去揣摩对方内心的缘故吧。

收音机成了由纪子的珍奇玩具。到了傍晚，当乔离去后，由纪子便带着他刚才拿来的香皂去浴池洗澡。那是一块“棕榄”牌香皂，由纪子记得过去在西贡时自己也曾买过相同牌子的香皂，这让她感到一阵心酸。不过，此时的由纪子已找回了往日的自信，即使富冈从此不再出现，她也可以独自生活下去。与其痴痴地等待令自己备受煎熬的男人，莫不如像现在这样生活，反而比较愉快！当然，她知道，这种愉快归根结底只是随风飞舞的雪片，瞬息即逝。

在搬家后第十几天的一个黄昏，富冈终于出现了。由纪子原以为来的是乔，她匆匆地出来开门，发现富冈正哆哆嗦嗦地站在门口，这让由纪子大吃一惊：“咦？怎么是你？”

同样，富冈也吓了一跳。在昏暗的夕阳余晖下，由纪子简直变了一个人。抹得油亮的头发盘结在头上，眉毛修得细细的，还描着眼线，妆化得很浓，耳朵上还戴着一副人造钻石耳环……在如此寒冷的天气里，她居然没有穿袜子，赤着一双脏脚趿拉着凉鞋。

“你这个地方倒是蛮有趣儿的！”

“是吗？对我来说这可是宫殿！”

富冈环视四周，只见墙壁上贴着白纸，墙上挂着一只花篮，篮子里插着菊花。小茶几上燃烧着一支蜡烛，烛光随风摇曳，小箱子里的收音机正播放着音乐。烛光下，精美的巧克力包装盒里，散开的包装纸闪闪发光。富冈直挺挺地站着，他觉察到，眼前这个女人在短短的几天里已发生了天翻地覆的变化。

“噢，用的都是些高级洋货嘛！”

“哦，是吗？”舞曲从收音机里流泻出来。由纪子仰起头来，看着还愣愣地站着的富冈，像小孩儿发现了一个捉弄人的有趣儿游戏一样，笑着把脚伸到被炉里。

“你什么时候从信州回来的？”

“大概两天前吧。”

“是嘛，看到信了吗？”

“就是看到信才来的！”

“不到被炉里烤烤暖吗？”

富冈把帽子向后推了推，重重地坐下来把脚伸进了被炉里。那只白色的大枕头静静地躺在乔平时常坐的座位上，十分刺眼。富冈望着大枕头，说道：“你好像很幸福嘛！”

“是吗？只能说还过得去。”

富冈仿佛受到了很大的刺激，默默地盯视着由纪子的脸。在烛光的映照下，由纪子的面容看起来与妮芙有几分相似，她的那种女性固有的坚强个性，在富冈眼里变得十分鲜明。望着由纪子的全新形象，富冈不禁对女性所独有的这种不受任何事物影响的生存方式，既羡慕又嫉妒。面对女性的这种与生俱来的生存能力，富冈不禁联想起自己的悲惨处境，暗自感到一阵惭愧。他不得不承认，女性绝对有两种完全相反的生活方式，其中一种便是由纪子现在的这种。此前，他一直把女人看作是累赘，现在他完全改变了自己的想法。相反地，在他身上竟然升起了一种强烈的欲望，就像是面对一条漏网之鱼所产生的强烈的食欲一般。

他禁不住脱口而出："真让人羡慕!"

"你说什么？羡慕什么？这种生活有什么好羡慕的？你怎么净说些不着边际的话?"

"对不起，我不是要故意惹你生气！这是我的真实想法。当一个人处处碰壁的时候，自然会羡慕别人的生活。"

"你是在把我当傻瓜吧！看来男人都是一个德性。日本男人连骨头里面都是自私的，凡事只顾自己……"由纪子生气地说。

富冈一边抖动着伸进被炉里的腿，一边伸手拿过收音机，不断地转动着旋钮。由纪子则起身出门来到了车站，她想，如果今晚乔要是来的话，就请他暂时回避一下。可是等了大约半个小时，乔却始终没有出现，由纪子只好打消了念头，到市场买了满满一啤酒瓶的烧酒，往回走。一进门，她发现富冈已经趴在被炉上睡着了，那背影看起来十分落魄，已经完全没有了在大叻时的那种男性的强悍。

"我买了点儿酒，要喝吗?"

"噢，你请客吗?"

由纪子点燃一支新买的蜡烛，然后将酒斟入杯中，陪富冈喝了起来。

"生意还顺利吗?"

"不如想象的那么顺利。现在正想要把房子卖掉，准备放手一搏!"

"那你的家人怎么办?"

"我有一位婶婶住在浦和①，全家人都准备搬到那儿去。拼拼看吧……想指望别人出钱已经不可能了。"

"也真够难为你的……"

"你今天怎么冷冰冰的！看起来那么沉稳，又那样精力充沛，真让人佩服……"

"你是在讽刺我吗?"

……

几杯酒下肚之后，由纪子的心情平静了下来，她已经完全不在乎乔是否会来了。以目前的状况看，自己居无定所，也不知明天将会如何，只能过一天算一天。想到此，由纪子不禁大起胆子，注视着富冈的脸庞。夹杂着尘埃味儿的

---

① 位于东京北部的琦玉县境内。

男人的汗臭，不仅没有令她反感，反而让她生出些怜悯来。她感悟到“随环境而改变的人生轨迹确实难以揣测”。同时，她也发现，人的观察能力越高，内心也就越寂寞，此时此刻，她有一种站在高处俯视富冈的感觉。

富冈来之前凑了一点儿钱想送给由纪子，他从口袋里掏出一只牛皮纸制成的信封，随手往被炉上一扔，说道：“钱虽然不多，但我想多少可以缓解一点儿你的困境……”

由纪子望着信封，丝毫不为所动。

“回到日本后，我逐渐明白了一些事情。我意识到日本的确是战败了，这就是现实。想到这些，近来我已经不再记恨你了。”由纪子往炉子里加了块木炭，一边烤着鱿鱼，一边说。她将烤好的鱿鱼放入碟中，一点点儿撕成细条，她感到一种小小的幸福在自己的指尖儿跳动。人们常说，人生就是要过得安逸而幸福，由纪子觉得自己眼下的幸福，仿佛就寄托在鱿鱼飘散出的香味之中，这让由纪子不禁在心底里窃笑起来——我的日子过得还不错，可你呢？是不是就像一条在泥沼里挣扎的泥鳅，正拼命地向外吐着气泡？

这时，从屋外传来了国营电车的轰隆声，由纪子急忙起身把门锁上。随着醉意渐浓，富冈与由纪子的心情渐渐地变得沮丧起来。

“我们原本是打算在大叻生活的，对吧？”富冈突然提起这事。

“是啊！可是像现在这样返回日本，也没什么不好啊！我倒是庆幸自己回来了，若是留在大叻，想必我们都不会幸福。一来我们不可能再过从前那种舒服的日子，二来作为战败国的国民，我们必须身无分文地生活下去，对此，我们两人肯定是无法忍受的。因此，或许像现在这样，和大家一起过苦日子，才是正确的选择……”

由纪子一面这样说着，一面却在反省自己：是这样吗……难道自己真是这样想的吗？她感到自己的话很虚伪。她想到人的思考其实并不总是正确，因为思考的结果必须以语言的形式表现出来，而人在选择语言时又总是在尽力地粉饰自己。在飘满小屋的鱿鱼的香味儿中，由纪子一边嚼着鱿鱼，一边无聊地反思自己返回日本之后所产生的“勇气”。富冈拿过收音机，转动了一下按钮。收音机里传出了播音员字正腔圆的声音，可是新闻的内容却让人感到有些凄惨。

富冈实在听不下去了，他一把关掉收音机，然后好像想起什么事情似的说道：“听说加野也回来了。”

“噢，真的吗？什么时候？”

“前几天，我碰到一位在鸟取林务局工作的朋友，是他跟我说的。”

“是吗？不知道他过得怎么样？”

“想见他吗？”

“嗯，是想见一见。因为他跟你不一样，很正直，是个好人。”

“大概是吧……”

听说加野回来了，由纪子的眼前又浮现出越南的那段令人怀念的生活。她想自己这辈子恐怕不可能再有那样的青春记忆了。而在那一段记忆中，无论对于自己还是富冈，加野都是个不可或缺的人。就在这时，门外突然响起了敲门声。由纪子迅速地站起身来，开门走了出去，只见乔正站在外面。

由纪子编了个借口说今天家里来了位乡下的亲戚，叫他明天再来，然后连拉带拽地把他送到了车站。富冈听着门外的英语对话声，心情沉重得像是泰山压顶一般，他真想知道由纪子究竟是怎么认识这个老外的。看着那只大枕头，他觉得自己和由纪子的缘分或许已经走到了尽头。大约过了一个钟头左右，由纪子才独自回到了小屋。

“我是不是碍事了？”

“没关系！我已经让他回去了。”

“怎么认识的？”

“那重要吗？他也很孤独，我对他就跟你对妮芙的感情是一样的！”

“请你不要乱讲……”

“从现在起，我也要开始改变自己……”

“是吗？这样也好。对此，我无话可说。”

“这个人甚至还教我唱歌，真是既年轻又体贴！”

“嗯……”

“他是个好人。可是再过两个月左右，就要回国了。”

“那你还会再找个老外吧？”

“哼！你怎么净说这些让人讨厌的话……他可是我在寻死觅活的时候遇到的人。在你的眼里，是不是女人们都很下贱？哼！你有什么资格嘲笑我？为了我，你又做了些什么？凡事只为自己着想，还想把女人笼络住，亏你想得出来！请你不要用那种乱七八糟的想法，揣摩别人的心理！”

蜡烛燃尽了，天窗外投射来一缕亮光，由纪子摸过一根蜡烛，点着后说道：“你是想借此机会甩掉我才这样说的，对不对？”

看到由纪子真的生气了，富冈一口气喝干剩下的酒，摘下帽子扔到了榻榻米上。他想，今晚索性留在这里好了。酒可以解忧，也可以让人撕掉所有的伪装，坠入冒险的深渊。因为醉酒不仅可以让人变得轻松，感受被亲朋好友包围时的热烈，还可以让人变得坚强起来。面对坐在自己对面的这个女人，富冈开始在内心中想象，即将来临的那一刻会有多么的销魂。女人那狐狸一般的眼睛，因醉酒而变得秋波流转，似乎在传送昔日的情丝。自从回到日本之后，他们彼此之间早已心力交瘁，甚至到了见不得阳光的地步，可是每当酒醉之时，他们的体内却总会充满一种力量，让他们忘却眼前那些微不足道的烦恼。

“今晚我可以住在这儿吗?”

“你来的时候，没打算住在这儿，对吗?”

“当然是想住在这儿的。”

“撒谎！你是突然想住在这儿了，是吧？我能看得出来，最近，我也变得聪明一些了。说到底，你还是那种人，尽说些道貌岸然的话欺骗我，真不愧是日本男人！你可以住在这儿，不过，我一晚上都不会睡的，我要跟你好好理论理论……”

“不，我是真心想住在这儿的！如果不可以的话，我回去好了。看样子，你的心情不太好，那我就先回去了。”

由纪子打开了收音机，里面正在播放审判战犯的节目，富冈立刻用手把它捂住，说道：“听一听外国台吧，看看有没有舞曲之类的。这种内容听起来让人感到揪心，实在听不下去。求求你!”

由纪子却故意把收音机挪到了被炉上。富冈忍不住怒火中烧，一下子关掉收音机，重重地摔在了床板上。

“你干什么?”

“我不想听!”

“你应该听，里面讲的不是别人的事情，都是和我们有关的事！看来你还是太幼稚了!”

由纪子丝毫没有要把收音机拿走的样子，一边喝着酒，一边注视着富冈。在她看来，波涛汹涌的战争已经结束，一切都恢复了平静，这种没有一丝波澜的平静生活，仿佛是一出喜剧，而眼下他们二人便是喜剧中的人物，正面对面地坐在狭小而又破旧的房间里。富冈恼怒地脱下散发着臭味儿的袜子，穿着外套躺倒在榻榻米上。虽然身旁便是那只雪白的大枕头，可他却一副视而不见的样子，只顾枕着自己的双手。由纪子似乎也没有注意到枕头的存在，她那副无拘无束的样子，让富冈感觉到了女性的强韧。

“以你目前的情况看，估计也没有什么好的解决办法。既然不能和我在一起，就请不要干扰我的生活。”

“我不会干扰的，我只想偶尔来看一看，总可以吧?”

“讨厌，今晚你已经干扰了。”

“影响你做生意了?”

“原来这就是你的真心话? 你总是一副正人君子的样子，嘲笑别人的缺点，是吧? 可是加野和我却都被你欺骗了!”

“你说是我欺骗了你?”

由纪子不再吭声了。她知道，他们之间的感情并非完全处于对等的位置，自己对富冈的爱可能更深一些。想到此，她把嘴里嚼剩的鱿鱼渣儿吐在手掌上，尖叫道:“是我迷恋你，是我自己不好，可以了吧?”

由纪子说完，把手里的鱿鱼渣儿狠狠地扔到了火炉里，一股鱿鱼的香味儿立刻从蓝色的火焰中升腾起来。

“既然已被你羞辱到这种程度，那我还有什么心情住下来?”富冈说罢，缓缓地穿上袜子，站了起来。由纪子吃惊地抬头仰望着富冈，可那些脱口而出的话却再也无法收回。事实上，由纪子很希望富冈能够留下来，和他一起分担彼此心中的寂寞。

虽然已是深夜，可是富冈却并没有住下来。二人就像是一对大吵了一架后愤然分手的情侣。由纪子屏住呼吸，倾听着渐渐远去的富冈的脚步声，突然一股难言的痛苦袭上了心头。她忍不住推开门，追了出去。一望无际的星空下，路面的寒霜泛着白光，让人感到更加寒冷。由纪子穿过市场后面黑漆漆的过道，向车站方向跑去，却没有发现富冈的踪影。

由纪子禁不住眼泪夺眶而出，她边哭边回到自己的小屋，心情无比沮丧。空无一人的房间里，只有随风摇曳的蜡烛在孤独地燃烧，一点点儿地变小。由纪子对自己刚才的鲁莽感到后悔。尽管那一连串的话，针对的并不只是富冈一人，但却深深地刺痛了富冈。

由纪子吹灭蜡烛，和衣钻入被炉中，就像一只受了伤的野兽，一边揉搓着胸口，一边哭泣着。

二十一

富冈回到家时，已是三更半夜。和由纪子不欢而散的一幕，始终在他的脑海里挥之不去。邦子似乎因为忙着整理行李，也很晚才睡。一想到要把住了这么久的房子卖掉，富冈感到有些不甘。在他看来，与其如此，倒不如放把火把它烧掉更干净些。想到自己身边的事物正一件件地消失，富冈不禁慨叹生活的无常。在这无常的生活当中，只有自己的家人，像坚硬的磐石一般，纹丝不动。自己则被困在这块磐石的下面，挤压得喘不过气来。他有时不免会羡慕由纪子的生活方式，但有时又觉得她那种大胆而又自由的生活方式，实在很可悲。他对自己竟然无力照顾一个女人而懊恼。他想，无论如何也要再见她一面，重新确认一下她的真实想法后，再正式分手，否则就等于是承认了自己的失败。他想，如果这样一直拖下去的话，那么自己和由纪子之间，永远也不会有什么结果。可是，富冈自己也不知道，他希望的结果究竟是什么。他要静下心来好好地思考一番——自己和由纪子的感情为什么会出现这种对立的情况？回到日本后，他第一次体会到了女人的微妙心理，同时也觉察到了自己的心猿意马。在内心深处，他不得不承认情感的幻灭无常。人类的心理，真是变幻莫测之物，在不同的环境中，在不同的培养基的作用下，可以任意地变化。富冈对自己情感的多变无可奈何。曾经的海誓山盟，曾经坚如磐石而又纯洁无比的感情，都可以化为泥土。他有时想，就此分手其实也未尝不可，不过，他又希望等下次见面后再作决定，到那时再分手也不迟。这种矛盾而又自私的感情，在富冈的心里或明或暗，闪烁不定。

第二天清晨，由纪子做了一个梦，梦到了大叻的官舍。不可思议的是，在亦真亦幻的梦境中，她和加野两个人相互拥抱着坐在官舍的阳台上。醒来后，由纪子回忆起前往安都雷茶园一日游的往事。那一天，她和加野、富冈三个人一起去参观位于阿尔普尔·布罗依的茶园。时值新年，一群越南名流身着黑色上衣和白色丝绸长裤，前往位于茶园中间山坡上的一间教堂参加聚会。被一片大森林包围着的安都雷，是一处如油画般美丽的村落。

一路上，富冈不住地为二人作着讲解。安都雷的海拔高度为一千六百米，最高气温二十五度，最低气温六度。这里的土壤属玄武岩质的红土，很适合茶树生长，而这一点也弥补了该地区气候方面的不利条件。据说，由于地势较高而且气温较低，这里的茶树都是横向生长。一排排的茶树，像棋子一般点缀在茶园中。在茶树丛中的小路上，身穿蕾丝镶边连衣裙的由纪子挽着富冈的手缓步而行。加野不时地停下脚步，露出不悦的神情。后来，他终于忍不住说道："我从刚才就开始感到不舒服，鼻子都快流血了……"

富冈和由纪子停下脚步，奇怪地望着加野。

"怎么了？身体不舒服吗？"

"由纪子小姐，你太过分了！好像是为了让我难堪，才故意带我到这儿来的，是不是？"

"咦，怎么了？我可不是……"

"你能不能不和富冈牵着手走？"加野一脸怪笑地说道。

富冈心想，加野这家伙一定是疯了。由纪子闻言，急忙松开了手。

富冈突然哈哈大笑起来。同行的越南向导被富冈的笑声吓了一跳，以为是自己犯了什么错误，脸上露出不安的神色。

三个人保持着一定的距离，继续前行。

"栽种茶树时，要选择那些十八个月左右的树苗。栽好后，要勤锄草，每年要中耕五六次，另外，每隔一年还要施一次肥，比例为每公顷三十公斤氮肥、四十公斤磷肥和五十公斤钾肥。栽种的茶树，大概在两年之后，便可以采叶。到了第六或第七年，茶叶的产量才可以抵得上经营的费用，十年之后茶树便到了成年期……"

听着向导对茶园的解说，由纪子不禁对法国人的毅力感到一丝恐惧。他们竟然花费如此漫长的岁月，倾注满腔的热情，辛勤地种植这些茶树。虽然对向导的解释还不能完全理解，但由纪子至少了解了一点儿，就是眼前这些茶树是经过漫长的岁月才培植出来的。想到日本人要在一夕之间将如此规模庞大的茶园据为己有，她不禁因同胞的贪婪、无耻而感到脸红。

走在这片无边无际、浸满他人汗水的茶园里，由纪子不由得反省起自己的行为，她觉得自己就像是一只厚颜无耻的丧家犬。而刚才加野的那句让她不要和富冈牵手而行的话，也莫名其妙地使她产生一股不安的情绪。向导还在喋喋不休地继续着他的解说，由纪子却有一种预感：日本人不可能长久占据这块越南的土地。她感到，可怕的报应很快就会以某种形式降临到日本人的身上。

"虽然大批的日本军人蜂拥此处，但绝不可能在一朝一夕间开垦出如此规模的茶园和金鸡纳树树林来，他们能做的充其量只是盗取他人资源之类的鸡鸣狗盗之事……"富冈冷冷地说道。加野没有搭腔，他的胸前挂着一颗从越南人那里抢来的象牙制成的大官印。对此，由纪子感到非常反感。就在那天晚上，加野喝醉了酒，弄伤了由纪子的手腕……

所有的这一切，都已成为过眼烟云。曾经散居在那片美丽土地上的日本人，如今已全部被遣返回了日本。由纪子认为这是天理昭彰。她睁大眼睛，紧盯着天窗外已经泛出微亮的天空，天空中密布的乌云似乎预示着一场暴风雨的到来。昨夜与富冈的纠纷，在由纪子看来已恍如梦境。此刻，那只蓬松的大枕头，成了由纪子心灵深处的唯一慰藉。

由纪子伸手摸过收音机，刚刚打开开关，便听到一阵急促的敲门声。从没有人这么早来找过她，由纪子想，可能是保亭旅馆的人。她站起身来打开了门，没想到站在门口的却是一脸凶相的伊庭，他的身后站着一位保亭旅馆的女服务员。女服务员见由纪子出来后，便一言不发地转身消失在了巷子里。

“我就知道会发生这种事！”伊庭脱下鞋子，怒气冲冲地闯进了屋里。由纪子吓得浑身颤抖，说不出话来。

“没想到我会找到这儿来吧？你怎么变成了这副样子……”

“别这样大声嚷嚷，好不好！”

“你还有脸说话！”

“干吗这么生气？”

“我能不生气吗？我已经问过了货运行，他们告诉我是你偷的东西，还把棉被卖给了旅馆，这能不叫我生气吗？听说你还在当野鸡？”

由纪子闻言，气得说不出话来。伊庭那咄咄逼人的架势，令她觉得恶心。如果可能的话，她真想找个地洞钻进去。

“我这样做也是因为生活所迫，没办法！再说，棉被算什么？”

“难道没有棉被，你就做不成生意了？”

“你到底想怎么样，大吼大叫的，我拿了你的棉被，又有什么不应该？你玩弄了我整整三年，这笔账怎么算？想要拿回去的话，尽管拿好了！”

“虽然很肮脏，但我还是要拿回去。洗净了还可以再用，这些可都是贵重品！”

伊庭一面说着尖刻的话，一面掏出香烟叼在嘴里。他环顾四周，似乎在找火柴，却在不经意间看到了收音机和大枕头，嘴角露出一副讥讽的笑容。见到伊庭的那副嘴脸，由纪子不禁火冒三丈。她并不在乎他心里怎么想，只希望他能早点儿滚蛋。

伊庭却像想起了什么似的开口说道：“看来混得不错嘛！好像是遇到了什么好事，是吧？如果有什么好门路的话，能不能算我一份？如果肯分我一杯羹的话，那么棉被可以暂时借给你用。”

由纪子默不作声。她甚至为自己在少女时代，曾被这种男人玩弄而感到悲哀。她百思不得其解，为何自己身边的男人一个个都落魄到了这种地步，变得如此下作？

“有没有什么好门路可以弄到香烟、衣服之类的东西？”

“你在胡说什么？快拿着你的棉被滚蛋！你的东西我不稀罕……”由纪子再也掩饰不住自己的心情，落下泪来。她越想越难过，觉得伊庭那张脸是那样的令人生厌。而伊庭却厚颜无耻地伸手拿过收音机，转动了旋钮。一阵清脆的三弦声传了出来。

“哦，这收音机是用电池的，真方便……”他打开收音机背后的盖子，只见里面有好多像小玩具似的真空管。由纪子站起身来冷冷地注视着伊庭，突然像意识到了什么似的，一把扯下被炉上的棉被，三下五除二地折叠起来。

“哎，你干吗这么性急……”

此时，收音机里传出的三弦声，在由纪子听来十分的凄凉。因为这个收音机，她从昨天起一直没有好受过！

“对了，我还带了二三十公斤的地瓜干过来，你有没有什么好销路？”伊庭一面关上收音机的盖子，一面说道。由纪子根本没有搭理他，心想，我哪会有什么销路。

“这台收音机很贵吧？”

“那不是我的东西！”

“不知道能不能在日本仿制一下，然后申请专利……这玩意儿真是不错……”伊庭将收音机拎在手上，一边出神地倾听着三弦的声音，一边佩服地说道。

二十二

富冈还想再见由纪子一面，于是出门给她寄了封快信。不过，他已经不想再去由纪子那儿了，因为那里的一切都令他感到坐立不安。他选择了四谷①的见附车站作为见面的地点，并在信中注明了约会的时间和日期。

天公不作美，约会那天，天下起了小雨。由于圣诞节已过，新年将至，街上的行人大都行色匆匆，看起来十分忙碌，似乎没有人介意这样的毛毛细雨。富冈在车站等了大约十几分钟。上下车的人潮虽然不算拥挤，但从检票口进进出出的乘客却一个个步履匆匆，一群群形色各异的人在富冈的眼前飘来飘去。富冈毫无来由地感到一阵绝望，这是一种在越南时也曾常常会有的绝望感。他的内心满是不安，只感到万念俱灰，似乎自己已经走入了绝境，不再有任何的希望。这种感觉深深地刺痛着他。

富冈一面用脚尖儿不停地敲击着地面，一面仰望对面的坡道。只见在泛着铅色光泽的小道上，一条淋成了落汤鸡的野狗，正脚步踉跄地晃来晃去，似乎在寻找着什么。富冈看了看手表，心想，由纪子大概不会来了。不过，不来也就算了，他想再稍微等上一会儿，如果由纪子还不来的话，自己就往回走。他无聊地对着那条野狗吹了声口哨。野狗顺着口哨声向富冈这边转过头来，仔细地瞧了瞧富冈。大概是发现那不是自己要找的人，野狗露出失望的目光，钻进了八角金盘树的树林里。

“等急了吧？”正当富冈在候车亭里左顾右盼时，由纪子突然冒出来站到了他的旁边。

“已经过了三十分钟，我以为你可能早走了，正想回去呢！对不起啦……”

由纪子头上戴着一条长长的红丝巾，下颏下面打着一个蝴蝶结，神采飞扬地望着富冈的脸。迟到了三十分钟，居然还想就这样回去，由纪子的话令富冈很不舒服。他感到自己正被这个女人戏耍，她那种游刃有余的心态，让富冈很是反感。他想该是分手的时候了。

富冈抬脚向雨中走去，由纪子在后面踩着积水跟着前行。富冈的内心充满了难以排遣的孤独，一个人头也不回地向前走，却仿佛能清楚地看到紧跟在自

---

① 位于东京都新宿区内。

己后面，正踩着雨水向前走的由纪子的表情。不由得，他开始希望这个女人能够和自己一起忍受孤独。不过，想到这儿，他又不知不觉地产生一种罪恶感。

想到自己的孤独，富冈感到一阵恐慌，这是一种能够让他战栗的感觉。眼下这种万念皆空的孤独感，令富冈寂寞至极。一想到连过去一向垂青自己的幸运之神，现在也已经远离了自己，他的心头强烈地颤抖起来，内心充满了空虚与沮丧。

富冈产生了一种想跟由纪子一起自杀的念头。他想起了一件往事。记得曾有一个年轻的日本男人和一个外国女人私奔，不过，在追兵的紧逼之下，二人最后在郊外的一个车站里双双服毒自尽。想来人类真是可悲，就像是天空中的浮云一般无依无靠。此时的富冈也已经完全丧失了活下去的勇气。

两个人漫无目的地来到市营电车的一座候车亭。

“喂，你不冷吗？找个地方喝杯茶怎么样？”

“好吧。”

“真讨厌！你怎么垂头丧气的？”

“垂头丧气？”

“是啊！”

“别说得那么难听好不好……”

“是啊，现在一个人的时候，我总会想起好多难听的字眼儿……或许是因为害怕自己会消沉下去的缘故吧！”

“是吗？可是，你看起来却好像很悠闲、很快乐啊！”

“讨厌！我像吗？我其实一点儿都不快乐！你竟然这么看我，真让人生气！反倒是你，和以前相比，似乎是变了一个人……哎，怎么搞的，我突然觉得前途一片渺茫……”

富冈伫立在雨中的街头，朝着绿树成荫的昔日的皇太子宫方向眺望。虽然不知道里面现在住的是些什么人，但透过铁栅栏望去，烟雨迷蒙的浅灰色宫殿与街道两旁的浓绿树荫交相辉映，简直就是一幅美丽鲜艳的油画。望着这座早已人去楼空的皇太子宫，一阵空虚而又迷惘的绝望感，再度袭上了富冈的心头。他沿着通往宫殿的道路走了起来，由纪子默默地跟着他并肩而行。

“在越南的那段日子真好……”

“咦，你也这么想吗……我刚刚还在想那时候的事儿呢！真让人怀念……那地方简直就像个梦境，在那里我们每天都在做梦……哎，真像是一场梦。虽然是做梦，但能够跟你相遇，我还是觉得不可思议……”

“有时候，我不禁怀疑那些事情是否真的发生过……”

“那时候，你和我都是善良的人，是回归自然的人，没有任何的虚伪……”

“嗯，不过，我们那时的感觉未必就是真正的幸福。看着这座宫殿，不知为什么，我突然觉得现在的自己或许是幸福的。被毁坏的事物身上总具有一种凄凉的美感，你觉得呢？不知道这座建筑物现在被用作什么，不过，它以前曾是皇太子的宫殿。虽然已是人去楼空，可是它往日的风貌却依然存在，这让我感触颇深。”

由纪子茫然地眺望着宫殿的土墙，似乎闻到了一股淡淡的泥土的芳香。虽然不像富冈那般伤感，但她却也有些触景生情。或许是下雨使天气变得更加寒冷的缘故，四周的景色给她留下了极深刻的印象。在宫殿旁的大马路上，一辆天蓝色的高级轿车疾驶而过。

富冈咀嚼着内心的寂寞，他真希望这个女人能够心甘情愿地和自己共赴黄泉。想到自己活到这把年龄，所有的一切都随国家的战败而逝去，他感到浑身发冷，就像眼前这场冬雨一般。在这个孤独的国家里，每个人都好像身处困境。想来，在任何一场战争中，战败的一方总是既可怜又可悲。战败者的灵魂，似乎总在无声地呼唤往昔的旧梦，并且总要在旧梦中，反省自己的过去。

富冈很羡慕女人那种在任何困境中都可以顽强地生活下去的斗志。另一方面，他又在内心深处对女人的这种单纯感到不齿，因为女人们似乎感觉不到生活中的缺憾。想到此，富冈禁不住低下头来看了看依偎在自己身旁，与自己并肩而行的由纪子。令人感到恐怖的是，不仅是由纪子，在所有那些曾经饱受战争困扰的女人身上，似乎都没有留下任何痛苦的痕迹。这一发现，让他觉得有些不可思议。

“喂，你到底要走到什么时候？”

“累了吗？”

“就这么一直走，全身湿漉漉的，我可受不了。会感冒的……”

“我想走到赤坂，在那里搭电车去涩谷，好不好？”

“好啊！对了，你在信中说有话要说，是什么事？”

“事情嘛……其实，也没什么大不了的事。”

“你这人真是任性……”

“是吗？我只是想看看你！”

“骗人！什么想看我？你说谎！不过，这么温柔的话，我还是头一次听你说。”

“女人不都爱听温柔的话吗？”

“那当然……”

富冈觉得这种对话很累人。他知道，即使像现在这样见面，他们之间也不会有什么结果。而另一方面，却又有一团乌云笼罩在他的心头。那是一种战败者内心的烦乱，以及惶惶不可终日的焦虑。明明知道自己的处境，却还要拉着一个懵懂的伙伴与自己共赴黄泉，这种浅薄而自私的想法，就连富冈自己也不能理解。他觉得自己很虚伪，整天带着一种或许会有结果的错觉，苟且度日。

二十三

到了涩谷后，两人进入高架桥下的一家中国菜馆，在火炉旁的椅子上面对面坐了下来。蓝色的火焰，从蜂窝煤的小孔中蹿升，发出噗噗的声响。店内空空荡荡，再没有其他的客人。三个穿着破旧白色制服的女服务员站在角落里。由纪子一面把手伸到火炉上烤暖，一面在铁丝网上烘烤被雨水淋湿的红丝巾。

富冈向女服务员点了两碗炒面。

“能帮我叫一瓶酒吗?”

由纪子笑着恳求富冈，说着从绿色的塑料手提包里掏出一盒洋烟，抽出一支递给了富冈。

“我们两个就像是一对无家可归的人……”

“嗯……”

抽着味道香醇的洋烟，富冈感到一阵疲倦。这场雨中漫步早已使他疲惫不堪。虽然他给由纪子写信把她约了出来，但其实却没有什么要讲的。

“什么时候搬家?”

“家人已经搬走了。这个新年，我要在空荡荡的家里过了……”

“咦，是一个人吗?”

“我太太大概会留下来……”

“什么?原来是浪漫的二人世界啊!”由纪子像个孩子似的露出失望的表情。不一会儿，酒端了上来。

“我找到了加野的住址，你想见他吗?”

“咦，找到地址了?在哪儿?”

富冈掏出记事本来翻了翻，接着又拿出一张自己的名片，用铅笔在背面写上加野的地址，递给了由纪子。

“噢，是小田原①?”

“听说他跟他母亲住在一起，好像还没有结婚哦!”

由纪子对富冈的恶作剧很是不满，狠狠地瞪了他一眼，然而在内心深处却燃起了对加野的怀念之情，很想再见他一面。自打在越南分手之后，她还没有见到过加野。几杯酒下肚之后，冰冷的身体变得暖和起来。由纪子已经陪富冈

---

① 神奈川县的一个市。

喝了两三杯。

“还有两三天吧?”

“什么?”

“我是说新年……”

“新年？我根本就没想过新年的事!”

“不如我们今天就去伊香保①或日光②，怎么样?”

“好啊，我还没有去过伊香保，真想在热乎乎的温泉里好好泡一泡。你真能去吗?”

“要是只住一两个晚上的话，应该没有问题。你呢?”

富冈想，既然要在这无涯的尘世苦海中飘浮，那么渺小的人类为什么不可以随心所欲地放纵自己呢？他甚至希望能和由纪子一起在栃木的荒山中殉情。

望着食欲旺盛、正大口大口吃着炒面的由纪子，富冈暗想，这个女人还不知道自己将要死在我的手里，竟然笑得那么开心。一副镀金耳环在由纪子小小的耳朵下面，不停地晃动着，一头黑色的秀发剪得很短，刚好遮住脖子。

“伊香保不冷吗?”

“冷又有什么关系!”

“说得也是。”

由纪子流露出兴奋的表情，就像是一位待嫁的新娘在与未婚夫探讨蜜月旅行计划。她把写有加野住址的名片放入手提包，然后漫不经心地掏出粉盒，打开镜子照了起来。

富冈却在脑海中幻想着杀死她的场面。满身是血的由纪子，在如梦似幻的场景里挣扎，画面中没有任何声响，这反而使人感到更加恐怖。虽然这是一种危险的感情，但富冈为自己竟敢想象出这种危险的场景而产生了一丝快感。先杀死这个女人，然后自杀，事情就这么简单。富冈暗忖，没有人会指责他们的行动。他又向服务员要了第二瓶酒，然后茫然地望着由纪子那张化过妆的扁平面孔。他觉得很奇怪，那个外国佬怎么会喜欢上这种女人。这是一张略显卑贱的脸，不仅缺乏立体感，而且下颚很宽，平凡得没有一点儿可取之处。然而，仔细端详后他却发现，这张脸很像是原始人，额头、眉毛以及眼睛的周围，还有点儿像佛像。

“没人看家，不要紧吗?”

---

① 位于群马县涩川市内，以温泉而闻名。

② 栃木县的一个市。

“不要紧！我出门时已经上了锁，就算有人来也没关系。”

“伊庭去你那儿把棉被拿走了？”

“咦，原来你收到我的信了。没错，所以，我现在睡觉时盖的是毯子。”

由纪子对此事似乎并不在意，她拿起酒瓶为富冈斟上酒。富冈夹起散放在炒面上的已经凉掉的葱花、竹笋等作为下酒菜，继续喝着酒。他开始觉得自己要做的事情很有点儿喜剧效果。在他看来，那些整天生活得既平凡又枯燥的人很可怜！他一面觉得所有的人都在认真地重复着一幕幕的生活悲剧，一面又怀疑几千年来，是否真的出现过能够让人为之动容的人生悲剧。在他看来，世人的所作所为，更像是一幕系列喜剧，在剧中，每个人都战战兢兢而又鬼鬼祟祟地过日子。那些标榜正义者的行为，也很滑稽。人性的善与恶，统统都是喜剧。在让人笑得几乎要流出眼泪的喜剧气氛中，人们为自己寻找一个最合适的理由并为此而奔波忙碌，直到行将就木之时，才终于定下心来，真心地发出一声叹息！

富冈下定决心要带由纪子去伊香保。

抵达伊香保时，已是深夜。二人被揽客的人带到了一家名为“金太夫”的旅店。这是一间位于山坡上的温泉旅店，通往山坡的道路狭窄得像是院子里的甬道，一路上还可以闻到浓浓的温泉味。由纪子好奇地边走边观望坡道两旁的房屋。以杜鹃鸟而闻名的伊香保，竟然是一处出人意料的，既朴素又浪漫的地方。或许已是深夜的缘故，水流声和山风的呼啸声，让人感到寒冷刺骨。他们住进了里院的一间客房，房间里摆着一个大大的被炉，上面放着一块木板。由纪子将冻得冰凉的双脚伸入被炉中，一股暖意立刻传遍了全身。

“真是个好地方！你是怎么知道这个地方的？过去来过吗？”由纪子撒娇似的问道。

“学生时代曾经来过……”

“真是个好地方，很像是大叻。如果有钱的话，真想在这儿悠闲地住上一阵子……”

“可是住久了会腻的。我们顶多住两天……”

“说得也是，两天左右刚好……”

房间很小，窗子下面似乎是条小溪，在屋里便可以听到潺潺的流水声。脸颊红润的女服务员为他们端上了柿饼和茶水。壁龛上摆着一只笼子状的花瓶，里面插着小菊花，墙壁上的挂轴是一幅石板画山水图。虽说是一间再普通不过的客房，但或许是人在旅途，而且又有温泉相伴的缘故，早上的那种难耐的寂寞，意外地消失得无影无踪。不管寂寞也好，绝望也罢，富冈发现，人只要掌握了这种转换心情的技巧，便可以使自己愉悦起来，变得随遇而安。渐渐地，他心中有了一丝暖意。这种心情的变化，连他自己都觉得奇怪，实在是不可思议。他为了寻找一处与由纪子共赴黄泉的，富有戏剧性的死亡舞台而来到了这里。可是，在浩瀚的宇宙中，这种事情其实不过是沧海一粟，不足挂齿。想到这儿，富冈连外套也没脱，倒头钻进被炉里，双手交叉着放在脑后，呆呆地凝望着黑漆漆的天花板出神。

这时，女服务员为他们送来了棉睡衣。由纪子向服务员借了条毛巾，随后到隔壁房间里换好衣服，走了出来。可是富冈却不想去泡温泉。此时的他什么也不想做，如果可能的话，他真想就这样消失在地下。

“你不换睡衣吗?”

“嗯……”

“赶快换上睡衣吃饭吧！我都快饿死了。”

“真讨厌！着什么急？等你洗完澡再吃，也不迟嘛!”

由纪子将脱下的衣物归拢到房间的一角，然后走到被炉旁，一边嗅着睡衣的袖子，一边神经质地说道：“啊，这股汗臭味儿可真难闻……”

二十四

富冈喝得酩酊大醉，他已经很久没有如此轻松过了，心灵仿佛获得了解脱一般。斜倚着壁龛的柱子，富冈用越南语哼唱起一首越南歌曲来。

——你我真正的恋情，只存在于相见的瞬间。那一刻，你的眼神里充满真诚，我的目光中饱含真情。而如今，你我的眼里，却满是狐疑。

由纪子也已经有了些醉意。她一面随着富冈哼唱这首蒙眬中还有些印象的歌曲，一面深深地怀念起在大叻的日子。她知道，事到如今，回忆已没有任何的意义，可是那段远去的梦，却依旧令她怀念。由纪子伸开腿，在被子下面摸索着富冈的腿。一只充满女性体温的脚，碰到了富冈的脚掌。

“你可要坚强地活下去啊！倘若偶尔回忆起大叻的事情，别忘了叫我一声……我已经心灰意冷了，只要能像现在这样偶尔见你一面，就心满意足了。对你而言，可能这样更好一些，对吧？我知道，我们之间的关系，其实就像你这首歌的歌词一样……”

富冈闭着眼睛，静静地哼唱着。由纪子起身来到富冈的身旁，钻入被子里与他并排躺了下去。富冈却没有理会，依旧自顾自地闭着眼睛，继续哼着歌。

“你一个人想什么呢？把你脑子里想的事情，分一些给我好不好！求求你，分给我一半吧……”

听到由纪子要他将所想的事情分给她一半，富冈突然睁开了眼睛。此时的由纪子真的很可爱。她不经意间脱口而出的话语，宛如瞬间即逝的彩虹，激起了富冈的激情。他忍不住抓过由纪子的手指，吸吮起来。

“我寂寞、寂寞、寂寞啊……”由纪子将脸埋在富冈的胸前，低声呻吟着。望着女人的狂乱姿态，富冈的内心却没有生出丝毫的感动。在他看来，女人的心就如同窗下的流水，瞬息万变、难以捉摸。此时，富冈的心里只有一个念头，那就是该如何去死。他首先思考的是怎样才能死得干净利索，其次是杀了这个女人之后，自己能否有勇气自杀。他像解数学题一样，做着精确的计算。他想，在他们死后，恐怕所有的人都会以为他们是因为彼此相爱才殉情的，没有人能够理解他的真实感情。对此，富冈不免觉得有些遗憾，不过，转念之间他又想，这又有何妨？

富冈知道，此时自己所追求的只是“死亡”本身，是否和女人一同去死，并不重要。这个女人对于他而言，不过是走向死亡的一个工具而已！我真是个自私的家伙，我竟然如此自私……富冈一面用力握紧由纪子的手，一面在心底里自言自语。他猜想，在别人看来，自己的行为可能很恐怖、很虚伪，也很卑鄙，但说到底这些都是别人的想法，随他们去想好了！在他看来，自己之所以去寻死，其实只是想上演一出悲剧罢了！

被炉上，装着残羹剩饭的红色托盘，在灯光下反射着亮光。红色的托盘上，金色的松树图案十分醒目。富冈心想，这大概是自己在这个世上看到的最后一幅图案了……他环视房间里的一切，心里喃喃自语："来到山中的这对男女，不久就要共赴黄泉了。"

一想到人生即将走到尽头，富冈不由得觉得世上万物都是那样的凄美，所看到的一切，都美好得令人难以割舍。菊花的花瓣，白中透黄；脏污的山水挂轴里，似乎透出了一阵清爽的山风；早上在东京看到的细雨中的美丽宫殿，也在他的眼前浮现了出来。

伊香保的雨已经停歇。

"生意怎么样了？"

"生意？"

"是啊，我是说木材方面的生意！"

"喔，你是说生意？应该没什么问题吧……"

"房子还没卖掉吗？"

"卖掉了，已经拿到了一半的房钱。年后办理过户手续，一月底就要交房子。"

"卖了多少钱？"

"卖多少钱跟你有什么关系？"

"当然无关……不过问问总可以吧？"由纪子已经从刚才的狂乱中平静了下来，她一动不动地凝视着富冈，心想，自己怎么会迷恋上这个男人。此时此刻，她觉得自己和富冈就像是一对萍水相逢的男女。由纪子站起身来，拿着毛巾，去了温泉池。

由纪子走下狭窄的楼梯，进入洗澡间，发现有两个披散着卷曲长发的女人，正坐在温泉池里闲聊，声音很大。褐色的温泉水，混浊地漫过池子，沿着镶着瓷砖的池壁向下滴。由纪子默默地走到泡在池子里的女人们面前，将一只脚伸入池中。或许是喝醉了的缘故，她脚下一滑摔入池中，溅起了一大片水花。那两个女人慌忙地躲闪着，眉头皱得老高。二人啧啧地咂着舌，满脸厌恶地站起身来。

"对不起……"由纪子抱歉地说。可是二人却依旧板着面孔。由纪子不禁恼怒起来，不再理会她们，兀自在褐色的池水中伸展着双脚。两个女人看起来与城里的女人并没有什么不同，但腰身却很粗壮，像是对农妇。这让由纪子对自己苗条的裸体油然生出一种自豪感，产生了想要站到她们面前炫耀一下的冲动。两个女人慵懒地坐在铺着瓷砖的淋浴区，继续着先前的谈话。

“听说多美在分手之际，用英语说了一句‘下次再来’。想来她也只会讲这么一句英语。结果对方用手做了一个游泳的姿势，叫她以后不要在男人中间游来游去，最好找一个坐办公室的工作。但是多美很快就又游来游去了，真拿她没办法……她说啊，一看到日本男人就心烦！”说罢，二人咯咯地笑了起来。

由纪子这才明白原来她们是那种女人，她不由得想起自己在池袋的那间小窝。或许此刻也有人来找她，正用力地敲着门呢！刚打过香皂的女人，浑身散发着香味儿，手里拿着大大的塑料梳子，相互为对方梳理头发。在由纪子的醉眼中，两人的动作十分做作。她们故意展示着装在大瓶里的高级乳液和大块浴巾，似乎是在向由纪子炫耀，我们是和你完全不同的人。与她们相比，由纪子所使用的，只是从女服务员那里借来的，皱巴巴的国产毛巾，以及散发着鱼腥味儿的肥皂。

“明天回去后，我要去服装店，你也一起去看看吧……我做了一套大红色的套装，还叫师傅在上面镶了金色的纽扣呢！”

“哇，你真了不起！是你的那位出的钱吧？”

“那当然。他可是慷慨得很。”

由纪子忍不住笑出声来。涂着猩红嘴唇的女人转过脸来，冲着由纪子怒声质问：“你笑什么？”

“我在笑我自己的事情。请你说话注意点儿。”

“当我是傻瓜啊！也不看看自己的德行，喝醉了酒，还乱溅洗澡水。”

“咦，我不是道过歉了吗？”

另一个比较瘦的女人劝道：“算了！她喝醉了！别跟她一般见识！”

两人迅速地向更衣室的方向走去，一副气势汹汹的样子，将地面的水珠溅得老高。

“带着耳环洗澡，毛巾又那么脏，真是乱七八糟，哼，什么东西嘛……”

“好像有点儿不太正常……”两人掩嘴窃笑。由纪子旁若无人地往身上泼着水，大声地唱起越南歌曲来。

——你我真正的恋情，只存在于相见的瞬间。

歌声出乎意料地优美动听，两个女人霎时停止了窃笑。

——那一刻，你的眼神里充满真诚，我的目光中饱含真情。而如今，你我的眼里，却满是狐疑。

在歌声中，由纪子感受到一种放荡不羁的快感。

二十五

富冈与由纪子无所事事地在伊香保住了两天。这两天，外面一直在下雨。由于第二天就是元旦，所以，再没有其他的客人住进来，整个旅馆显得空空荡荡。

在这两天当中，富冈始终没能理出一点儿头绪。他想认真地思考一下接下来的事情，可是精神却总是无法集中。他深陷于矛盾之中，不知该如何了结自己。他禁不住在想，或许所有像他一样，在战争结束后从异域返回内地的人，都会变得如此怯懦。只是这种怯懦，有的人能够觉察得到，而有的人却不能。但不管怎样，像他这样生活在狭小国度里的人，无论是谁，都只能各自躲在一个狭小的空间里，孤独地生活。除此之外，别无选择。在战败国这块狭小的土地上，要想追求一种放之四海而皆准的真理，实在是困难至极，甚至完全虚幻的理想。在这片狭小的土地上，随时都有可能出现意想不到的困难，让人们丧失生活下去的勇气。这种环境，早已让富冈疲惫不堪，他觉得自己连维持家庭的能力都已经丧失殆尽。在他看来，面对这样的现实，所有的人都变得越来越自私，即使是住在同一屋檐下的家人也都在各自孤独地求生。

“哎，有烟吗?”

“没有。”

“你到底在为什么事情钻牛角尖儿? 看起来一副心神不宁的样子！干脆，我们就在这儿过年好不好? 如果钱不够的话，就把我的外套或表押在这儿。如果你怕丢面子的话，那我就到镇上去，把这只表卖掉……”

由纪子说着从烟灰缸里捡起一根烟头，插在烟嘴里点着火吸了起来。

富冈趴在被子里，从头到尾又看了一遍昨天的报纸。突然，他对着由纪子“喂”了一声，然后翻过身来，用一只胳膊拄着榻榻米，由下往上望着由纪子的脸，一副欲言又止的样子。

“什么事?”

“嗯，也没什么事，只是对这个世界感到厌烦透顶……”

“为什么? 出什么事了?”

富冈一听她问起原因，觉得整个脸颊都僵住了。他张开干涩的眼睛，凝视着由纪子那张卸了妆的脸，淡淡地冒出一句：“活着真无聊……”

由纪子没太听懂这句话的意思。富冈一面用手指轻扯由纪子胸前那颗快要脱落的扣子，一面说："我是说我们俩的事情已经没有希望了。"

"怎么会没有希望呢？那是因为你的心情陷入低谷的缘故，真是莫名其妙……"

"嗯，你说得没错……是这样。不过，你却没有陷入低谷。有趣儿吧？你是不是觉得这个世界很有趣儿？"

"你指的是什么？"

"眼下的时局啊！"

由纪子开始有些明白富冈的想法了。她鼻子一酸，险些落下泪来。

"要不要我把你心里的想法讲出来？"

"不，不要讲……"

"是分手的事吧？"

"不是。"

扣子"啪"地一下掉落下来。富冈捡起扣子握在手里，然后将身体缩进还有些余温的被炉里，躺了下来。

"我去把手表卖掉，好不好？我想在这儿过新年……"

白色的雨水顺着玻璃窗的缝隙渗了进来。小鸟在屋檐下穿梭不停。由纪子起身打开玻璃门，眼前的山峦、天空笼罩在一片乳白色的烟雾中，让人想起雨雾中的越南山景。富冈将那颗贝壳制成的纽扣放在手里把玩了好一会儿，然后放在榻榻米上，用小手指和食指交替地弹着，就像小孩儿玩儿玻璃球一般。

"看来我们要在雨中迎接新年喽！"

由纪子关上门，重新钻进被炉里。富冈蓦地站起身来，将扣子放在被炉上，不知是对由纪子，还是对自己说道："真不想活了！"

由纪子一边漫不经心地听着，一边拿过扣子放在胸前比试着，然后神经质地扯下脱落的线头，说道："我也不想活了。"

"你不会轻易去寻死的。你还有很好的发展前途，还可以再好好地享受一下人生……"

"什么发展前途？求求你别说这种话，好不好？"

"那就是说，你是在认真地考虑自杀的事？如果只是一时兴起，而没有经过深思熟虑的话，我劝你最好不要讲这样的话。"

"不，我是认真的，我一直想自杀。在海防时就曾经想过，在大叻发生加野那件事时也想过。我对死亡根本就不感到害怕。"

"嗯？是嘛？不过，只凭这一点还是死不了。虽然你说不怕死，但你对死亡的看法还太天真。自杀其实是很恐怖的事，除非等到心灵变成了真空状态，否则，是很难付诸实施的。不过，如果你要自杀的话，会选择哪一种方法呢？”

“服氰化钾应该是痛苦最少的一种吧？”

“如果在没有弄到氰化钾之前，心灵就已经进入了真空状态，那该怎么办？”

“还没有真正遇到，谁知道该怎么办？不过，我想在真空状态下，人应该无暇去考虑到采取什么方法的问题，是吧？”

“假如一对恋人想要殉情，但其中一个人的心灵却始终无法进入真空状态，那种气氛是不是很可笑？”

“我不这样认为。与其贸然寻死，不如冷静下来，等另一个人的心灵完全进入真空状态后，再默默地实施计划，这样岂不更好？如果对死亡感到恐惧的话，那也会害怕去想怎么死的问题。因此，我认为如果我们俩要想一起死的话，必须事先计划好才行……”

“我曾幻想过和你一起爬上榛名山①共同跳崖的事。”

“真巧！不久前我也有过这样的幻想！”

在二人的心灵交流中，死亡就像是一道逐渐加重的阴影。虽然富冈也觉得这样做有些荒谬，但一想到回东京后即将面临的那些现实问题，一股寂寥之情又涌上了心头。一个人，当他感到苦闷、烦恼之时，还会为了改变现状而积蓄力量。然而此刻，所有的苦闷与烦恼，都像轻烟一般，远离富冈而去了。

---

① 伊香保附近的名山。

二十六

富冈点上一根烟，脑海中突然闪过一个念头。即使自己与由纪子共赴黄泉，这个世界也不会因此而有任何的改变。虽然自己在努力地为自杀寻找借口，说什么对这个世界感到绝望等等，但自己的死，在这个世界根本就不会引起任何的反响，不过是件微不足道的小事。想来人真是奇怪，竟然会因为生活在这样一个冷漠的世界，无法忍受生的痛苦，而四处游荡寻找自己的死亡场所——富冈趴在被窝里，茫然注视着黑暗中香烟燃烧时发出的微弱火光出神。

说到底，人生只有两种选择，一种是疯狂享乐，另一种是绝望而死。而所谓的绝望，其实，不过是人向世间作出的一种姿态而已。虽然有人会在某种机缘下选择死亡，但在死亡那一刻，头脑中绝不会有绝望这种想法。富冈露出一丝苦笑，他想，这无边的暗夜，不可能永远地持续下去。想必过去，在这间漆黑的客房里，也曾住过很多的客人。此刻，富冈似乎能够看到这些客人游动的身影，仿佛能够听到他们走动时发出的沙沙声。或许，就在这间房间里，也曾有男人对着女人海誓山盟……富冈感到自己的棉被似乎被什么东西压住了，转头一看，只见睡在旁边的由纪子正发出痛苦的呻吟声，好像是在做噩梦。富冈静静地听了一会儿，终于忍受不住了。他摸黑将香烟捻熄在烟灰缸中，扭亮了枕畔的台灯。周围霎时明亮起来，黑暗一瞬间消失得无影无踪。

“喂，喂，怎么了?”

富冈扯了扯由纪子的枕头。背对着富冈的由纪子翻了个身，转过头来，睁开了眼睛。

“我做了一个讨厌的梦，非常可怕的梦……”

“做噩梦了?”

“嗯，讨厌的梦！在梦中，一匹被剥了皮的血淋淋的马一直在追着我，无论我跑到哪儿，它都紧追不舍……马背上还坐着一个身穿蓝衣、没有脸皮的人。我痛苦地呼喊救命，可是却怎么也发不出声音来……”

富冈将脚伸入仍有些余温的被炉里。由纪子眯着眼，望着台灯，自言自语道：“今天是新年了。”虽然才只住了三个晚上，但两个人都有一种从很久以前就一直生活在这里的感觉。富冈深深地感受到“缘分”捉弄人。如果没有发生战争的话，自己不可能遇上这个女人，也不会跑到遥远的越南去。如果没有战争，自己现在想必还是一位老实本分的公务员，过着安稳的公务员生活。

不过，这场战争也让日本人见到了一个多姿多彩的世界。富冈望着发黑的天花板，看着那一块块脏得像地图一样的污点，不禁联想起顺化的街景。还记得连接市中心和车站的道路两旁，樟树的嫩芽闪烁着金色的光芒；那条名为“香水河”的河流两岸的人行道旁，美人蕉与铁线莲争奇斗艳，宛如印着花鸟的美丽丝绸一般；城市里随处可见茂盛的椰子、槟榔、桂花树；只以一件兜裆布裹体的毛依族人，拎着鸟笼在街道上兜售鹦哥……

令人怀念的大叻生活，就像和服上鲜明的碎白点花纹，深深地烙在富冈的脑海里。顺化的山林局长马尔康先生，想必现在已经返回了顺化，或许正悠闲地坐在阳台上抽雪茄呢！在富冈的印象当中，对日本军队颇为反感的马尔康先生是个好人，他那张友善的面孔令富冈很是怀念。马尔康先生毕业于法国的南锡山林学校，1903 年他奉命来到越南，担任山林局局长。在他的眼里，像富冈这样年轻无知、有如乡巴佬一般不懂礼节的日本山林官，一定非常可笑。可是即便如此，他仍以极其庄重的态度，将所管辖的山林地区移交给了他们。对于富冈，他更是另眼相待，甚至将自己掌握的林业知识倾囊相授。马尔康先生常说，要管好越南的山林，必须把它看作是一头巨虎，全身心地面对。可是富冈他们在奉军方之命前来接管山林之前，却对这里的情况一无所知。他们倚仗的仅仅是一幅地图。在他们的印象当中，越南的山林就像是种在平地上的几棵松树，稀稀疏疏。记得在被邀请前往位于顺化的马尔康先生的住处时，对方曾问起他是否认得种在院子里的几棵树木，当时富冈甚至连槟榔树的名字都叫不出来。于是，马尔康局长用手指着利姆、铁刀木、虎皮楠、番郁金等树木，逐一向他做了介绍，还对它们的产地和特性等作了详细的讲解。

据马尔康先生讲，越南的山林地处多雨地带，十分辽阔。虽然他来到此处已有相当长的一段时日，但对山林的了解还谈不上深入。他恳求富冈，在砍伐树木之前，一定要对材质进行深入的研究。另外，当地土著居民刀耕火种的耕作方式，对原始森林的伤害也很大，所以，他希望富冈他们能够认真地考虑对策。此外，他还听说日军在越南北部，特别是在清化、荣市两地大量砍伐林木。他认为，与这些地区不同，越南的中部地区地形险峻，而且山脚与大海直接相连，缺乏可供扎筏运输的河流，因此即使砍伐了树木，也很难运送出去。至于北部和南部地区，虽然地势平缓，也有河运之便，但也不应该毫无节制地砍伐。马尔康忧心忡忡地表示，造林事业和战争应该是完全不同的两件事情，不能混为一谈。

“喂，你还记得吗？我们曾经参观过芝兰附近的一处日本人墓地，是不是？”

由纪子的问话，一下子把富冈从回忆中拉回到了现实。他将视线从天花板的污迹上挪开，转过头来看着由纪子。

“那个小镇叫什么名来着？”

“是叫黑河吧？”

“对，对，是黑河镇！加野、你、我三个人一起去的黑河镇，好像在那儿总共待了三天吧。加野一直焦虑不安地监视着我们，对不对？我们背着他在夜里偷偷见面。那时候，我们俩的举动可真够疯狂的！这件事你还记得吗？”

“嗯，记得！”

“街道两旁种的好像是叫福树吧？我们把汽车停在老树下休息，立刻就有一大群孩子围了过来。那时候我拿出粉盒看着镜子里面的自己，只恨自己为什么没有生得漂亮一点儿。那些孩子们似乎对我这个女人毫无兴趣，相反却围着身材高大的你叽里呱啦地说个不停。通往墓地的道路两旁，长着茂盛的巨型仙人掌。这些事情，至今我还记得清清楚楚。我想，如果自己长得能够像山田五十铃①那样漂亮，那趟旅程一定会更有意思。”

在富冈看来，由纪子的想法真是莫名其妙。

① 1917－2012，日本著名电影演员，2000 年被授予日本文化勋章。

二十七

在三百五六十年前，黑河镇曾住过很多的日本人。他们乘坐当时的朱印船①频繁穿梭于日本和越南之间，将紫檀、黑檀、沉香、肉桂等运往日本。后来，因为日本采取锁国政策，这些人有国难归，渐渐地被当地人同化掉了。在日本人墓地里，他们看到有块墓碑上还刻着“太郎兵卫田中”② 的名字。在由纪子看来，过去那些像漂流的椰子一样四海为家的日本人充满激情、极富勇气。当看到一座土坟的墓碑上刻着“花子之墓”的字样时，由纪子更是充满了伤感。

“黑河镇真是个不错的地方，它的街道狭窄，只能行驶一辆汽车。道路两旁，是一栋栋民居，墙壁都被涂成了白色。每栋民居由两间房屋组成，就像是两个连在一起的火柴盒。对了，镇上还有一座带篷的小桥，名叫日本桥。加野还在那儿拍了照片，可惜没能带回来。想起来，当时的我们可真够奢侈的！现在要做那样的旅行，一定得花好多钱！”

“我们也因此而遭到了天谴。”

“是啊，也只能这样想了。对了，现在几点了？”

由纪子转过身来，伸手从枕旁的茶几上拿过手表看了看。时间已是四点多。昨晚他们曾那样认真地探讨过死亡的问题，可是现在，由纪子却丝毫没有了想死的念头。她觉得在这种地方自杀，未免太过愚蠢。在她看来，富冈的话不过是随口说说而已。她打算今天就去把手表卖掉，然后返回池袋的小窝。对于越南的回忆，现在已成为维系两人情感的唯一纽带，尽管此刻他们躺在同一块榻榻米上，但两颗心或许早已飞向了不同的方向，这就是所谓的“同床异梦”吧。

由纪子担心这样下去可能会付不起旅馆的宿费，而且她觉得像这样在伊香保一直住下去，也不会发生什么浪漫的事情。她想把自己的想法婉转地讲给富冈，可富冈却始终是一副闷闷不乐的样子，这让由纪子很难开口提退房的事。

“今天是新年吧？”

“嗯。”

---

① 江户时代领有红色官印许可证，从事海外贸易的船只。

② 按日本的称谓方式应为“田中太郎兵卫”，此处依西洋方式改变了姓与名的顺序。

“要不要回去?”

“你不是说想在这儿住上三四天吗? 改变主意了?”

“倒不是改变主意，而是觉得关于越南的事，好像已经讲得差不多了，而且你也已经对我厌烦了……”

“是你对我厌烦了吧?”

“胡说，才不是呢!”为了表白自己还没有厌烦，由纪子故意大声叫道。但实际上，她的确想回池袋了。由纪子扪心自问，自己怎么会变得如此易变，她想，或许这都是由于和富冈偷情造成的。

峡谷里轰鸣的水流声，不断地刺激着由纪子的耳鼓。

“我们还得多忍受一些痛苦，否则很难从这种生活中解脱出来。当然，或许对你来说并不是这样……我们俩虽然可以像现在这样见见面，怀念一下过去的往事，但毕竟时过境迁，而且谈论往事本身，就是个坏习惯。你我之间，不会因为谈论往事而唤回从前的激情……不仅是对你，我对我太太，也不再有过去的那种爱情了。战争让我们经历了一场可怕的噩梦。许多人变成了无可救药的行尸走肉，成了不知何去何从的游魂。而且，随着时间的流逝，往事也将逐渐褪色。人生就是这么回事。内心充满幻想，却不肯面对现实，变得越来越不切实际。这是一个浦岛太郎泛滥的时代。可是，如果不面对现实，就又找不到出路！真后悔我们做了那么长的一段旅行。”

“这一点我能理解。可是只要还活着，浦岛太郎也不能总是一蹶不振吧?他也必须盖上那个冒白烟的盒子的盒盖儿，然后开始新的生活，否则没有人会养他、供他吃穿。不过，话说回来，你不觉得我们两个很奇怪吗? 每隔两三天，就会突然产生一种想见面的冲动。我注定是要想念你的，不管是恨还是爱……人就是这样，莫名其妙。尽管我也知道，这种心情会随时间的流逝而变淡，可是……”

说着说着，两人又泛起困来。除了相信时间会改变一切之外，他们也确实没有什么好的办法。

远处传来击鼓的声音。由纪子被鼓声吵醒，睁开眼睛却发现富冈已经不在被窝里了。鼓声是从收音机里传出的。由纪子起身拢紧棉袍的前襟，看了一下手表，时针刚好指向十点。

这时，女服务员走进房间，往火炉里加了些炭火，说道：“您先生洗澡去了。”

听罢，由纪子也拿起昨晚借来的毛巾向浴室走去。

富冈正泡在一个小池子里。由纪子拉开玻璃门窥探了一下，问道：“可以进来吗?”

“嗯。”

由纪子脱下棉袍，一边打着冷战，一边猛地拉开玻璃门，快速地走进浴室。只见桧木材质的池子里放满了褐色的热水，仿佛要溢出一般，狭小的浴室里飘满了水蒸气。

“新年好!”由纪子笑着说。富冈也回敬了一句。一种淡淡的亲密感，浸入两人裸露的肌肤里。虽然时值新年，正是旅行的好季节，可他们毕竟不像那些有钱又有闲的客人，可以尽情地享受新年的快乐。在互相道贺的同时，二人心底里流淌的却是一股沉闷、压抑的感觉。由纪子抬腿跨进了浴池，一股温泉水立即溢出池子，流向铺着瓷砖的淋浴区。

“啊，这里的温泉真不错。”

“好像只有我们两个客人!”

富冈说着起身走向淋浴区。他全身的肌肤泡得红红的。澡池中水光荡漾。由纪子看了一眼富冈的裸体，然后将视线移到窗外，凝视着外面的红土地出神。

“喂……”

“什么事?”

“看我们俩这么悠闲，女服务员大概会认为我们是一对很奇怪的男女吧?整天待在房间里，虽然看起来不像是有钱人，但却一副优哉游哉的样子……不过，话说回来，这家旅馆的服务倒是蛮周到的……”

“嗯，没错。”

“什么没错，你是不是在想什么事情?还在想自杀的事吗?我可是希望你多活几年喔!”

“不，我什么都没想。泡完澡后，咱们好好喝一杯，然后今晚就回去。”

说着，富冈开始向身上抹肥皂。

“是吗?你不想登榛名山，跳崖自杀了吗?”

“嗯，我可不能和你一起死，要殉情也要找个漂亮女人才行……”

“你这个人真讨厌!不过，这样也好。”

由纪子放荡地笑着，两手搭在池子的边缘，不停地做着游泳的动作，手臂似乎比以前丰腴了一些，显得很柔滑。凝视着自己红润的手臂，由纪子禁不住想，人整天无所事事，吃了睡，睡了吃，这种生活方式竟然可以如此迅速地反映在身体上，真让人吃惊。

洗完澡时，已是正午。两人坐在被炉边吃起了午饭。此时的气氛，跟在浴池里时又有些不同，显得冷冷清清的，让人觉得有些无聊。服务生端上来两壶酒，可是不知为什么气氛却始终活跃不起来。大碗里的年糕汤已经凉掉，可是两人却怎么也吃不下。

饭后，富冈想扔下由纪子，独自一人去镇上卖自己的手表。那是一只旧的欧米茄表，虽然曾经修理过，但估计足够支付这里的住宿费的。想到这儿，富冈没有拿由纪子的手表，穿着棉袍走出了旅馆。

屋外飘着雪花。

二十八

步下石阶后，富冈来到一个满是射箭游戏场和咖啡厅的小镇。一位身穿毛皮外套的女人，正悠闲地逛着特产店。身上仅穿一件棉袍的富冈冻得浑身发抖，强忍着四下寻找钟表店。在公共汽车站旁，他看到一家看起来像是酒吧的店面。一位脸颊红红的女人，走过来搭讪："这位大哥，要不要进来坐一下？"富冈暗想，向她打听一下倒也无妨，于是便跟着她走进了酒吧。这是一间临时搭建的、外面涂着油漆的木板房，里面非常狭窄，像个鸟笼。为了驱寒，富冈要了一杯酒。女人从里屋端出了一只小火炉，让富冈烤脚。

"你是本地人吗？"

"是附近的……"

"我原以为伊香保是座古镇，没想到会这么新……"

"听说是因为遭遇了一场大火，才变成了现在这个样子。据说，从前这是座很漂亮的古镇……"

乌鸦在外面聒噪地叫个不停。富冈将烫热的酒斟入杯中，一仰脖倒进了嘴里，然后一边掏钱付账，一边向女人询问这附近是否有钟表店。女人似乎并不清楚，说要到里面打听一下，随后起身便要往里走。富冈叫住女人，从手腕上摘下手表，让她顺便帮忙问问能卖多少钱。不一会儿后，从里屋走出了一位秃头的小个子男人，看样子是她的丈夫。

"先生，您这表想卖多少钱？"

见到这位男子特地出来问价，富冈一下子也不知该要多少钱才好。于是，他解释说，自己几天前带着家眷来伊香保，原打算只住一晚，没想到这地方实在太让人喜欢了，于是便多待了几天。因为身上的钱有些不够用，所以才想把这表卖掉。他说："其实，本不想卖的……只想暂时抵押给谁，以后再回来取。"

"这块表真不错。"

"嗯，是在南方买的。"

"哦，南方？你去了南方什么地方？"

"越南。"

"原来如此。我也曾作为海军士兵，去过南婆罗洲的孟加尔马新，去年才回来的……"

“哦，南婆罗洲……那一定吃了很多苦吧。我记得那儿有个海军基地。”

“是，虽然那地方很穷，但人却很善良。在那儿，我曾见到过这种手表，当时就觉得不错。对了，你这表到底要卖多少钱？”

“你知道有谁想买？”

“不，是我自己想买。我一直想买块这种表。其实，适马表或者爱琴表也不错，反正到现在我还没有带过这类好表。前些日子我曾看过一款伍尔坎表，但样式太旧，不太喜欢，而且也不像这块手表这么漂亮。如果价格谈得拢，我很想把它买下来。”

“既然你这么想要，那就让给你好了。不过，价格由你来说，我真不知道该要多少……”

“我也不是生意人……不过，你看一个数可不可以？”

“一个数？是一万块吗？”

“是啊！这价钱怎么样？如果拿到钟表店的话，人家知道你急等着用钱，最多也只能给你五千块左右。”

富冈心想，这倒也是实情，真要拿到附近不熟的钟表店去的话，说不定连五千块都卖不上。那男人吩咐妻子拿酒来，自己则走到富冈的座位旁，扭亮了电灯，并把手表套在手腕上，仔仔细细地瞧个没完。过一会儿，他又把手表贴在耳朵上，听了听手表的声音。

“这声音真好听！又脆又亮。”

“最好再换个表带。”

“不必了，这表带还能用……再说我也喜欢这种表带，很柔软。日本产的表带可没有这么好。”

女人端着酒走了过来。男人转身入内，过了好一会儿，才又趿拉着木屐走了出来，边笑边说道：“东拼西凑，好歹算是凑齐了，这可是我的全部家产啊！”说罢，将十张一叠的百元钞票相互交叉着放到了桌上。

“听说越南跟婆罗洲不同，是个好地方。你是军人吗？”

“不，我是以公务员的身份去的。从前，我在农林部工作。”

“噢，原来是公务员。”男人笑着告诉他，起初看到妻子拿着手表走进去时，他还以为是从哪儿偷来的东西，为此还从账房里仔细地审视了他一番。

“我做这种生意，要和很多人打交道，看人一般还是很准的……我原来猜想你是位画家，没想到是位公务员。”

男人也陪着富冈喝了点儿酒。一辆公交车开进了车站，鸟笼似的小木屋，在汽车的轰鸣声中摇晃起来。富冈将一摞钞票塞入怀中，掏出名片夹，拿出一张名片递给了男人。

“哦，您现在做木材生意?”

“我辞掉公职后，在帮朋友做生意。不过，由于资金以及配给管制等问题，到现在还是一筹莫展。”

“我这里也一样，因为配给管制以及税金等问题，生意始终不见起色。有时，好不容易来了位客人，可我却连个咖喱饭都端不出来。想在黑市上弄些粮食，又怕被人告密，不敢冒那个风险，真是一点儿办法都没有！那些当官的动不动就过来检查，神气得简直就像是古代的官老爷。想方设法挑你的毛病，让你没法安心做生意。或许正因为如此，黑市生意才越来越红火。对了，你住的那间旅馆有大米吃吗?”

“旅馆的人说，不自带大米就不能入住，所以，内人设法从别处买了一升米来。”

“原来如此。事实就是这样，黑市的米多得是！按这种做法，即使专程来伊香保玩儿的客人也要被赶走，就更别提什么旅游宣传了。生意人谁不欢迎客人上门，可是无聊的配给管制却一点儿都不通融。看样子，经济萧条在所难免喽!”

“这年头，我看缺的不是物资，而是钱。”

“您一直住在东京吗?”

“是！房子在战火中侥幸没有被烧掉，可是眼下却因为生活没有着落，不得不卖掉了。”

“我们一家，从我父亲那一代起，就一直住在本所①的业平。可是，原来的房子在三月九日的大空袭②中烧毁了，我的一个孩子也死了。回到日本后，我和原来的老婆离了婚，之后便带着现在的老婆搬到了这儿。其实，我是很想回东京的。不过，我原来是开鱼店的，可是现在的老婆讨厌卖鱼，没办法才做起了这种买卖。”

“刚才的那位就是尊夫人吧?”

“是啊！看起来很年轻，就像是女儿一般，真有些不好意思。不过，我这个人凡事相信缘分，比如我和我老婆的事，或许就是前世注定的。既然是前世注定的，那就必须珍惜才行总之，人是无法和命运抗争的。”

原来，那位脸颊涂得红红的女人，竟是这个男人的妻子，这让富冈感到有

① 位于东京都墨田区内。

② 指“东京大空袭”，即一九四五年三月，美国军队对东京进行的一连串的空袭。

些意外。“既然是前世注定的，那就必须珍惜才行。”这句话，深深地打动了富冈。他不禁想到，自己和由纪子的关系也一定是前世注定的。

“回国时，我坐的那艘船先到了广岛的大竹港。在栈桥上，我身上的骆驼牌香烟掉了出来，那香烟盒的颜色可真漂亮——就在那一刹那，我意识到，日本真的是战败了。或许，战败也是前世注定的！”

“如此说来，你向我买手表也是前世注定的了？”

随着醉意渐浓，富冈的心情也逐渐变得轻松起来。他一面和男人说笑着，一面向他要了根烟抽了起来。乌鸦依旧在屋外聒噪地叫着。男人不停地咀嚼着花生，一颗龅牙露在外面。过了一会儿，男人一边用手把玩着夹克的拉链，一边若有所思地说道：“世间万物，其实都有注定的命运。如果日本打赢了那场战争，我们可能还要遭受更多的痛苦。战败，至少让我们知道了战争的愚蠢，这一点非常重要。对于我来讲，正因为有了战争，才有机会去婆罗洲那样偏远的南方，这也不能不说是命运的安排。”

二十九

富冈返回旅馆时，由纪子正坐在被炉的旁边用手帕擦指甲，那背影令他忽然感到有些不忍。刚才酒吧老板所说的“既然是前世注定的，那就必须珍惜才行”的话，深深地打动了他。富冈觉得自己先前想和这个女人一起赴死的想法，似乎有些荒唐。他忽然意识到，死其实是很难的。自己卖手表时遇到酒吧老板这件事，似乎也是前世注定的。在酒精的作用下，他那如丧家犬一般的颓废情绪，又恢复了一丝生机。

“咦，你喝酒了?”

“嗯，喝了一点儿。”

由纪子凝视着富冈的眼睛，脸上的表情似乎在说：“这时候喝酒合适吗?”虽然一段时间以来，他们彼此之间始终以假面相对，但从富冈那柔和的眼神中，由纪子还是察觉到他好像遇到了什么好事。

“手表卖掉了吗?”

“卖掉了。卖了一万元。”

富冈接着将卖表的经过一五一十地讲了出来。由纪子眼中泛着泪光，叹息道：“前世注定……那个人说得可真好!”

虽然二人之间的感情已日趋淡漠，然而它毕竟是出自真心，而不是逢场作戏。正因为如此，酒吧老板的话深深地打动了他们。由纪子两眼凝望着富冈放在被炉上的一摞钞票，感叹道：“真是天无绝人之路啊!”想到返回日本之后富冈的那副失魂落魄的样子，由纪子乘机数落道：“你看看人家也是从南方回来的，现在却已经娶了年轻的妻子，真有气魄。可你呢?只知道要寻死，真不中用。”

事实上，富冈至今仍未完全放弃寻死的念头。他回想起在越南时读过的一本名为《恶灵》的书。书中，主人公史塔夫洛斯基为自杀作了周密的准备。他准备了一条丝带，并在上面涂了厚厚的一层肥皂，以尽可能地减轻死亡时的痛苦。在阅读这段文字时，富冈曾对史塔夫洛斯基这个人物那超乎寻常的冷静有些反感。然而现在，他的感觉却完全不同。他想，在丝带上涂肥皂或许真是一种能够减少死亡痛苦的好办法。他很希望自己也能够想出一种轻而易举就可以死掉的方法。史塔夫洛斯基曾四处朝拜，却始终找寻不到心灵的慰藉，最后，被恶魔附体，颓然返回故乡。而富冈则是从遥远的越南归来，因为对人生大彻大悟，而要了结自己的生命。对他来讲，这个世界既无聊又乏味。

“那酒吧老板劝我别住旅馆了，如果不嫌弃的话，就尽早退房，搬到他那里住个两三天，你看怎么样?”富冈掏出酒吧老板送他的洋烟，点上火，边抽边说道。

由纪子也好奇地点上一根烟，边吸边说：“嗯，我也觉得很有意思！真想见见那个男人。”

“那个人很和蔼，一看就是个好人。是那种很容易被你愚弄的，和加野同一种类型的好人……”

“你胡说什么……”

黄昏时分，两人结清旅馆的费用，在回东京之前，顺便去了那间酒吧。店里只有两名貌似司机的客人在喝酒。老板带着富冈和由纪子上了二楼，并请他们入座。狭窄的房间里放着一只小被炉，墙壁上挂着女人的外套、和服等。不一会儿，一位富冈白天没有见到过的女人为他们送上了茶来。又过了一会儿，那个白天见过面的、脸颊通红的女人走了上来。这女人不过十八九岁的样子，块儿头虽然比由纪子大，但看起来却相当文静，似乎要睡着一般。她时不时地睁大眼睛看人，每当这时那双眼睛便显得出奇地大，而且还闪着亮光。虽然称不上是美女，但看起来却也水灵灵的，年轻的身体更是凹凸有致，散发着青春的光芒。

由于这一天是新年，客人们早早地便离开了。过了一会儿，女服务员也过来打过招呼后回家了。老板吩咐妻子关好店门，然后带着一瓶威士忌走上楼来。矮胖的老板看起来已有五十多岁，他从外套口袋里掏出几个苹果放到被炉上，让由纪子吃。两个男人则一边喝着威士忌，一边畅谈关于南方的趣事。

这是一间只有六张榻榻米大小的房间，天棚是用纸糊成的，墙壁上贴着一张世界地图。女主人呆呆地将手伸到圆火盆上烤着，好像在想什么事情。富冈不时偷偷地瞄一眼这位坐在自己身旁的女主人。由纪子则一面大口大口地吃着削好皮的苹果，一面叽叽喳喳地加入男士们的谈话阵营。

外面似乎在下雪，雪花打在窗子上发出沙沙的声响。猛烈的风声，仿佛要撼动山谷一般，呼呼作响。女主人一只手托着下颏，手肘放在被炉上，盘腿而坐，另一只手则伸进了被炉里。富冈装作漫不经心的样子，试着用脚尖儿去触碰女主人的膝盖。见女主人一副若无其事的样子，富冈又将手伸到被炉下面碰了碰她的手，然后静静地望着她的侧脸。见对方并无反抗的意思，富冈大起胆子用力握住了她的手。一瞬间，富冈的胸中仿佛有无数的火星儿在乱窜。女主人静静地低着头，虽然闭着眼睛，却频频地用那只已经冒汗的手回应着富冈。

富冈没想到这个脸颊通红的乡下女人，竟然蕴藏着猛兽般的野性，不禁感到头脑发热，连忙用另一只手拿起装满威士忌的酒杯，一饮而尽。此时的由纪子，正在削第二个苹果。

富冈不时地提高戒心，望一望嘴唇涂得鲜红、正张嘴嚼苹果的由纪子的脸。由纪子对此却浑然不知，只顾跟那位有如加野般善良的酒吧老板，漫无边际地闲聊。老板的手上戴着表，一副洋洋得意的样子。在他短粗的手腕上，那只金壳手表正一闪一闪地发着光。被炉里的两只手，一直紧紧地握着。不知不觉间，女主人变得大胆起来，甚至将膝盖放到了富冈的脚尖儿上。激动的富冈猛地松开女人的手，用一种亢奋的语调说："啊，今天的事情想必也是前世注定的！这是我最值得纪念的新年，真是个美妙的夜晚。大叔，今晚咱们把这瓶威士忌喝光好不好？今天的酒钱我来付……"

富冈一面频频向老板的酒杯里倒着威士忌，一面不停地向由纪子劝酒，不时地还把装满酒的杯子硬送到她的嘴边。人的感情就是这样捉摸不定，在一次次地把酒杯递向由纪子的同时，富冈深深地感觉到自己的冷漠。由纪子已是酩酊大醉。或许是没吃晚饭的关系，今天她感觉自己有些不胜酒力。醉眼蒙眬中，她看到女主人正用手托着下颏，仿佛睡着了一般。由纪子暗想，真是个愚蠢的乡下女人，空长了一副大骨架，竟然肯窝在这种地方，和如此丑陋的男人一起生活，简直是在浪费青春。不觉地，她对女人产生了一丝同情。由于一直不开口讲话，人们似乎已经忘记了她的存在。随着醉意的加深，由纪子开始津津有味地向酒吧老板讲述起自己和富冈的那段炽热恋情。富冈却始终没有喝醉。

一瓶威士忌，不一会儿便被三个人喝了个精光。富冈突然站起身来，说是要去洗澡。酒吧老板醉眼蒙眬地对女主人说道："喂，阿清，你带着客人到米店老板家的浴室去洗吧！夫人，您要不要也一起去？"

"我不用了。今天我在金太夫旅馆已经洗过两次了……我醉了，头重脚轻的……"由纪子大口大口咀嚼着作为下酒菜的火腿肠，又把酒杯中残余的一点儿酒喝了下去。富冈向女主人借毛巾，阿清随手从墙壁上取下自己粉红色的毛巾递给了他。楼下既暗又冷。富冈站在楼梯口等阿清走下来。店内的地板上，几只老鼠正在桌椅间窜来窜去。不一会儿，阿清走下了楼梯。四目相对，同时迸发出激情的光芒，两道身影一点点儿地接近、再接近……

三十

在夹在两座山壁缝隙间的，狭窄而又昏暗的土道上，富冈猛地扑过去一把抱住了女主人阿清。阿清也屏住呼吸依偎在富冈的怀里，一副任其摆布的样子，不时地回应着富冈的热吻。这时从楼上传来了由纪子的大笑声，富冈立即放开了阿清。

“这里很暗，请注意脚下。”阿清体贴地叮嘱富冈，随后默默地向后门走去。

“请注意脚下”这句贴心的话，似乎突然激醒了富冈的男性本能。微醺的他再度伸出手去，用力地抱住阿清的腰，可是阿清却挣脱了他的手，径自向狭窄的石阶下面走去。石阶下一片昏暗，唯有电线杆上的一盏小灯散发着微弱的光亮。灯光下，弥漫着温泉的蒸汽。阿清推开电线杆旁的一扇明亮的玻璃门，静静地站在那里等候富冈下来。步下石阶的富冈，突然瞧见玻璃门里有一位身穿华丽水袖和服、腰系亮丽腰带、脚穿木屐的年轻女人。

“好冷啊!”那女人喃喃自语，然后将白色的披肩披在瘦削的肩膀上，连外套都没穿，道了声再见，便匆匆地离开了。富冈侧了侧身，把女人让过去，之后走进了玻璃门。

“刚才这女人是位艺妓。”阿清说道。

富冈关上玻璃门，跟在阿清身后，顺着弯弯曲曲的回廊往下走，最后来到一个大浴室。看起来这是一个男女共浴的浴室，更衣室的圆形衣筐里，装着男男女女们脱下的衣物。一位正站在镜子前穿衣的中年妇女对阿清说：“阿清，抱歉！今天没去你们家拜年。请你转告你先生，说我明天一定去拜访。”

富冈开始脱西装。阿清不知什么时候带来了一条棉布做的包袱皮。她把富冈脱下的衣服一件件叠好，用包袱皮整整齐齐地包了起来。富冈环视四周的衣筐，看到里面有两三个装着衣服的小包。或许这是人们害怕衣物被盗而采取的防范措施吧，想到这儿，富冈不禁感到有些好笑。

阿清也开始脱衣服。

富冈往弥漫着水蒸气的澡池方向走去。池子很宽敞，四周贴着瓷砖，里面有六七个男女正一边说笑，一边泡澡，蒸汽中很难看出他们的年龄。池子里热闹的气氛，让富冈产生了一种无拘无束的感觉。这时，阿清也走进了澡堂，蹲在入口旁的角落里，从池子里舀水浇着身子。

泡在温泉里，富冈感到冷冰的身体好像被一股热流包裹起来，周身舒泰。阿清在蒸汽中不知跟谁说了一阵子话，然后迈入池中，缓缓地向富冈靠近。红褐色的泉水中，漂浮着她那结实而又白皙的肩膀。阿清来到富冈的身旁，冲着他嫣然一笑。富冈在水中伸出脚，去碰触阿清的脚。阿清也假装在水中捞毛巾，伸手去抚摸富冈的膝盖。由于温泉水的颜色很是混浊，所以没人能够看到他们在水面下的亲密举动。富冈露出奇怪的笑容，凝视着阿清的眼睛，阿清却满脸正经的样子。她的脸与富冈的头隔着一段距离，就像是一只漂浮在水面上的西瓜似的毫无表情。此时，野兽般的人性本能，仿佛只存在于浸泡在温泉中的脖子以下的部位。富冈觉得眼前这一幕，自己过去似乎也曾经历过，不过，此时他已经懒得去想这些，只是安静地将下巴以下的身体浸泡在水中，微笑着。这时，从外头又走进来两个男人。富冈却只顾望着眼前的这个女人，本能地陷入种种幻想之中。澡池里，忽然有人唱起了摘苹果的歌谣。

歌声让富冈想起了那个原本以卖鱼为生的男人，他似乎能够理解对方为了和年轻的阿清同居，而到伊香保温泉街居住的心情。阿清用游泳的姿势向对面划去，然后起身出了澡池。在富冈的眼里，她那壮硕的背影是迄今为止见过的最美丽的裸体。这背影深深地吸引着他，令他产生了一种急切地想要得到她的愿望。富冈迅速地向同一方向游去，起身来到阿清的身旁。夜晚的山风，呼啸着掠过澡堂的房檐。

“帮你擦背好吗?”

阿清问毕，便合拢起两条丰腴的大腿，坐到了地面的瓷砖上。那壮硕的裸体，让富冈觉得很像是洗澡时的妮芙。此时，富冈的脑海里浮现出久违的妮芙的身影。妮芙那黝黑粗壮的身体，以及因常常嚼食肉桂而散发出的气味，令他怀念不已。越南的生活，在这意想不到的时刻，勾起了他心中酸楚的记忆……肉桂自古以来便被人们视为男性回春之药。因此，每当富冈因疲惫而躺在床上慵懒地休息时，妮芙常常会削些肉桂皮，用开水浸泡后端给他喝。在具有回春之效的肉桂中，有一种被称为“国王肉桂”的品种备受珍爱。富冈等人曾经为了寻找这种肉桂专程去宁安州的宋恩、斯安、古依等荒无人烟的深山中探险。国王肉桂在越南被称为“桂”，只生长在越南的北部山区，数量极少。肉桂是一种小乔木，以前专供越南皇室使用。除了山地民族孟族的酋长，在获得官方颁发的许可证后可以采集外，普通的百姓是不可以随意采伐的。在当地人看来，要想找到肉桂树，必须有神明的保佑才行。因此，在入山采集之前，他们总要举行盛大的宗教仪式。这些事情，都是山林局局长马尔康先生告诉给富冈的。据说，入山探险的孟族人，常常是一去一两年，可是除了几个个中老手，其他人很难找得到肉桂。采肉桂的人全凭香味儿去寻找，如若侥幸找到了一棵，便要立即向官府报告，并请官府在剥下来的树皮上盖上官印才算有效。在清化一带的山林中，富冈偶尔能够闻到肉桂的香味儿。

富冈一面让阿清帮自己擦背，一面回忆着。他想，自己和妮芙所生的孩子现在想必已经牙牙学语，开始摇摇晃晃地走路了。他在脑海中幻想着此生再也无法相见的这对母子俩的生活，想象着妮芙带着一个没有父亲的孩子，日子过得该有多么的艰辛。

澡堂的灯光，忽明忽暗。

“你在伊香保住了多久了？”

“才两年。不过，我真想去东京生活，这么寂寞的地方，我已经住腻了……尤其是现在经济萧条，天一冷，连个客人都见不到……”

“这地方游客不多吗？”

“根本就不多！我们家那位也说，这样下去不是个办法，不如回东京干老本行，可是我讨厌卖鱼……我想一个人去东京当舞女。刚才在门口，我们不是碰到一位艺妓吗？我现在在跟她学跳舞……听说只要会跳舞，就能够在东京生活下去，所以，我想试试看……待在这种地方，到了冬天根本就没有生意做。”

“跳舞？跳舞当然没什么不好，可是想以跳舞为生，还是很难的，到头来总还得靠卖身……”

“可我还是想去东京。只是他很啰唆，害得我一直没机会去……”阿清舀着池子里的水替富冈冲着背，之后又跳进了澡池里，发出很大的声响。

两人洗过澡，回到二楼的房间时，由纪子还在和酒吧老板聊天。老板一边喝着酒，一边听由纪子兴致盎然地讲述发生在越南的种种趣事。

“你们两个人去得可真久，我还以为你们私奔了呢？”

虽然只是句玩笑话，可由纪子的直觉还是把富冈吓了一跳，而阿清则是一副处之泰然的样子。她把湿毛巾挂在墙壁的铁钉上，然后钻进了被炉里。富冈原以为阿清脸上的腮红是特意涂上去的，现在才发现那竟是她的本色，这让她看起来更像是个山沟里的女人。

阿清虽未化妆，但一张脸看起来却很有光泽。富冈直勾勾地望着她那丰满的胸部，满脸魂不守舍的样子。相反，对于由纪子，他已没有任何肉体的依恋。在阿清丰满肉体的刺激下，富冈开始思考今后的生活。他已经打消了寻死的念头，也不觉得背叛由纪子有什么不好。阿清则不时地瞟一眼富冈，眼中波光流转。这让富冈的内心涌起一股和在越南旅行时相同的、春心萌动的感觉。虽然也有一丝道德上的负罪感，但在内心深处，他已经完全把阿清的丈夫和由纪子当成了傻瓜。他希望阿清的诱惑，可以让自己重拾生活的勇气，甚至为此而产生了一种类似于焦躁的亢奋。他祈祷阿清的丈夫和由纪子能够从他的眼前消失——他觉得只要没有了这两个人，自己就可以和阿清自由自在地开始新的生活，他相信自己能够抛弃包括亲情在内的所有羁绊。他甚至想，如果将他们杀死的话，自己或许就可以和阿清一起在牢狱中生活。此时，这两个人都已经烂醉如泥，酒吧老板躺在被炉里呼呼大睡，由纪子则强睁着蒙眬醉眼。阿清又端来了烧酒，加水调好后，倒入由纪子的杯中。口干舌燥的由纪子，举起杯子，将酒咕噜咕噜地倒进喉咙里，然后喋喋不休地说着醉话。用不着富冈的帮助，阿清一个人便连拖带拽地把丈夫弄进了隔壁的房间，富冈则一杯杯地往由纪子的杯子里倒着烧酒。由纪子不知想到了什么好笑的事，不时地发出扑哧扑哧的笑声，把杯子里的酒弄得四处乱溅。她的脸红得像一团燃烧的火。

“椰子水可真好喝，冰凉冰凉的，还有点儿腥味儿……我想喝椰子水。”

“给，这就是椰子水。”富冈又把一杯酒递向了由纪子。由纪子全身发软，神志混乱。富冈掏出香烟，点上火，侧耳倾听着屋外的风声。刚才还在圆火盆上烤手的阿清，伸出一只手抓住富冈伸过来的脚，她那睁大的眼睛，放射着蓝色的光芒。富冈将身体挪到火盆旁，然后，将阿清的头拉向了自己。

“不行!”

“他们都已经醉得不省人事了!”

“讨厌！你太太还在嘟嘟囔囔地说着什么呢!”

富冈用一种近似于复仇的眼神，厌恶地看着烂醉如泥、已经脱了妆的由纪子的丑态。他觉得自己和这个女人缘分已绝。富冈不再理会还在嘟嘟囔囔说着醉话的由纪子，一把搂过阿清的肩膀，开始了热吻。由纪子一边傻笑，一边唱着“你我真正的恋情，只存在于相见的瞬间……”富冈心里暗骂了一句“这个笨蛋”，随后将阿清膝前的火盆挪到了一旁。

由纪子不时地睁开眼睛，却感到四周一片漆黑。蒙眬中，她好像听到了男人的鼾声。如雷的鼾声中，一缕灯光透过窗帘照进了房间。微弱的光线下，她感觉有两条人影正紧紧地抱在一起，窃窃私语。喉咙里好像有一团火在烧，由纪子想要爬出去，寻找一处可以喝到清凉椰子水的地方。可是，她觉得眼前的房子像吊床般剧烈地摇晃，肩膀和腰部没有半点儿力气。虽然渴得难受，喉咙却像是黏住了一般，发不出声音。她用尽全身的力气翻过身来，总算可以向前爬行了。此时，她觉得好像有人跨过自己的枕边，向纸拉门走去。她睁开惺松的醉眼，看到一个高大的女人背影拉开纸拉门，走向了隔壁的房间。由纪子冲着那条人影喊道："给我口水喝!"可是除了关闭纸拉门的声音外，再没有任何的声响。由纪子很生气，又喊了一声："我要喝水!"可是依旧没有人回答。无奈之下，由纪子只好摸索着爬出了被炉。

三十一

两人在酒吧老板家住了三天，由纪子开始急着要返回东京。凭着女性的直觉，由纪子不知为什么开始讨厌起阿清来。在离开伊香保的前一天晚上，老板家举行了一场送别宴。席上，酒吧老板在阿清的频频劝诱下开怀畅饮，由纪子却没怎么喝。由于第一天晚上喝过了头，直到现在她还觉得头疼，胃也不大舒服。由纪子暗中拿过烟灰缸，偷偷地将阿清敬她的酒倒在里面，然后装出一副喝醉了的样子。富冈闭着眼，口中不时地哼着越南歌曲。由纪子悄悄地观察着阿清的表情，她总觉得自己上次看到的那个女人的影子就是阿清，只是她想不明白那个幻影为什么会站在纸拉门的旁边。酒至酣处，酒吧老板兴致勃勃，一面吸着鼻涕，一面在讲自己如何想去东京干一番事业。

“我想在老家的废墟上盖一间小酒馆。据说，现在每坪建筑大约需要两万元，这样算起来盖十坪就得花很大一笔钱。如果再把采购酒店用品的钱计算在内的话，估计要三十多万。看来，现在要想在东京生活，真不是件容易的事……话虽如此，这里的生意也非长久之计，所以，我正托人想把这家酒馆连店带货一起兑出去。这里的生意夏天还可以，其他时间只能维持，我可没那份耐心。所以，我们俩过去就商量过，不如干脆去筑地①投靠我的把兄弟。”

富冈懒洋洋地喝着酒，时不时睁开眼睛，点头附和他几句，但内心深处却对此毫不关心。酒吧老板却好像很喜欢这个既谦虚又沉默寡言的男人，一副恨不得什么事都愿意拿出来和他商量的样子。他告诉富冈，自己和阿清都已经厌倦了现在的生意。

虽然没有风，但这个夜晚却冷得出奇。窗子下，传来了按摩师吹奏的奇特的笛声。

富冈好像想起了什么似的，说道：“我去洗个澡……”

阿清闻言立刻站起身来，把香皂盒和毛巾递给了富冈，然后说道：“我也去。”

“噢，那我也一起去。”由纪子说着，若无其事地跟着富冈站起身来。阿清立刻表现出不高兴的样子，说道：“是吗？那你们俩一起去好了！”听到这话，由纪子心里很不舒服，就像是挨了当头一棒。她白了一眼阿清，随后跟着

① 位于东京都中央区内。

富冈步下了楼梯。一股刺骨的寒风迎面袭来。

由纪子对着富冈的背影，嘲笑道："阿清这个人可真奇怪，她是不是很喜欢你？我总觉得有些不对劲儿……"其实内心中，她是想套富冈的话。富冈则一面步下狭窄的石阶，一面开玩笑似的回应道："噢，是吗？"

"那只母猴可真够水性杨花的……"

"是吗……"

"什么'是吗'，你这个人，表面上装出一副对女人很冷漠的样子，却总在背地里下手……"

"我可没对那只母猴下过手，请你不要乱讲。"

"可是，兴趣总是有的吧？"

"没有……"

"是吗？可是真奇怪，我一说要去洗澡，她立刻露出一副气呼呼的样子。看来，她一定是喜欢上你了。一个劲儿地对你献殷勤，对我却很冷漠……"

"是吗？这我还没有注意到。不如我们再住个四五天怎么样？"

"不错，我看这主意不错。"

两人窃笑着来到米店的大澡堂，里面有七八名浴客正高声谈论着黑市的米价问题。这些人看起来似乎是同一个旅游团的成员，另有两个状似艺妓的女人正在帮他们擦背。享受擦背服务的男客，不时受到同伴们的哄笑，整个澡堂里热闹异常。

富冈不经意间看到了由纪子的裸体。与阿清那壮硕的身材相比，由纪子的裸体简直可以称得上是可怜，即使与旁边的艺妓相比也明显有些松弛。不过，她的腿看起来却颇有弹性，多少弥补了一些身体的不足。由纪子自顾自地洗着身体，并没有像艺妓那样殷勤地为男人擦背。她匆匆地洗过澡，起身来到放衣服的地方，却突然发现富冈原先随意扔在衣筐里的衣服，不知什么时候，竟然整整齐齐地包在一条蓝色的棉布包袱皮里。起初，她还以为那是别人的衣筐，但环顾四周，却没有找到富冈的衣服。她顺着包袱皮儿的缝隙，偷偷看了看里面的衣物，确定就是富冈的。此时，富冈从澡池中走了出来，由纪子迅速地穿好衣服，走到镜子前，边梳理头发，边观察富冈的表情。镜子中，看到包袱皮儿的富冈先是一愣，随即装出若无其事的样子打开包裹，伸手在衣筐里仔细摸索着。不一会儿，富冈换上了一条新内裤，并心虚地回过头来向由纪子这边瞄了一眼。由纪子对这条纯白色的内裤，感到有些蹊跷。富冈急急忙忙穿好衣服，然后将包袱皮儿团成一团藏进了口袋里。这让由纪子越发感到不可思议。

"真奇怪，你的衣服怎么会被人包在包袱皮儿里呢？"由纪子从镜子方向走过来，嘲讽似的问道。

“大概是有人替我包起来的吧……”

“是不是还给你买了一条新内裤？你的那条旧的呢？”

富冈没有理会，径自走到澡池边拧毛巾。由纪子感到一阵厌恶，富冈则始终一言不发，丢下由纪子一个人向冰冷的走廊走去。

透过这件事，由纪子进一步看清了富冈想要抛弃她的想法。她在内心中告诫自己，绝不能再沉湎于对往事的回忆了。虽然感到无限的寂寞，但她决定暂时一个人活下去。她知道，随波逐流只能让自己不断地沉沦下去。

两个人默默地步上石阶。夜空中，群星如同渔火般闪灭。为了排遣难过的心情，由纪子吹起了沙哑的口哨。她不时地用衣袖擦拭夺眶而出的热泪，此时此刻，从海防归国时的那种心灵的饥渴，似乎在突然间转化成了源源不断的泪水，顺着脸颊不停地向下流淌。她想不通，在回到日本后，究竟是什么使他们变得如此脆弱而又不堪寂寞？由纪子一面拾级而上，一面哽咽不已。

“怎么了？”

“没什么……”

“你是对我起疑心了吧？”

“疑心什么？”

强烈的愤怒之情，突然间袭上了由纪子的心头。不过，这种愤怒在没有得到宣泄之前，便逐渐地变淡，慢慢地消失了。

石阶之上，有一条连接房屋和大道的小路。

“去散散步吧！”

“算了吧，要是着了凉可就不好了。”

富冈停下脚步，用微弱的声音说道：“你怕是患了神经衰弱吧！”随即他又改口道，“不，是我自己的神经变得越来越脆弱了。内心始终无法安定下来的是我。总想自暴自弃，害怕孤独……不过，我也是实在没有办法，才变得如此消沉的。随波逐流，自甘堕落……就在刚才，我还在想一些自私的事情。”说罢，富冈将冻僵的毛巾往肩上一搭，那样子就像是扛了根棍子。

“好冷！进屋睡觉吧，我想明天一早就离开这儿……”

“你是说要一个人先走吗？我也要回去。既然一起来了，就要一起回去才行。”

“嗯，话虽如此……不过，你这个人可真够麻烦的。好了好了，这种事无所谓的，就这样吧。我的脚已经冻得发抖了……”

两人从后门登上了二楼。隔壁房间里，酒吧老板正一个人呼呼大睡，阿清不知去了哪里。富冈将茶几上的酒壶取过来，放在耳边摇了摇，感觉好像还有点儿酒，于是将剩余的凉酒倒入杯中，咕噜噜地一口气喝了下去。阿清没有和丈夫一起睡觉这件事，让刚洗完温泉回来的富冈和由纪子都感到有些纳闷。虽然是各怀心腹事，但他们却都在暗中揣测这究竟是为了什么。

由纪子将已经冻透的双脚伸进被炉里，内心中开始思考明天在东京和富冈分手后的生活。这一个多星期的经历，让她觉得自己在池袋的生活，已经不再有任何障碍了。

三十二

初五的傍晚，两人回到了东京。

由纪子带着比离开东京时更加忧郁的心情，和富冈一起返回了自己的那间避难所。她先去杂货店和房东打招呼，没想到老板娘却是一脸的不高兴。看着老板娘难看的脸色，由纪子暗想，自己这趟计划外的旅行也的确太长了点儿。她忐忑不安地打开小屋的门锁，心情就像是小偷正在开别人家的门一般。进入屋内，由纪子首先点亮了前一阵子刚装好的电灯，然后将电暖炉的插头插到插座上，随手打开了开关。房间里似乎有些零乱，被炉上放着一封信。打开一看，原来是伊庭留下的。大致内容为：为了等由纪子，他在这里住了两天，很希望她能回老家一趟。另外，在七草之日①，伊庭家族要在鹭之宫的住所聚会，请由纪子务必前往，并做好留宿的准备。看过后，由纪子当场将信撕得粉碎，抛入火炉中。随后，她将点燃的炭火放入被炉里，开始用电暖炉煮咖啡。

将脚伸进被炉里的富冈，一面吸着烟，一面用手搔着头，问道："喂，你这儿有酒吗？"由纪子默默地拿起角落里的两三只酒瓶瞧了瞧，回答道："没有。"最近，富冈每天晚上都要喝酒。因为只有酒才可以麻木他的心灵，只有借助酒的力量，他才可以抵御那种让他不断堕落的心灵的孤寂。他想起了曾经恳求自己带着她远走高飞的阿清。在富冈的心里，这件事似乎已成了遥远的回忆。虽然有些留恋，但富冈还是扔下她一个人回到了东京，因为对于他而言，这种事并不重要。阿清还曾向他要住址，但他只是胡乱地写了一个。他穿着阿清饱含深情挑选的新内裤返回了东京，然而内心里，他却丝毫没有被她打动。

"想喝酒吗？"

"想喝！"

"是吗？那今晚就让你喝个够。"由纪子边冲咖啡，边开玩笑似的说。然而，她却丝毫没有要去买酒的意思。

"你还在想那件事吗？"

"咦，你是指什么事？"

"没事，什么也没有！咱们开个庆祝会，庆祝我们捡回一条命好不好！"

"我的命，其实是被阿清救回来的。"

---

① 指正月初七。在日本，人们要在这一天的早晨喝用大米和七种蔬菜熬制成的七草粥。

“是那只母猴?”

“是啊！她的身材很迷人吧? 在车站告别时，她的眼里还含着泪花。”

“是吗?”

由纪子给富冈端上了滚烫的咖啡，自己则边喝边抬头瞧着富冈的脸。富冈将烟头熄灭在烟灰缸中，随后端起杯子喝了起来。不知为什么，由纪子今晚很想一个人好好地睡上一觉。自打离开伊香保以后，她一点儿都不想喝酒。喝过咖啡，富冈说要去买酒，起身出了门。由纪子并没有阻拦，在她看来，富冈嗜酒成性似乎也是命中注定的。东京的夜晚出奇地冷。

为了洗米，由纪子来到杂货店的后院打水。她忽然想到，乔不知是否曾来找过自己，不过，现在她对此已经不再在意了。由纪子拎着水桶返回了小屋，只见富冈已经买来了一升酒，并自己动手将其倒入酒壶里，正用电暖炉热着呢。

“我看你都快成酒鬼了!”

“是啊！现在只有酒才是我最亲密的恋人……”

“你这个人真可怕！我看你只爱自己，是不是?”

富冈将烫好的酒倒入咖啡杯中，贪婪地喝了一口，然后凝视着由纪子，说道:“正因为爱自己，所以才会留恋人世。因为死是痛苦的……死亡之前的痛苦，是很可怕的。那种疼痛绝不像一般受伤时的疼痛，是要命的。正因为如此，所以，人很难死得成。不过，说到底那并不是因为觉得自己有多可爱，而是因为对生命还有些留恋……你不喝一杯吗?”

“我不想喝，喝了会胃痛。”

“别推托了，喝一杯吧！喝了心情会好些的!”

“不喝！我要做饭吃。酒，我一点儿也不想喝。”

由纪子将米倒入锅中，洗好后放到了炉子上。富冈又向咖啡杯里倒满了酒，然后从口袋里摸出分手时阿清偷偷塞给他的两个小骰子，在被炉上掷了起来。两个骰子分别是两点与五点。富冈觉得不妙，因为这是他讨厌的两个数字。他急忙重掷了一次，这次出现的是四点和五点。他有些恼羞成怒，拿起骰子又掷了一次。第三杯酒进肚后，富冈觉得内心中浓浓的忧愁似乎得到了一点儿缓解。他想起《恶灵》中基里洛夫的一句话——“可是，我认为没有哪种死法是全然没有痛苦的。”基里洛夫认为，人们害怕自杀的第一个原因是“痛苦”，第二个原因则是“来世”。“只有在生和死不再有任何区别时，人才能够得到完全的自由。这种自由也是所有人追求的终极目标。”富冈叹了口气，再次用力掷出骰子。不可思议的是，这次出现的是两点和五点，又回到了第一掷时的数字。

“饭煮好了吗?”

“马上就好!”

“伊香保好玩儿吧?”

“是啊，因为你遇到了那只母猴!”

“嗯?”

“是不是舍不得?”

“是!”

“不妨再去嘛!”

“讨厌！我是要去的!”

“干吗生气？你就那么喜欢她?”

“喜欢啊！她是个不多嘴多舌，喜欢用身体来表达心意的女人。我想见她……”

“想见的话，尽管见好了!”

“太迟了！我已经抛弃了她……”

由纪子正要说话，一列货车刚好从池袋车站经过，轰隆的响声令小屋像地震般剧烈地摇晃起来。富冈的眼前浮现出阿清的泪光。那是一双闪闪发光的，有着野兽般狂野的美丽眼睛。壮硕而白皙的裸体，在空中扭曲摇摆，带着汗珠的温热肌肤，令人眷恋至极。突然，他的耳畔又响起了黑暗中两人手指相缠时发出的喘息声。酒至酣处的富冈，被阿清挑逗得情欲高涨。他回忆起阿清烫过的秀发，那坚硬的发丝，摸起来像是马的鬃毛。富冈一遍遍地把小得像豆粒似的骰子胡乱地丢在被炉上。货车渐行渐远，轰隆声也随之消失了。

富冈开始喝第四杯酒。由纪子从暖炉上取下饭锅，火炉里漩涡状的火焰，给冰冷的房间带来了一丝暖意。由纪子此时对阿清更为憎恨，富冈所说的“不多嘴多舌，用身体来表达心意”那句话，像钢针一般刺痛了她。由纪子心想，在她喝醉酒的那天晚上看到的那个朦胧的幻影，应该就是阿清。

“你这个人真可怕……”

富冈没有答话，自顾自地掷着骰子。他感到无聊，但却不想回到邦子的身边。想到此刻正在空荡荡的家中独守空房的妻子，富冈感到心里发堵。另一方面，他对由纪子也没有很深的感情。相反，最近他越来越意识到，无论是他还是由纪子，似乎都更想把彼此间的恋情淡化为友情，自己和由纪子相亲相爱的时代，已成为遥远的历史。

三十三

富冈几乎喝掉了一升的酒。

“在大叻时，记得我们经常喝雪莉酒……”富冈边喝边自言自语。

由纪子吃完饭后，又泡了杯咖啡喝了起来。她愕然地望着已经将一升酒喝得所剩无几的富冈。对于富冈，酒已经成了麻药。如果整天这样喝酒的话，即使能够找到一份好的差事，收入恐怕也不够支付酒钱的。想到此，由纪子不仅不可怜富冈，反而对他的行为很是懊恼。由于沉迷于酒精之中，富冈已经丧失了思考问题、解决问题的能力。从他泛着油光的脸上，已经很难看到往日的朝气，那只瘦削的脸颊上，写满了倦怠。

“干吗老盯着我的脸？难道想赶我走吗？这是你的家，如果我在这儿的话，即使有客人大驾光临，你也会做不成生意，对不对？”

“你胡说什么……”

“不，我说的是真心话！好聚好散，是非常重要的……人的一生，只要做到这一点，就不会有太大的灾难……不过，话虽如此，人却总是为离别而伤心痛苦。想来战败时之所以搞得那样狼狈不堪，其实，也是因为我们没有做到好聚好散。我想，现在我们俩已经到了各奔前程的时候了。”

“你可真啰唆。好了，别喝了！嘴上说要好聚好散，却又总是这样纠缠不休，真不像话……”

“别这样生气嘛！明天你我就要各分东西，各奔前程了。伊香保的事其实根本就没什么，请你不要耿耿于怀！由纪子小姐……”

富冈满口胡言乱语，那一张一合的紫色嘴唇，给由纪子留下了极深的印象。过了一会儿，他掏出一根香烟叼在嘴上，又喋喋不休地说了起来。

“你这人真是不可救药。当然，在别人眼里，你还算是个不错的人，可是事实上，你爱慕虚荣，水性杨花，胆子却很小。只是喝了酒后，又会变得色胆包天……你还喜欢装腔作势。”看着目光混浊，头发散垂在额头上的富冈，由纪子厌恶地说道。

“什么，装腔作势？我的缺点应该不止这些吧，你尽管说……”

“说就说！你是个集人类所有缺点于一身的人，只是善于伪装。与其如此，倒不如放弃伪装，干脆做个恶人算了。你有着谋士般的聪明，却一点儿也不肯用到正地方，这一点倒真像个公务员。像你这样的人，要是能在这个世界上出人头地，那才真是奇怪了……”

“别这么说嘛！总有一天，我会出人头地的。别把人说得那么坏好不好！虽然我表面一副谨小慎微的样子，可是内心深处我比任何人都更想成为百万富翁……”

“那你之前为什么还要自杀？”

“难道你就没有过想要自杀的念头吗？人是因为想活下去，才考虑死的事情的。去伊香保时，我就是这种想法。之所以要回到东京，也是因为我相信只要活下去，就一定会有出头之日。我认为死是一件很痛苦的事，所以才整天这样喝酒。因为看清了自己没有自杀的勇气，所以才放弃了自杀的念头。其实，无论是谁，一生中总会有想自杀的时候的，不是吗……只是在自杀之前，总会有各种意识阻碍我们，使我们不能简单地付诸行动。虽然在老天爷看来，人不过是沧海一粟，微不足道，但每个人都有自己的人生哲学，有的人骄傲自大，有的人爱慕虚荣。人终归不是神仙，充其量只能吸收一些充满矛盾的垃圾，然后编造一些自己的生存乐趣。这些充满矛盾的垃圾，包括事业、女人、政治、法律，乃至体育运动。由于吸收垃圾的数量、种类不同，便有了幸运和不幸之人。在海防时，不就有那种可恶的家伙吗？因为想早一点儿回国，便不惜推开伙伴，抢先登船。还有些人恬不知耻地说什么，除了自己之外，所有的人都是战犯……人类就是这副德性！越是那些满嘴仁义道德的人越是靠不住，难道你不这样认为吗？所以说，像男人欺骗女人这种事情，其实，根本就算不上什么……不过，说起来加野那家伙倒是个好男人，很正直。可他却总是运气不佳，更为不幸的是，他自己永远也认识不到这一点……”

“我和你都必须向加野道歉才行。是我们戏弄了他，弄得他焦虑不安，才导致他犯罪的。可是当他被捕，被发送到西贡时，却对你我没有一点儿的怨恨……虽然被加野刺伤的是我，但得到好处的却是你。你真狡猾！”

“我也不过是运气好而已，这有什么？”

“加野还一直相信日本会打赢战争，我想，在回到日本后，他一定会大吃一惊的。当时，连我都认为他是个傻瓜。”

渐渐地，富冈不胜酒力，头枕着胳膊躺倒在被炉里。他的眼前浮现出越南那一大片阴暗的森林。加野在完成了非洲的森林调查和瓦斯用木炭的实验后，曾向为越南的木炭汽车普及事业作出突出贡献的、西贡农林研究所的阿诺尔德先生，学习瓦斯用木炭的制造法以及薪炭林的开发工作。他曾说过，愿为这项事业付出一生。他的那种一旦热衷于某项工作，便专心致志地埋头其中，不会有任何动摇的单纯，在此刻的富冈看来实在是难能可贵。据说，在回国后，不知为什么，加野竟然放弃了昔日的追求，在横滨靠打零工为生。然而，这种传言是否属实，还需在见到加野本人，亲自确认后才能知道。不过他想，像加野这种男人，也的确有可能仅凭自己的意志率性而为。想到此，富冈决定找机会去探望一下加野。他还想，等签署了和平条约，能够自由自在地四处走动的时候，自己一定要重返西贡，哪怕是在那里做一辈子仆人也好。

“困了吗?”

“不，还不困，反倒越来越精神了。我在想今后的生存之路，可却总也想不出好办法。今后的日子真不知该怎么过。还是你们女人好，无论在什么情况下都能生活下去，男人却总是很难。”

“女人也很难啊……你这个人又靠不住。对了，我准备回老家去一趟，你觉得怎么样?”

“那当然好。回乡下找个人嫁了，做个良家妇女吧！能够太太平平地过日子，才是最理想的生活。”

“讨厌！我才不嫁人呢。我说要回乡下，并不是因为想嫁人。我有我自己的生活方式，回去只是为了向家人道别。”

“什么？你自己的生活方式？当然，当然。每个人都有自己的生活方式。不过，话虽如此，你还是不要太逞强为好。一个女人总不能一辈子不嫁人吧?”

由纪子向被炉中加了些木炭，鼓着腮帮子将炭火吹旺，然后装出生气的样子回应道：“你是不是觉得，我嫁人的事和你一点儿关系都没有?”

门外，国营电车不时地呼啸而过。由纪子觉得几天前在伊香保发生的事情，就像是一场梦。她想，好在富冈现在还睡在自己的眼前，等到真正分手之后，自己一个人在这间小屋里生活，一定会非常寂寞。直到刚才为止，她还在想，最好一个人美美地睡上一觉，可是现在，她的心情又发生了变化。对她来讲，能够和相知相熟的人同处一室，也是一种安慰。

“有烟吗?”富冈伸出手来。由纪子从手提包里掏出一盒“光”牌香烟，递到富冈的手上，然后拿起放在被炉上的两个骰子，捏在手心里，盘算起自己的事情来。找份什么样的工作，这是一个十分沉重的问题。如今，她已经丧失了做文员的自信，女佣又做不了，还不想嫁人。可是再这样无所事事下去的话，必然要挨饿。她一面掷着骰子，一面想工作的事，脑海中甚至幻想起自己冒着寒风，在街头拉客的样子。

三十四

七草之日，由纪子并没有去伊庭家。自打富冈离开之后，由纪子有四五天的时间，一直将自己关在家里，哪里也不想去，什么也不想做，心灵的创伤丝毫没有愈合的迹象。她写了两张明信片，分别寄给了伊香保的阿清和住在横滨蓑泽①的加野。

在寄给阿清的明信片上，由纪子特地加上了丈夫代问她好的话，并怀着恶作剧般的心情，想象着阿清在回信中会有什么样的反应。在寄给加野的明信片上，她表示最近想去看望他，询问他什么时候比较方便。令她感到意外的是，明信片寄出没多久，阿清的丈夫便在一个大雪天找上门来。据他讲，在他们返回东京的第二天早晨，阿清就独自离家出走了，之后一直杳无音信。

由纪子立即联想到了富冈。她觉得富冈或许早已经跟阿清约好了在什么地方见面。虽然没有亲眼看到他们亲昵时的场景，但由纪子心里很清楚，阿清为他们送行时流下的眼泪，绝不会是无缘无故的。现在阿清的丈夫找上门来，更让她感到富冈所说的，给阿清的是个假地址的话不过是个谎言，她猜想他们之间早已经有了某种约定。

虽然和富冈见面时，心里一直想着分手的事，可是等富冈真的回到了他妻子的身边，不知为什么，由纪子又有些后悔。她后悔当时没有像富冈期待的那样，和他一起在伊香保自杀。因为她现在的心情，并不比死了更轻松。由纪子觉得自己被一种绝望的气氛笼罩着。她故意将富冈的地址告诉给了阿清的丈夫。她想，那个男人现在一定在某个地方和阿清约会呢。

不曾想，第二天一大早，阿清的丈夫又来到了她的小屋。他说："富冈先生在家呢！他似乎一点儿也不知道阿清的事，听说后大吃一惊。不过，我也猜不准她会到哪儿去，所以想去报警。富冈先生还留我在他家住了一宿。由于棉被不够用，他整晚都睡在被炉里。哎，真给他和他夫人添了不少麻烦。"说着，阿清的丈夫似乎意识到了由纪子的身份问题，不觉得露出了一丝不尊重的态度，大大咧咧地走进了光线昏暗的小屋。

听了这话，由纪子觉得或许是自己对阿清的眼泪有些多疑了。富冈那种人，有时候的确会变得铁石心肠，或许正如他所说的，当真未将真实的地址告

---

① 位于神奈川县横滨市的中区。

诉给阿清和她的丈夫。不过，倘若富冈没有和阿清见面，那么他的冷酷，就更让由纪子感到恐怖，甚至有些毛骨悚然。凭着女人敏锐的直觉，由纪子断定富冈和阿清之间绝非一般关系，最明显的证据，便是阿清偷偷拿到澡堂里的那条新内裤。阿清的心意瞒不过由纪子的眼睛。倘若富冈辜负了阿清的一番心意而未去和她见面，那只能说明富冈太过自私。或许在他的眼里，他与阿清的关系，不过是旅途中的逢场作戏，一旦旅行结束，相互间便形同陌路。这正是富冈的残忍之处。

阿清的丈夫坐了大约一个小时后沮丧地离开了。

由纪子觉得自己似乎看透了富冈这个人。不知不觉地，她反倒同情起被富冈玩弄后离家出走的阿清来。这一天，她接到了加野的回信，信中写道：本人卧病在床，憔悴不堪，但很想念你，如果明信片中所言确为真心，则竭诚欢迎来访。在信件的末尾，还用小字附加了一句：我也很想念富冈君，如果可能的话，恳请二位一并来访。看过信，由纪子对饱受生活煎熬的加野的思念之情变得异常强烈。从信中不难看出，善良的加野现在对自己和富冈已经不再有任何的忌恨，这让她不由得松了一口气。

由纪子下决心去了横滨的蓑泽。

这是一条因施工而被挖开的道路，路两旁随处可见轴承厂、印刷厂等各种工厂的招牌。由纪子按照地址仔细查找加野家的门牌号，终于在一条狭窄的小巷里找到了加野租住的房子。那是一排临时搭建的小木屋，最里面是一家饲养安哥拉兔的住户，这家的楼上就是加野的栖身之所。小木屋看起来摇摇欲坠，很像是伊香保的阿清家。一个在楼下玩耍的小孩儿告诉由纪子，加野正在二楼睡觉呢。由纪子径直上了楼，只见楼道里堆满了火炉以及装满木炭的草袋子。整个二楼只有一间低矮的小房，由纪子穿过楼道来到一扇破旧的拉门前，刚想敲门便听到了加野那熟悉的声音："虽然屋子里脏乱不堪，别嫌弃，请进吧！"

由纪子开门走进了房间，只见加野正盖着毯子躺在床上，额头上缠着一条脏毛巾。一盏光秃秃的灯泡，宛如冰袋似的，在他的头顶晃来晃去。加野的脸有些水肿，看起来呈暗黑色，已经完全没有了从前的影子。

"咦，怎么了？感冒了？"由纪子踩着乱得无处下脚的榻榻米来到加野的枕边，俯下身来问道。加野突然涨红了脸，流露出一丝微笑，那笑容饱含着对老朋友的深深怀念。昏暗中，他的牙齿看起来很白很白。

"我已经不行了！病魔缠身，昨夜还吐了血……"加野语气平静，似乎在讲述一件与自己无关的事。说罢，他瞥了一眼墙边的一块已经露出棉花的坐垫，示意由纪子坐下来。房间里弥漫着消毒水的味道。

“身体不行了。刚当了几天装卸工，就因为淋雨而受了凉，卧病在床已经有四十几天了。除了还有一口气，与死人已经没什么区别了。对了，你没跟富冈君一起来吗?”

“没有，我一个人来的。我和富冈先生已经很久没有见面了……”

“咦，还没有结婚吗?”

“跟谁?”

“我原以为你会跟富冈君结婚呢。”

“是吗? 不过，我还是单身一人。富冈先生和我无关。你病成这样，是谁在照顾你?”

“我母亲和弟弟。弟弟在附近的文寿堂印刷厂里工作，战时他曾是位特工队员，战后却成了排版工，和母亲一起生活。他们一直盼着我回来，不过，由于家里的一切都烧光了，房子也没有了，所以，我们只好租住在这里。可是，对于我们一家而言，这儿已经是琼楼玉宇了。”

午后微弱的阳光，透过糊着纸条儿的玻璃窗照进了小屋，化成一条条光束，洒落在脏兮兮的军用毛毯上。由纪子不禁暗自慨叹世事的无常。加野满是胡须的苍白面孔，又瘦又尖，与以前那张圆圆的娃娃脸相比，好像苍老了十几岁。由纪子怎么也无法把眼前这个横卧病床、面容憔悴的加野和过去的南方生活联系在一起。躺在她面前的，似乎是一个完全陌生的人。这让她生出一种感觉，仿佛自己和加野之间不曾有过任何的关联，是两个完全不相干的人。

“你的变化可真大……”

“吓了你一跳吧?”

“嗯。”

“今天我们就好好聊聊陈年往事吧！接到由纪子小姐寄来的明信片，我实在太高兴了。因为我从来没有想到过，你会给我这种人写信……”

“别这么说！自打从富冈先生那儿知道了你的地址，我就一直想来看你……”

“噢，那真是多谢……”

一瞬间，二人之间闪现出一丝尴尬之情，彼此陷入了短暂的沉默之中。

三十五

“我母亲也外出工作了，这会儿连杯茶都不能给你倒，真抱歉。不过，这样可能反倒好，因为不会将病菌传染给你。”加野突然冷笑了一下，用略带讽刺的口吻说道。

由纪子感到这句话似乎带着千万根的刺儿，但为了不刺激加野，她没有搭腔。加野不时剧烈地咳嗽一阵，并习惯性地摇着头。

“不用冷敷吗?”

“冷敷胸部的确会好过一些，可我现在没那个力气。我只想尽量不给母亲和弟弟增加负担，这也是我向他们表达谢意的唯一方法。我最近领悟了一点，就是千万不要连累别人。我自信不怕死，什么时候死都无所谓。可是，毕竟生命是神明所赐，珍惜生命，努力地多活一天，总比死了化成灰要好一些……”

“别净说这些丧气话，但愿你能早日康复……”

“我已经好不了了……”

“干吗老说这种丧气话，要知道人的心态是很重要的！真希望你能变回以前那个健康的加野。”

“我一直在想，以前的那个加野，已经在战争中死去了。这场战争让我身心俱疲，它带给我的创伤实在是太大了。可这也是无可奈何之事，只能认命了。我常常会想起越南的往事，那是我一生中印象最深刻的时期……对了，你的手还痛吗？我记得是左手吧？真对不住你。”

由纪子没想到加野还在惦记着她的手伤，这份纯情让由纪子感动得几乎落下泪来。

“不！我一直认为是我对不起加野先生！那时候也不知怎么了，大家都处于一种疯狂状态。”

“真的是疯狂状态！当时只觉得你好像是故意奔着我的刀子冲过来的。其实，我想杀的是富冈，可是当我找到他的房间时，却发现你在那儿，于是变得更加疯狂。现在回想起来，真是愚蠢透顶。”

“好了，不谈这些了……”

“对不起！见到你，不由得想起了这些陈年往事。不过，这些事儿对我来说，就像是发生在昨天……”

屋里的药味儿让由纪子透不过气来，她站起身将玻璃窗推开了一条缝隙。

一股寒风随即吹了进来，令她的心情舒畅了好多。

“富冈君的身体还好吗?”

“听说还不错!”

“那家伙可真够走运的！从外表看，他似乎很有同情心，能够理解别人的痛苦。可是当人遇到困难时，他却总是坐在舒服的椅子上，迟迟不肯伸出援手。他就是这种男人！我这不是在说他的坏话，只是认为这就是他能够走运的原因所在。如今想起来，我真该早点儿向他学习。”

“可是，他现在的运气似乎并不太好!”

“是吗？这恐怕是你的偏见吧？我听说他的房子没有被烧毁，又找到了不错的生意伙伴，事业发展得很顺利，不是吗?”

由纪子想起了自己和富冈共赴伊香保殉情未遂之事。她想加野要是知道了这些内情，就不会这样说了。

“他现在好像也有很多烦恼。房子卖掉了，家里人也都回了乡下，他说想一个人打拼一下。”

“即使是打拼，他也不会像我这样去做日薪两百元的码头工人。或许在他的眼里，我很可笑，整天扛着上百公斤重的货物，把身体累成这个样子……”

“你这是在开玩笑吧？真不知道加野先生为什么要去当搬运工?”

“当然是为了混口饭吃！找不到好工作，就只能去当搬运工，总比当小偷好吧？只是过惯了摇笔杆子生活的公务员，根本就干不了这种体力活……”

“我想也是这样。”

说着，由纪子想起了给加野买的苹果。她从包里取出苹果，起身找到一把菜刀削起皮来。削着削着，她感到鼻子一酸，险些落下泪来。想到加野可能活不了多久了，由纪子只想尽可能地多给他一些温暖。她将削好的苹果切成小块儿，一块块儿送到加野的嘴里。加野贪婪地吃着，发出很响的咀嚼声。

“尽管我们经历了很多挫折，但由于我们努力地活了下来，所以才看到了今天这个时代，也才能够像现在这样见面，不是吗？所以，你要多补充营养，赶快恢复健康才好!”

“营养……说得也是。只要有钱，我大概还能活个两三年。”

“想必您母亲和弟弟也一定过得很拮据吧……”

“是啊，我真觉得对不住他们。不过，他们最近好像对我已经有些厌烦了。”

“那不过是你多心而已。”

“多心？或许是吧。”

加野一直认为自己不可能拥有像富冈那样，无论在何种危险境地都能够绝处逢生的幸运。一想到富冈，他就心里有气。他气富冈总是能够巧妙地脱身，而不至于陷入困境，可自己却怎么也做不到这一点。对往事的回忆，让加野有些闷闷不乐。由纪子用报纸将苹果皮包好，似乎想说些什么，却又闭上了嘴。在加野看来，由纪子的身上已不复往日的热情，取而代之的是一种沉稳、从容，这使她看起来更像是一团谜，难以捉摸。从谈话中加野得知，由纪子还一直未曾返回故乡，自回国后，始终一个人过着漂泊不定的生活。听着由纪子回国后的经历，加野觉得，女人的内心简直就像鱼皮一般冰冷。

“相信富冈这家伙，不久就能发挥他的才能，东山再起了。他有这个能耐。听说，他是去年五月从海防搭船回国的。当时的情形，我是事后才听说的，真佩服这家伙的运气。据说，他考虑到如果暴露了自己知识分子的身份，就会被留下，很难回国，所以便谎称是林业局的锅炉工，是作为勤杂工随军来到越南的。在码头的检查站，有很多军官在调查被遣返者的身份。富冈装出一副傻乎乎的样子，当他们用英语或法语交谈时，他假装听不懂，连瞧也不瞧他们一眼。据说，他是怕自己会英语、法语这件事被人识破而被留在那里。后来，军官们又拿出日本地图让他指出四国①的位置，这家伙竟然指到了九州②。而这也是为了证明他只有小学毕业的文化程度，你说是不是很高明？戏演得真够逼真的。就这样，他渡过了难关，然后随便编了一个什么名字，早早地登上了返回日本的航船。这家伙可真是位传奇英雄……”

这件事由纪子还是头一次听到。不过，她觉得富冈那种人倒是有可能做出这种事情。比如和阿清的关系，也许在他眼里，他只是满足了阿清对他的单恋罢了。对于当时的富冈而言，阿清或许只是一种心理安慰。

“我原以为富冈和由纪子小姐，是因为这件事才得以早早返回日本的。可是，听说你们乘坐的并不是同一班船？”

“是的。”

加野告诉由纪子，由于他的犯罪行为发生在战事最为激烈的时候，而且又是第一件由官员引发的丑闻，所以，他在西贡的宪兵队里吃尽了苦头。

过了一个小时左右，由纪子感到气氛实在太沉闷了，于是起身向加野告辞。一走出屋子，她顿时轻松了起来，只觉得外面的空气异常新鲜。在内心里，她觉得加野是个很可悲的男人。据她所知，加野原本出身于一个不错的家

---

① 构成日本列岛的四大岛屿中最小的一个，位于本州的西南部。

② 位于日本西南端的一个岛，是构成日本列岛的四大岛屿中的第三大岛。

庭，这让她越发感叹世事的多变。她不禁为加野悲惨的命运而叹息。

至于加野，在国内见到久违的由纪子，则是另有一番感触。尽管由纪子的容颜依旧，但他还是觉得不能理解，自己怎么能够为了这样一个女人，到了要和富冈决斗的程度。因为刺伤了她的手腕，加野付出了足够大的代价，可是现在看着坐在眼前的由纪子，他实在想不通，自己到底看上了这个女人的哪一点，竟然为她干出那种傻事？或许当时生活在海外的日本人，都着了心魔，整天沉醉于彩虹般虚无缥缈的东西，过着醉生梦死的日子。

话虽如此，当由纪子提出要离开时，加野还是想留她多坐一会儿。只是这个他心目中曾经的女神，在重逢之后，终于恢复了普通女人的面目。这种变化，让加野有了一种梦醒的感觉，他觉得不再有任何的遗憾。

由纪子也在后悔与加野的重逢。她想，如果不来见加野，自己心中还能保留着他过去的那种形象该有多好。当初由纪子说要见加野时，富冈曾说她太天真、好事，如今想起来，由纪子觉得自己似乎理解了富冈当初把假地址告诉给阿清时的心情。她开始觉得男人们的逢场作戏，对感情不拖泥带水的薄情，竟然具有很大的魅力。她想起富冈哼唱的那首越南歌曲，“你我真正的恋情，只存在于相见的瞬间……”这句话现在似乎正发生在自己和阿清的身上。

黄昏时分，由纪子在新桥站①下了车。站台上，寒风飕飕地刮着。由纪子抬腿向公共汽车站方向走去。就在这时，只听“喂”的一声，一名身穿华丽绿色外套的女人跑向她的身边，拍了拍她的肩膀。

“啊！”由纪子瞪大了眼睛。来人竟是和她一起去西贡的筱井春子，这让由纪子喜出望外。

“你怎么会在这儿？什么时候回来的？”由纪子急促地问道。

“你从检票口出来时，我就猜想是你！怎么样？还好吗？我是去年六月回国的，家人都被疏散到了浦和市，好在房子没有被烧掉。回国后，我先去学习英文打字，后来在‘丸之内’②的一家公司找了份打字员的工作。你现在在做什么？”

虽说是一名打字员，但筱井春子的穿着却相当花哨。

---

① 位于东京都港区内。

② 位于东京都千代区内。

三十六

生当人世，
何须揣测明日事；
世间荣华，
孰知风光到几时？
万事无常多变幻，
恰似蜻蜓振翅飞，
不知何处去。

大约一个星期后，由纪子接到了加野寄来的感谢信，信的末尾附着这样一首小诗。其中“万事无常多变幻”几个字，给由纪子留下了深刻的印象。从诗中可以看出加野此刻对疾病绝望至极，而又带些自嘲的心情，这更勾起了由纪子的同情心。然而，另一方面，刚刚见过面的加野，对于她已不再有任何的吸引力。或许在越南的一切，早已随着无常多变的世事淡化了。由纪子没有给加野写回信。

自从在东京分手之后，她再没有得到关于富冈的消息。两人共赴伊香保寻死之事，仿佛已成了遥远的回忆。因为当时没有死成，她又迎来了今天的太阳。可是对于她而言，活着又有什么意义？由纪子想不通，当初富冈提出殉情计划时，自己为什么会变得那样的胆怯？

与筱井春子相逢一事，也没有给由纪子带来任何的刺激。无论做什么事情，她都觉得提不起劲儿来，身心空虚得仿佛被掏空了一般。然而，整天像这样无所事事，也并非长久之计。更何况，杂货店的老板已经提出要她尽快搬出小屋。她突然感受到死亡的阴影，同时也切实体会到富冈当初想要寻死时的心情。那时候，自己为什么没有和富冈一起死掉呢……她似乎听到了正一点点儿逼近的死亡的脚步声。她躺在床上，试着用一条细皮带勒自己的脖子，却发现仅凭自己的力量绝不可能把自己勒死。她试着用力勒紧皮带，但每到一定程度后，就再也无法发出力来。无奈之下，她只好解开皮带，又将它系回到腰间。她不由得怀念起富冈，希望他此刻能在自己的身边！她在想，死亡难道仅仅意味着一个人离开这个世界吗？随着岁月的流逝，想必没有人会把自己的死放在心上，富冈当然也是一样。

由纪子为自己错过了一次死亡的机会而感到遗憾。正如“你我真正的恋情，只存在于相见的瞬间”那首越南歌所唱的那样，人在最初的一刹那所产生的感情才是真情实感。在伊香保的旅馆中，富冈一直想和自己共赴黄泉，可自己却没有答应，对此，由纪子追悔莫及。尽管如此，由纪子仍觉得世上的男人全都不可信赖，就算两个人真的殉情了，想必也达不到心灵的交融。在临死之际，也一定是各怀心腹事。而这，正是由纪子最讨厌的事情。她怀疑虽然自己什么都不会想，但富冈很可能在最后关头向他的妻子发出“邦子，请你原谅我”之类的忏悔之声。因为人类终究无法自由地支配自己的心灵。既然度过了那一次黑暗，两人的内心中必定会燃起开始新生活的希望。由纪子不禁怀疑，或许正是这种希望，使富冈产生了一种难以排遣的情绪，从而造成了让阿清落泪的后果。

由纪子与富冈的交往就此告一段落。事实上，从伊香保回来后，富冈便杳无音信。在现实世界，人与人之间的相互理解的确非常之难，哪怕是热恋中的情侣。连接人与人心灵的彩虹，总是时隐时现，十分微妙。人总是带着焦虑的心情等待彩虹的出现，而这种心情又使得人们时哭时笑。人类就是这样一种生物！由纪子很想见富冈一面，虽然明知自己和富冈之间的关系已不复从前，但不管怎么说，两人在越南的那段往事也是她人生中的一件大事。那场战争令由纪子永生难忘。在战争中，她收获了一段真正的幸福。当士兵们浴血奋战之际，她却置身事外，与富冈陷入了一场不可思议的恋情。

由纪子与富冈的情缘，始于从芝兰开往西贡的直通列车上。或许这也是命运的安排。在时速四十二公里的列车车厢中，筱井春子高兴地唱着歌，而马上就要告别众人、独自一人前往大叻的由纪子则情绪低落。当时，她做梦也想不到，自己将和富冈乘坐同一列火车。那是一个什么样的季节？春天，抑或是夏天？由纪子已经记不清楚了，因为那里的四季本身就不分明。她只记得，在火车上富冈一边偷偷握着她的手，一边将身子探出窗外，用另一只手指着沿路一排排向后疾驰的树林，一一向她讲述那些树木的名称。很多树木已经开始落叶，林地上随处可见野火烧过的痕迹，有些地方的焦痕甚至已经接近了铁轨。由纪子的眼前不时地浮现出一片片原始森林。那茂密的森林中既有苍郁的树林，也有密生着棕榈竹与杂草的丛林。而由纪子印象最深的，则是一种名叫“巴拉”的椰子树，它生长在原始森林的周围，巨大的掌状树叶向四方伸展。

啊！所有的这些已经全都消失在了黑暗的过去……消失在幽冥地府之中，再也无法唤回。对于自己这个过惯了贫穷生活的日本人而言，那段日子就像是一出戏，戏的背景是那样的豪华、壮观！在这样的背景前，自己和富冈演出了一幕爱情剧，剧中的感情纠葛，仿佛是一场梦，令人怀念不已。在浩瀚无垠的场景中，似乎同时上演着战争这样一出大戏。剧中，法国人悄悄地过着悠闲的日子，而越南人则每到夜晚便出现在街头。用法语互道晚安——“bon soir”的声音在耳畔挥之不去，人和自然显得那样的和谐。湖水、教堂、绝美的寒樱、爆竹声、浓郁的高原气息……旖旎的越南风光，令由纪子心中涌起万千愁绪，眼泪忍不住夺眶而出。她再一次怀念起越南的生活，眼前这困窘的生活让她窒息。一想到大叻的生活将一去不复返，她又忍不住怀念起富冈来，他那温暖的肌肤令由纪子充满渴望。她知道奢华也是一种美。从兰宾高原法国人住宅中流泻出来的说话声、音乐声、色彩与味道，宛如高级香水一般，掠过由纪子的心头。那绝非是一个只能听到日本民谣的单调环境！由纪子深刻地体会到，一个在历史长河中始终能够悠然自得、处变不惊的民族，是多么的强大！尽管才疏学浅，但她知道，越是那些没有教养的贫穷民族，越喜欢战争。大概没有哪个日本人知道，在这个星球上，竟然还有那样一处人间乐园！她想起战时的一句口号“奢华是大敌”。然而，奢华难道真的是大敌吗？对此，她不敢苟同。记得当时，除了每年五月到十月的雨季外，法国人都要去兰宾高原度假。他们享受生活的态度，在战后的今天，想必变得更加超然、洒脱。距西贡两百五十公里之遥的兰宾高原，美丽得宛如一幅油画。而那些住不起兰宾高原豪华旅馆或别墅的法国人，也都纷纷选择河内附近的清化、荣市、那贝等高原地区作为度假胜地。他们对战争丝毫不感兴趣，只管尽情地享受自己的生活。对于法国人而言，兰宾的山野是绝佳的狩猎场。在与富冈一起散步时，由纪子经常看到擦肩而过的狩猎者的车队。

与之相比，从小就在别人的冷眼中长大的日本人，却生活得既单调又乏味。在这个“兰宾乐园”里，他们看起来就像是一群不可思议的人种。由纪子当时很想一辈子居住在兰宾，在她的内心深处，遥远的日本仿佛是一个与她毫不相干的国度。

三十七

历史就像是一条奔流不息的长河，繁衍出无数的人类；政治总是无休无止地重复着同样的情节；战争永远因同样的原因而开始，而结束。然而，人类却始终无法顿悟，只知道拥挤在社会这个圈子里，繁衍、生息。

时光飞逝，转眼就到了夏天。由纪子曾经在二月底返回静冈，但随即又回到了东京。经筱井春子的介绍，她从池袋搬到了高田马场，在一家铁皮加工厂简陋木板房的二楼，租了一间屋子住了下来。她一直没有再和富冈见面。新的住处位于车站附近，尽管电车的轰隆声异常刺耳，但由纪子已经心满意足了。因为这里无需交纳抵押金，房租也只要一千块。她把从静冈老家带回的行李和棉被等搬到了新居，过起了正常人的生活。然而，工作却依旧没有着落。

这期间，由纪子发现自己怀孕了。她接连给富冈写了三封信，富冈却只回了一封，信中说他将在最近过来一趟，并随信寄来了五千块钱的支票。由纪子为了度日，几乎卖光了从老家带回的所有衣物，但日子还是一天天地拮据起来。由于身体一直很健壮，所以，她的妊娠反应倒不是很大，然而，究竟该不该生下孩子的问题，却每天都在困扰着她。她很矛盾，有时想生下来，有时又想打掉。除了洗澡和购物之外，她整天都把自己圈在屋子里。她知道长此下去，自己的生活将会陷入绝境。她想，如果到了那一步，自己能做的便只有按照当初在伊香保时的计划，一死了之。只是，她没有把握到时候是否真的能够死成。伊庭倒是时常来看她，对以前的事也已经不再追究。他最近似乎找到了一份不错的工作，穿着相当光鲜。由纪子跟乔在去年分手后，那只大枕头便成了她对乔的唯一记忆。至于乔送给她的那个收音机，则早已换成了她回静冈老家的车票。

伊庭还不知道由纪子怀孕之事。由纪子也一直没有去医院，只是按照自己的方式每天用布条勒紧小腹。她现在才发现，对于身体和生活上的痛苦，自己竟然具有如此强的忍耐力。她隐约觉得，仅凭这一点，她就可以战胜所有的困难。她从来没有想到自己竟然会如此坚强！她回想起当初被加野刺伤手腕时，自己也曾表现出这种勇气。至于为什么会如此坚强，由纪子想，或许首先是由于自己性格倔强的缘故，其次是因为她深知这世上原本就没人愿意理睬她的痛苦。

在一个阴雨连绵的夜晚，春子来到了由纪子的家。虽然她自称是在丸之内的一家公司当打字员，但据铁皮店的老板娘讲，她好像是在酒吧那种地方上班。想来也是，如果仅凭打字员那点儿微薄的薪水，她恐怕很难买得起那么华丽的衣裳。这一点，在第一次见到春子时，由纪子便想到了。

“哎，这场战争，似乎把我们这些女人都变成了社会的渣滓……”刚坐下来，春子便一边脱着袜子，一边叹息道。或许对于她而言，袜子是最贵重的东西。脱过袜子，春子取出用竹叶包着的一块牛肉，说是特地为她买来的。尽管浑身乏力，但由纪子还是顶着雨去市场买葱，准备做牛肉火锅。由于春子给了些钱，买完菜后，由纪子顺便买了些面包和白糖。一回到家，她看见伊庭正坐在房间里和春子聊天。

他们似乎正在谈论宗教问题。由纪子感到有些奇怪，她想不到从伊庭的嘴里竟然能够冒出宗教的话题来。伊庭正在谈“任何人都可能会跌倒”——根据他的解释，人一生下来就是低头走路的动物，因为他们随时都要考虑跌倒的程度是轻是重的问题。最近，伊庭找到了一份在新兴宗教组织——大日向教做会计的工作，这或许也是他手头变宽裕了的原因所在。

“跌倒的人比比皆是。人只有在跌倒之后，才会仰头朝天看，向神灵祈祷。大日向教虽然刚成立不久，但由于我们所信奉的是为人们照亮脚下之路的具有强大法力的大日向神，所以，口碑很好，吸引了众多的教徒。相信很快就可以超过热海①的观音教……”

“是吗？那么像我这种经常跌倒的人，该怎么办呢？”

“你必须祈祷神明让你重新站起来。《圣经》‘罗马书’第十四章二十三节中也明确写着‘凡不出于信心的都是罪’，连基督教都明明白白地指出了这一点，我们的大日向教就更不可能抛开有罪者的灵魂不管。本教现在正打算在田园调布②买块地来建设总殿……”

“贵教是类似于‘雨光尊’的宗教吗？”

“不，不是那种宗教！本教无需借助名人的力量。我们只信奉唯一的大日向神，通过保护普通人来达到弘扬教义的目的。若是让名人入教，反倒会因为他们过分引人注目而影响工作。靠那种方式做宣传，有时候会适得其反。”

“您认为这世界上真有神存在吗？”

“当然有！正因为神的存在，人们在信仰神明之前，才会有诸多的迷惑。你只要看看人类神秘的身体构造，就能明白这一点。无论科学如何发达，也无

① 位于静冈县东部，面向项模湾，因温泉而闻名。

② 位于东京都大田区内。

法制造出人类！神是存在的，真的存在……”

牛肉火锅做好了。伊庭毫不客气地坐下来，吃了起来。由纪子却一点儿食欲都没有，只挑些葱白吃。春子则掏出一小瓶威士忌，给伊庭斟满。有两个女人陪伴，伊庭很快便喝得醉醺醺的。他一边不停地伸手去夹锅里的肉，一边劝她们去参拜大日向神。

“以前啊，每个村庄都有寺庙。寺庙原本是老百姓聚会的场所，可后来却逐渐演变成专门用于葬礼的地方。就这样，佛教逐渐失去了活力，我们也开始觉得它很阴暗……与之相比，受理结婚仪式的基督教就是个热闹的宗教，很像是百货公司或者饭店。基督教的教堂，有时一下子会受理几十对新人的婚礼，是不是？大日向教也打算采用这种做法。因为热闹而阳光的宗教，对跌倒的人更具有吸引力。大日向教的总殿，很快就将受理婚礼，但绝不举行葬礼。在东京有这样一座寺庙。他们对外宣称，只要在寅日到那里参拜，并在庙里买支笔带回去，就能成为富翁，结果前去参拜的人骤然增加。能想出这主意的和尚，可真够聪明的！总之，无论做什么事都不能太阴暗，所谓的与神结缘，太空洞了。那些要求信徒偷偷去参拜的宗教，是没有前途的。只有能够让人发财、满足人们欲望的宗教，才能够繁荣昌盛。”

接着，伊庭又谈到神隐藏在何处，以及如何利用神、利用人等问题。他说：“所有的人都会跌倒，都会有绝望的苦恼。无论对于谁，都是绝望多而喜悦少。短暂的喜悦，也是人类七情六欲中的一种，是陶醉、销魂的感觉。现在，宗教的当务之急就是要引导人们去获得这种陶醉、销魂的感觉。为了满足这种欲望，无论男女都舍得花钱。只要能够掌握这一点，给人们以陶醉、销魂的感觉，宗教就一定能够赚大钱。”

伊庭握住春子的手，将手掌贴在自己的耳朵上说：“你的手很热。用耳朵测量人体的温度是最敏感的，根本就不需要什么体温计。虽然有些心灵冷酷的人也会有温热的手掌，但总的说来手掌是人类灵魂的发散口，像你的手掌这么热，就表示没有问题。一个人若是手掌冰凉，就说明热气郁积在了他的体内，其身体的某个部位一定出了毛病……”

伊庭一直握住春子的手摩挲着，毫无放开之意。

“嗯，我最近失恋了，相当烦恼，要不要帮我算上一卦？”

一听说春子失恋了，伊庭又拉过她的手紧紧地贴在自己的耳朵上，做出一副沉思的样子。春子忍不住咯咯地笑了起来，一把将手从他的耳边抽开。

“阿弥陀佛的本意是要普度众生，不管老的少的，还是善的恶的。唯一的条件就是要对他有信心。只要做到了这一点，他想拯救罪孽深重、烦恼重重的众生的心愿就能够生出巨大的法力。相反，如果你对他没有信心，那么他的法力就无从施展。像你这样从一开始就把我当成傻瓜，那就不对了。若想证明我是傻瓜，最好自己先当一次傻瓜，试着去信仰一下大日向教。不管你愿不愿意，对你而言，我总是个异性，当你的手接触到我这个异性的耳朵时，就会有微妙的神灵出现。总而言之，就是要有信心……"

伊庭已经喝掉了一半左右的威士忌，一双醉眼看起来蒙蒙眬眬。

三十八

由纪子租住的木板房，二楼有两间房屋，其中一间三张榻榻米的屋子里住的是铁皮店老板家的孩子，由纪子住的则是另外一间四张半榻榻米的房间。屋子里除了一个敞开式的壁橱之外，再无其他设备。房间的墙壁上贴的是刨花板，向外突出的窗台被由纪子当作了灶台，上面摆放着火炉以及配给的木炭等。窗子下面的空地上种着一片玉米。

近来，由纪子的日子越来越难挨。她想去给人擦皮鞋，但又怕整天坐在地上，身体吃不消。她给富冈发了两份电报，可却一直没有回音。没办法，她只好跑到富冈位于五反田①的家去找，可是没想到门牌上已更换了姓名。出来开门的人给了由纪子一张富冈寄来的明信片，并告诉她自己是在五月份买下的这间房子。明信片上的住址是世田谷②的三宿。明信片上写着“由高濑先生转交”的字样，可见，他现在是借住在别人家里。

由纪子拖着疲惫的身子，找到了富冈的新家。石头砌成的院门大得出奇，门旁有一间车库，可以看出房主过去曾经拥有过自己的汽车。由纪子按下门铃，没想到出来开门的竟是穿着连衣裙的阿清。由纪子大吃一惊，阿清也露出一副吃惊的样子，红着脸“啊”的叫出了声。

“原来你跑到东京来了?”

“嗯……”

“怎么会在这儿呢?”

“这是我朋友的家。”

“富冈在吗?”

“不在……”

“你说谎！你这个人真是莫名其妙……他如果不在，那我就到他的房间里，等他回来……”

阿清默不作声。由纪子气得浑身发抖，不知道自己在说些什么。

“他昨天还在这儿了的，可是今天回他妻子那儿去了，估计暂时回不来。他太太身体好像不太好。”

---

① 位于东京都品川区内。

② 东京都的一个区。

“噢，是嘛！那就更好了！我身体也不太好，我要待在富冈的房间里好好休息一下，直到他回来为止。”

阿清面露难色。由纪子看了一眼阿清背后的玄关①，发现地上停着一部婴儿车和一辆儿童踏板车，她想，这栋房子里一定还住着其他人家。

阿清死死地堵在门口，由纪子也丝毫没有让步的意思。

“不让进屋，那我就在玄关等好了。我这就去向房东讲清事情的原委，然后待在这儿等富冈回来！”

听到这话，阿清似乎一下子丧失了抵抗能力，她一言不发地带着由纪子上了二楼。他们的房间位于宽敞走廊的尽头，有八块榻榻米大小，屋子里铺着地板，地板上铺着一层薄薄的席子。靠墙的一侧摆着一张简陋的床，床上并排放着两个小枕头，墙壁上挂着阿清的紫色丝绸单衣、吊带衬裙以及富冈的睡衣等。在一扇对开的镶着菱形玻璃块的窗户下面，是一张涂着红漆的梳妆台。除此之外，房间里还摆着餐桌、茶几等新家具。虽然由纪子早已明白了事情的原委，但眼前的一切还是让她愤怒异常。果然不出所料，这两个人早已勾搭成奸！

富冈的确不在房间，屋子里的物品也只有那件男式睡衣是富冈的。

“什么时候开始同居的？”

“同居？这是我的房间！富冈先生住在乡下，因为在东京没有落脚的地方，所以才暂时借住在我这儿。他每次来时，我都是睡在楼下的……”

“落脚的地方？鬼才会相信！你在伊香保的丈夫呢？”

“分手了。”

“是吗？那倒是方便了。”

此刻已是黄昏时分，孩子们在二楼的走廊里吵闹玩耍。阿清默默地坐在床边，由纪子则一声不响地坐在窗户旁。过了一会儿，阿清好像想起了什么似的，突然站起身向走廊走去。由纪子心里有些纳闷，不知阿清究竟是利用什么机会和富冈走到一块儿的。她仔细地环顾四周，发现桌子上有两只茶杯，角落里还有一把男用雨伞……属于富冈的物品，一件件映入她的眼帘。

阿清出去后便再也没有回来。由纪子走出房门，叫过一个正在玩耍的七八岁左右的小孩儿问道：“这家的叔叔平时上班吗？”

“上班！”

---

① 日式住宅入口处的一个区域，是进入室内换鞋、更衣的地方。也有人称其为斗室、过厅或门厅。

“晚上回来吗?”

“回来!”

“通常什么时候回来?”

“马上就该回来了。”

“他在什么地方上班?”

“不知道。”

“这儿住着很多人吧?”

“是!”

由纪子猜想这地方应该是个分租的公寓。她回到房间，一件件仔细地审视起房内的物品来，目光犀利得如同法警一般。她发现床底下塞着皮箱和行李，涂着灰浆的天花板的一角吊着根铁丝，铁丝上挂着两条毛巾。床的另一侧堆放着一摞有关林业的书籍，最上面的法语宣传册是由兰宾农林总部印制的关于原始森林地带的简介，作者是森林官达比亚夫。望着这本似曾相识的宣传册，由纪子陷入了对往事的痛苦回忆之中。她伸手取过宣传册，凝望着上面美丽的越南森林，眼泪扑簌簌地落了下来。册子里的每一幅图片，都令她魂牵梦萦。一张被叶子花和含羞草包围着的，位于兰宾高原的别墅照片，吸引了由纪子的目光。对于此刻的由纪子而言，后依兰宾山、前临湖泊的雄伟的高原景色，成了一种无与伦比的心灵慰藉。她回想起那里的生活，当时她做梦也没有想到，自己竟然会沦落到眼前这种地步。

周围渐渐地暗了下来。阿清始终没有回来。由纪子想，她或许是给富冈打电话去了。透过敞开的窗子，由纪子看到，在闷热的天空中红色的夕阳正徐徐下沉。由纪子抬手拭去眼角的泪水，将达比亚夫的宣传册装入手提袋，随后走出了房门。她不想再见到富冈了。她安慰自己，不妨假想自己和富冈当初已经死在了伊香保，这样的话就不会再憎恨任何人了。

由纪子穿上鞋子走出了玄关，没想到却在门口与一个男人撞了个满怀。她抬头一看，来者竟是富冈！富冈似乎也吓了一跳，一言不发地望着哭肿了眼睛的由纪子，好像意识到了什么似的问道：“你什么时候来的?”

“我遇见阿清了。”说着，由纪子茫然地绕过富冈往门外走去。

富冈“喂”地叫了一声，随后跟在由纪子后面走出了大门。

由纪子没有理睬。

“喂，我有话跟你说!”

由纪子不想听他解释。事情到了这种地步，再怎么解释也已经于事无补了。她觉得，自己是因为加野的事而遭到了报应！虽然加野是个男人，可是他当时的痛苦，与自己现在的痛苦想必是相同的。面对加野热烈的爱情告白，自己游移不定，一面接受他的亲吻，一面又在背地里与富冈幽会。将心比心，她现在终于明白，是自己的不专一激怒了加野，使得他对自己拔刀相向。

“我每天都在惦记着你，一直想为你做点儿事情。只是阿清这婆娘，一直在勾引我。”

“这种话就算了吧!”

“不能就这样算了！都是我不好，我本来是要对你负责的。”

“是吗……”

由纪子朝着与目黑车站相反的方向走去。在焦痕尚存的昏暗草地上，一群飞虫在半空中乱舞。被夕阳染红的黄昏，此刻看起来更像是黎明。一条宽敞的大道穿过草地中央，向远处延伸。道路两侧点缀着一座座新的建筑物。

“是十月份吧?”

“什么?”

“孩子的预产期啊!”

“没错！如果能够生下来的话。不过，我打算明天就去医院堕胎。”

富冈一言不发。由纪子开始领悟到，人只要活在世上就始终会有烦恼相伴。虽然她知道大日向教所供奉的不过是被当作发财工具的神明，可她还是想立即跑到道场去，跪伏在神明面前祈祷。富冈不清楚阿清对由纪子说了些什么，但他想象得到，固执的阿清绝不会向由纪子低头，一定会拼命顶撞她的。

“你觉得我很可恶，是吧?”

“是!”由纪子故意把“是”字说得清清楚楚。

“把孩子生下来吧！生下后，由我来抚养……其实，跟阿清之间的问题，我正想老实向你坦白呢!”

“阿清说，已经和她丈夫分手了。”

“说实话，房间是阿清租的，我是糊里糊涂住进来的。五月份的时候，我在新宿车站碰到了她，被她硬拉到了这里，之后就住进来了。我接到了你从静冈寄来的信，后来的几封信也都收到了。从信中得知你返回了东京，并且找到了新的住处，可是我想，即使去找你，见了面也还会像过去那样，什么问题也解决不了，所以才只寄了点儿钱给你。这段时间，我先是卖了房子，把家人送回了乡下，然后又安排妻子住院，为找工作的事也费尽了周折，总之，心情烦躁得要命，所以才没能抵制住阿清的诱惑……”

事情到了这种地步，由纪子已听不进富冈的解释，她看不到一丝解决问题的希望。路边有一间临时搭建的咖啡店，富冈带由纪子走了过去。咖啡店的门口摆着一个涂着蓝漆的冰棒箱，一位带着小孩儿的妇女好奇地打量着他们。由纪子坐在歪歪斜斜的椅子上，感到疲惫至极。这是一种身心俱疲的感觉，她觉得两条腿酸酸的，僵硬得连弯儿都回不过来。

三十九

富冈点了两杯汽水，一面凝视着面色苍白的由纪子，一面从口袋里掏出香烟抽了起来。由纪子紧闭双眼，疲惫地倚靠在木板墙上。她不愿意去想任何事情，可是眼前却又不由自主地浮现出在兰宾时的一幕。由纪子站在湖边的白色跳台上，身穿泳装的富冈正在黄昏的湖水里畅游。附近的运动场里正在进行一场橄榄球赛，不时地传出一阵阵喧闹声。由纪子一动不动地呆坐着，那喧闹声似乎正跨越时空刺激着她的耳鼓。她觉得很累很累，就像是刚游完泳似的。

富冈一面缓缓地吐着烟雾，一面开口说道："不管你怎么想，事情也已经发展到了这一步。不过，我一定会想办法补偿你的。我想，总有一天你会理解我。"

"在伊香保，你到底还是和阿清勾搭上了。"

富冈没有应声。

"你这个人，真是不可救药！"

由纪子一面说着，一面禁不住扪心自问：如果说富冈不可救药的话，那么自己又算是怎么一回事呢？譬如跟乔的关系，虽然时间很短，但毕竟还是发生了。当然，自己是因为实在太过寂寞才和他发生了那种关系，但不管怎样，富冈并没有过分地责备自己。当人的心灵极度空虚之时，除了伸手向他人寻求安慰之外，恐怕再没有其他的排遣方法了。跟伊庭的孽缘，不也是因为空虚而造成的吗？想来自己也曾做过和富冈一样的事情，只是没有意识到而已。

"你的心情，我并非不能理解，只是太让我吃惊了……在伊香保车站，阿清掉眼泪的那一幕，我始终没有忘记，可我还是信任你，相信你不会变心……我也曾像她那样爱过你。可是爱又有什么用？爱总是很无奈。我不是因为生气，才想把胎儿打掉的。其实，从一开始，我就考虑过，只是一直没有下定决心。我想坚强起来。一想到自己每天承受的这些痛苦，我就想，失去孩子的痛苦其实根本就算不上什么。我想一身轻松地去工作。如果生下了我们的孩子，你不觉得那将是一种不幸吗？就算由你来抚养，可你又能做些什么？而我自己也会因为内疚，而无法专心地工作。我原想和你见上一面，等商量好之后再去打胎，可是现在……你跟阿清同居，其实也没什么，只要你过得好就可以了。我看她好像是真心喜欢你……对了，你太太哪里不舒服？"

"是胸部……"

“很严重吗?”

“估计休养一阵子会好的……”

“今后的日子，也够你受的。听说你找到工作了?”

“嗯，在朋友开的肥皂厂工作，也没有什么正经事可做。只是这位朋友一直很照顾我，所以就暂时投靠了他。”

富冈一面用吸管吸着红色的汽水，一面凝视着由纪子的小手。这只手看起来既柔软又漂亮，让富冈生起一股爱怜。而对于阿清，他也有一种无可奈何的歉意。

“我至今还没有孩子，所以，很想让你把他生下来。至于阿清的问题，我想不会拖得太久，只要找到住的地方，我随时可以搬出去。阿清跟她丈夫还没有正式分手，那个房间只是她暂时的藏身之所。她丈夫至今还不知道她的行踪。我也不喜欢现在这种生活，在那个公寓里，人们都用一种异样的眼光看我。”

“阿清在工作吗?”

“原来在新宿的酒吧做女招待，不过最近，因为牙痛已经休息几天了。”

“阿清好像很喜欢你，说不定她会和你共度一生的。俗话说‘时过境迁’，现在的恋人，总比旧情人好……越南的事情似乎也越来越遥远，我已经很少想起，也很少梦到了。人就是这么一回事。”

“我倒是经常梦到！每次想到你，我就会想起大叻的生活，真让人怀念啊。”

“我一月份的时候，去看过加野。这件事，我在信中提到过吧?”

“嗯，提到过。加野也够苦的，真可怜……”

“他好像已经知道自己活不长了，人很瘦，精神也很差……”

“哎！这个坚定的爱国主义者，一个正直的男人。”

“是啊！他不像我们这么虚伪。”

离开咖啡店后，两个人漫无目的地在街上走着。四周一片黑暗，清凉的夜风悠悠地吹拂在他们的身上。富冈一直陪在由纪子的身边，丝毫没有要回家的意思。他把脱下的上衣搭在肩上，脚上趿拉着的鞋子发出“刷刷”的声响。

“累了吗?!”

“不，是脚气，有点儿痛!”

“不过，我们俩这样走在一起，看起来倒蛮像一家人的。当然，在你心里，阿清的地位要比我重要得多，不过，我还是一厢情愿地把你当作自己的亲人，这是我的自由，是吧？你不会笑我吧?”

“怎么会笑呢……与阿清相比，我倒是更在意她的丈夫，觉得对不住他。每天过得像个罪人似的，惴惴不安。我明明不想陷进去，却硬被阿清拉了进去。”

“说不定，阿清会和你一起殉情的。如果要自杀的话，我想，她可能会采取服毒的方式……”

富冈也有同感，好像被由纪子说中了一般。他明白自己的生活正因为阿清而变得一团糟。

“我们每天都在吵架……”

“为什么？”

“我跟阿清合不来。她是那种既无知又不懂事的女人，可是直觉却极其敏锐。只要她认准的事，要让她回心转意，是很难的。”

“那你今晚岂不是又有麻烦了？”

“好了，别说这种话了！这个星期天我就去找你，孩子的事到时候再作决定。你总算理解了我的心情，这让我轻松了许多。看来，你很在意阿清的事，不过，我很快就会把它一并解决掉的。”

“你也用不着急着说这种孩子气的话。我已经认命了！说实话，对自己的事，我已经破罐子破摔了，这不是在吓唬你。不知道你能不能理解？”

两个人来到了一座陆桥处，倚靠着白色的石栏站了很久很久。

一列电车呼啸着从桥下穿过。

四十

与富冈一别，已有十几天。

由纪子下定决心，来到了附近的一家妇产科诊所。医生告诉她，要堕胎至少要花五六千元。由纪子想起了分手后一直杳无音信的富冈，不禁怒火中烧。嘴上说要她把孩子生下来，却又不提供一点儿帮助。对此，她却没有一点儿办法。她觉得，富冈与她之间的关系，近似于相互欺骗。彼此之间只在相聚时共同追忆一下过去，却从来不涉及问题的核心，也不深入探讨出现问题的原因，这种做法太过幼稚。

由纪子看透了富冈的心理。

日子一天天过去了，由纪子对富冈的怨恨越积越深，甚至已经达到了仇恨的地步。她想，绝不能生下这种负心汉的孩子，于是，下定决心把事情的经过一五一十地讲给了伊庭。她说，只要能够拿掉孩子，自己一定拼命挣钱来还债。伊庭听后表示，既然她已经下定决心，那么自己愿意出钱帮助她，但希望她堕胎后能够到大日向教做他的助手。他说，自己现在的工作还处于起步阶段，很想找个心腹之人做秘书。

两三天后，伊庭给由纪子送来了一万元钱。由纪子想，只要能够堕胎，做什么都无所谓，她准备完事后就去教会帮伊庭的忙。她希望把对富冈的感情与胎儿一起终结掉，从此过属于自己的生活。

由纪子在医院里住了大约一个星期。在这里，每天都有两三名与她有着相同秘密的女人前来就诊。狭窄的病房里，除她之外，还住着两名情况相同的女人。刮除胎儿后，由纪子感到自己好像坠入了黑暗的地狱，她无法忘记那黏糊糊的血块儿映入眼帘时的痛苦。

术后第二天，伊庭前来探访。尽管由纪子的身体还十分虚弱，但他却不闻不问，只关心她什么时候可以复原，去教会帮忙。伊庭现在一心扑在大日向教的工作上，除会计外，还兼管建筑管理的工作。他吹嘘，金钱每天就像流水一般，源源不断地流入自己的手中。

伊庭的话不知不觉中打动了由纪子的病友。靠墙边床位的一位名叫“大津志妹”的女人，突然开口问道：“不知道我能否加入贵教？”

这是一个四十岁左右的女人，据说是因为怀了一个有妇之夫的孩子而来堕胎的，明天就要出院。她绝口不提自己的职业，但据牧田护士讲，她好像是千叶附近一所小学的教师。女人长着一张方脸，皮肤黝黑，体格粗壮，看起来不像是会讨男人欢心的那种女人。

"大日向教的教主是男人吗?"

伊庭笑着回答："当然是男人，而且是一个很了不起的男人，年轻时曾到印度修行，是个见过大世面的人。为了修行，他历尽磨难，后来为了把光明带给这片荒芜的土地，才又回到了日本。教主以前曾在马来西亚、缅甸等地，长期担任陆军参谋的工作，可谓英名在外。若非机缘巧合，我等鼠辈绝无机会靠近他的身边。你不妨找机会来道场看一看，我想，教主一定会解除你的烦恼的!"

"教主原本是位军人?"

"没错！更有意思的是，他还是一位被革过职的军人。由于出身行伍，所以他很善于鼓舞士气，面对那些乌合之众，总是表现出一副威风凛凛的样子……"

伊庭接着小声说道："教主对我十分信任，连车都是以我的名义买的。现在，他的全部家产都由我来掌管。我啊，就等于是掌握了教主的命脉……"

"教主多大岁数?"

"六十一二岁吧。是个伟人，听说跟上百个女人有过关系呢！据他讲，无论何处的草木，都要向着太阳生长。本教之所以取名为大日向教，就是想借助这种生生不息的力量。目前，本教的信徒已有十万以上，今后一定还会继续增加，前途不可限量。教主的信条，就是以不惹人注目的方式，取得惹人注目的成绩。"

由纪子觉得伊庭的性格已变得跟过去完全不同，简直成了一个狂人，这让她有些毛骨悚然。伊庭对她和富冈之间的关系看起来根本不感兴趣，似乎只想启用一名与自己有过关系的女人，做他的心腹秘书。

大津思考了一会儿，然后在浴衣外面披上一件上衣，起身坐在棉被上，对伊庭说道："其实，我是千叶县人，因为一些事情，现在无法返回老家。我想成为大日向教的信徒，希望能够通过修行，获得传教士的证书。这大概要花多少钱?"

伊庭装模作样地想了一下，然后边抽烟边说道："原来如此。一般的信徒只需在入会时交纳三百元入会费即可，但要做传教士，则必须先交一千元保证金，一般在半年左右即可获得证书。至于在道场里的生活费，则由修行者本人根据自己的意愿自行决定，一般是在颁发证书时交纳。"

大津请伊庭留下地址，她表示一定要去大日向教的道场里修行。伊庭先是推说自己没有带名片，接着流露出不太感兴趣的态度说："当传教士可跟一般的信徒完全不同。当上了传教士，就等于拥有了铁饭碗。老实说，要花一大笔钱呢……"

"您放心，这个没有问题。只要能够让我在一年之内有个安身之所，叫那个人拿出一笔钱来，并不困难。他是个很有地位的人，而且曾向我保证，要让我衣食无忧，直到我有一个好的归宿为止。"

"哦，您是说他很有地位吗?"伊庭的态度突然变得礼貌起来，"如果有地位高的人作后盾，本教当然竭诚欢迎。本教绝不像眼下的那些邪教，不会以治病来吊人胃口。而且，当今世界科技如此发达，又有谁会相信宗教能够治病呢？大日向教自成立之初，便以解决人的心理问题为宗旨。因为现在，只有为人治疗生理疾病的医生，却没有解决人心理问题的医生。此外，本教还向人传授在这没落的世界，如何赚钱的秘诀。既然你有地位高的人作后盾，我一定要给你优于一般人的礼遇……因为教主不太喜欢见人，所以，凡事都由我出面代理……"

四十一

出院那天，由纪子到交费处交纳医疗费。之后，她坐在候诊室里看了一会儿报纸。无意中，一则短消息吸引了她的目光：

十二日晚十点四十分左右，租住在品川区北品川××番地饭仓公寓的原饮食店老板向井清吉（四十八岁）将同居人谷清子（二十一岁）约至自己的房间，用毛巾将其勒死，随后向品川台场派出所投案自首。据品川警署调查，犯罪嫌疑人向井在伊香保温泉区经营酒吧时与被害人相识并同居，之后被害人离家出走，到东京投靠情夫富冈××。向井随后赴东京寻人，但被害人拒绝与其重归于好。十二日，向井将外出洗澡的被害人强行带至自己的房间，恳求被害人与其恢复关系遭拒，由此引发争论。盛怒之下，向井用毛巾将被害人勒死，随后向警方自首。照片为犯罪嫌疑人向井清吉和被害人谷清子。

由纪子将这则消息反复读了几遍，确定被害人就是阿清。照片中，遇害的阿清梳着日式发髻，犯罪嫌疑人向井则低垂着头。

由纪子久久地呆坐在椅子上，将报道读了一遍又一遍。她觉得有些不可思议，性格倔强而又固执的阿清，竟然会被同居人勒死！她想，这件事对于富冈应该是一次深刻的教训。同时，她又觉得自己似乎理解了上次在三宿见到富冈时，他脸上那复杂的表情所蕴含的意义。她想象不出富冈现在会是一种什么样的心境。但她想，若是自己上次在盛怒之下将富冈杀死的话，或许早已从陆桥上跳下，撞电车自杀了。不管怎样，富冈今后恐怕很难再摆脱阿清的阴魂。不过，在战后从海外回归日本的人当中，像富冈这样自甘堕落的，又岂止是他一人？加野不也是落魄之至吗？

这天夜晚，由纪子躺在自己那间久违的小屋里，只觉得疲惫至极，仿佛刚刚经历过一次长途旅行一般。听着窗外的蝉鸣声和玉米叶轻微的摩擦声，她不禁回想起富冈在三宿的那间房子。昏昏沉沉之中，伊香保的一幕幕场景又出现在她的梦中，似真似幻，令她痛苦得喘不过气来，久久无法入睡。她想到被自己打掉的胎儿。那团黏糊糊的带血肉块儿，似乎让她完成了一次人生的蜕变。她不想再依靠别人，也不想与任何人见面，只想找一份工作，过属于自己的生活。

对于死去的阿清，由纪子没有一丝的同情，她十分讨厌她那种偏执狂式的生活方式。对于富冈的软弱，她也感到气愤，恨他竟然迷恋上了这种女人。自打获悉阿清被杀的消息后，她对富冈和死去的阿清的憎恨与日俱增，甚至想向他们吐口水。

时间又过了四五天，由纪子的身体始终不见好转。其间，心急的伊庭曾登门拜访，但面对面色苍白的由纪子，却也没能说出让她早点儿上班之类的话。

“你怎么了？身体怎么这么差……打起精神来！人最重要的是精神，无论是生是死，都要有股子精神。自打从越南回来后，你就像变了个人似的。你要让自己快乐起来，好好打扮打扮，打起精神来！你还记得那个大津志妹吗？她已经在道场里修行了三天，看来很有前途！她不仅口才好，还小有钱财，最近更是化起妆来了，看样子劲头十足。据说，她曾是个小学教师，父母是做大酱生意的。女人到了一定年龄后，就会考虑将来的事情，因此，做事也会更加认真。就连教主都认为她是个可塑之材！”

伊庭身穿一套全新的黑色衣服，胸前别着一枚带向日葵图案的徽章。

“虽然不能公开讲，但我认为在目前这种时局下，没有比宗教再赚钱的生意了，因为它是救人之道。以本教为例，那些对生活感到迷惘的人，听了别人的介绍后纷纷前来入教。现在，不仅道场四周开起了商店，就连车站里都张贴着道场的指示图，真是有趣！而且，所有人都心甘情愿地向外掏钱！只有宗教的力量，才能让人如此不吝钱财。对了，我已经卖掉了鹭之宫的家，在池上①买下了一幢银行家的房子。现在，我和教主以及他的心腹们住在一起。那房子气派得很，价值三百五十万元，虽然旧了点儿，但建筑面积足有八十坪，占地面积更是多达五百坪，院子里还有水池、假山等。”

“很快你们就会遭报应的。”

“报应？神明总是眷顾那些幸运者。相反，对于那些无法掌握自己命运的人，它是无心理会的！话说回来，我好像始终忘不了你，索性趁早也给你买一套舒适的房子。不管怎么说，我也是你的第一个男人，这一点我一直没有忘记。”

对于伊庭的话，由纪子感到有些反感。

“拜托你不要再讲这种话！如今，我是不会再上男人的当了！甭想用这样的甜言蜜语来勾引我。女人也会随着年纪的增长，慢慢懂得世事险恶的。我不会再和你重温旧梦了！对于你，我一点儿感觉都没有。”

伊庭微笑着看着由纪子。由纪子没有化妆，虽然面色苍白，却有一股成熟女人的味道，与少女时期明显不同。

---

① 位于东京都世田谷区。

“别这样嘛！我说这话，可不是别有用心，而是为了你的幸福着想！人对事情的看法，最好不要太理想化。你经历了那么多的事情，也应该体会到人生的酸甜苦辣了。无论男人还是女人，都应该知道，爱啊情啊其实是靠不住的。不管在天堂还是地狱，最重要的就是金钱。我现在算是了解了金钱的重要性。战后，我起步较慢，一直不得志，可是现在不同了。人只要活着，就要抓住一切机会赚钱。就连教主都是这么说的！”

说罢，伊庭留下一包钱，匆匆离开了。由纪子打开一看，里面是一叠崭新的百元钞票。由纪子不禁感叹起自己的命运，因为这辈子她还从来没有花过刚从银行里取出的新钱。在她的眼里，这包崭新的钞票，具有一种异常的魅力。她不敢再小视伊庭。她想，最好能够既拥有伊庭买的房子，还可以不时地与富冈见上一面。不过，这种天真的想法，转眼间便化作了对富冈的怨恨，涌上她的心头。

一天，她接到了一封写有加野地址的信。从字迹上看，该信似乎出自女人之手。信的内容是关于加野去世的消息，是他母亲写来的。由纪子不禁感叹，加野到底还是走到了这一步。信的末尾写道：根据死者本人的意愿，葬礼是以天主教的形式举行的。这令由纪子感到有些不可思议。她没想到，极端爱国，而且一直坚信日本必胜的加野，竟然希望以天主教的形式为自己举行葬礼。但说起来，加野也是这场战争的牺牲品。她本想给加野的母亲写一封吊唁函，但却由于疏懒而作罢。

自从在报上看到关于阿清的报道后，由纪子再也没有获得关于富冈的任何音信。她心中暗想，富冈到底躲到什么地方去了？或许已经离开三宿了吧。她每天都会想起富冈，富冈的影子始终在她心中挥之不去。她想，这大概是因为自己还爱着富冈的缘故吧。伊庭曾说过，这世上不会有真正的爱情，那或许是由于他只注重金钱，再无其他精神支柱的缘故。由纪子不太相信，富冈会因为阿清的惨死而忘记自己。虽然富冈现在在肥皂厂工作，但由纪子希望他有朝一日能够重返农林部，到某山林的林管局工作。她幻想，届时两人会举行一场简朴的婚礼。她拿出从阿清房间偷来的宣传手册，一边出神地看着，一边暗自祈祷自己与富冈不要就此成为陌路人。

由纪子下定决心，提笔给富冈写了一封信：

从报上得知阿清的死讯，不禁感叹命运多舛，造化弄人。对此，本人深感震惊，不知您近况如何？说实话，我也曾恨您、怨您，但我还是认为，除我之外，再没有其他女人能够给您带来安慰。

加野已经于二十二日过世，他母亲在信中说，葬礼是以天主教的形式举行的。我想您可能还不知道这一消息，特此告知。回想起来，加野先生的晚景也的确凄凉！

阿清出事至今，已十日有余，想必您的心情也已恢复了平静。但我却悔恨异常，只恨当初没有在伊香保与您共赴黄泉。若此，便不会再有之后的诸多麻烦。或许你我尚不能彻底了却尘缘。其实，假若当初能够死在大叻的山中，你我的人生注定会更加完美。

对了，我已经把胎儿打掉了。因为我认为您是个可憎之人，如若相信了您，现在的我或许早已因求助无门而自杀身亡了。您这个人真是个刽子手，因为遇到了您，阿清、我、加野，以及您的太太，都遭遇了不幸。我并不是在责备您，只是在讲述自己的真实想法。希望您能够重新拿出往日的勇气！目前，我还是无所事事，但等身体康复之后，打算找一份正经的工作来做。

您还好吗？我依然每天都在想念您，或许这就是女人的痴情。我记得，自己从来没有说过要与您分手，不是吗？

期盼着您的到来，渴望听到您的肺腑之言。

五天后，她收到了富冈的回信，信封里装了一张五千元的支票。来信写道：

现在我还处于痛苦之中，不想见任何人。我想，最早也要在两个星期之后才能去看你。不过，谢谢你在信中对我的安慰。至于堕胎之事，我想，你也是不得已而为之。一切只怪我做事不周。事到如今我已认命了。我会去看你的。你在信中说“从没有说过与我分手”，但愿这句话出自你的真心。若果真如此，我也愿意与你相见。

四十二

尽管在信中答应由纪子要在两星期后去看她，可富冈却始终未能成行。

在这个世界上，由纪子无疑是他最能够推心置腹之人。之所以无心与其相见，并非是由于懒惰，而是因为他一直在为向井清吉的案件奔走。诸如聘请律师等事情，眼下都必须由他来做。当然，这并不是为了死去的阿清，而是因为清吉如今已经没有了其他可以依靠之人，他觉得自己有义务伸出援助之手。富冈在照顾狱中的清吉的同时，也被这个杀人犯的认真态度所打动。相比之下，他更清醒地意识到了自身的虚伪，并对此深感厌恶。他希望可以通过照顾清吉，来完成对死者的赎罪。当初，他是想借助与阿清的交往，检验一下自己的生活能力，并希望以此振奋自己萎靡的心情。然而，阿清毕竟是个有夫之妇。他竟然丝毫没有顾忌到，在阿清的背后，还有向井清吉这样一个男人。对于清吉曾多少关照过自己的事情，也已经忘得一干二净。直至获悉阿清被杀的消息后，富冈才领悟到，男女之情竟然会如此激烈！直到这时，他才第一次意识到了清吉的存在。在他看来，自己是因为和阿清同居，而受到了清吉的严厉惩罚。自打离开伊香保以后，清吉的存在宛如梦幻一般，在富冈的脑海中消失得无影无踪。

富冈始终忘不了陀思妥耶夫斯基的《恶灵》中的一段内容——为了避免在死前遭受不必要的痛苦，史塔夫洛斯基在准备上吊时，特地在绳子上涂了一层肥皂水。想当初，自己也曾带着由纪子去伊香保实施殉情计划，却因无法摆脱对尘世的依恋，而产生了通过邂逅的阿清，来实现自己重生愿望的念头。现在看来，正是自己的这种浅薄，造成了阿清无辜被杀、清吉锒铛入狱的后果。对于自己的自私和冷漠，富冈自身也产生了一丝恐惧。直至今日，他也没有完全被由纪子那封情真意切的信所打动，即使对于由纪子堕胎之事，也没有感到丝毫的愧疚。他想，所有这些都只能说明，自己的心在返回日本时就已经彻底死掉了。

在品川的警察局里，清吉曾表示，今后无论在哪里度过都是一样的。他拒绝富冈为自己聘请辩护律师，并表示不管死刑也好，无期也罢，只盼着能早点儿有个结果，他愿意在狱中为阿清的亡灵祈祷。清吉的话令富冈感悟到，其实，人无论生活在什么地方都是一样的。即使自己能够重回大叻，也无法再现过去的生活。既然这世界已经堕落到了这种地步，那么自己还是尽早放弃往日的旧梦为好。

加野终因罹患肺病死去了——其实，每个人都不可避免地要走向生命的终点，对此，富冈并不介意，他只是不想过早地抵达那个不幸的终点。他想，既然自己的心已死，那么剩下的就只有安逸、轻松地生活这一条路可走。他不想去见由纪子。之所以筹集了五千块钱寄给她，更主要的是要感谢她帮助自己解决了一大难题。事实上，他并不想要这个孩子。

窗外风雨交加。

富冈躺在没有了阿清的床上，茫然地听着风雨声。窗子上结了一层白雾，雨水冲刷着脏污的玻璃门。富冈双手放在胸前，圆睁着双眼，一动也不想动。就在不久之前，他的身边还躺着高大的阿清。每次醒来时，她都要唱歌，而且要把双脚放在他的腿上。而他也总是闭着眼睛听阿清唱歌。只有在那一刻，他才能感受到他们之间的亲密关系。如今阿清已经不在人世了，不过，富冈对于她不仅没有多少眷恋和怀念之情，反倒有一种摆脱了束缚后的轻松感。他已经受够了女人，他好像生平第一次发现，原来独自一人躺在床上，竟然是如此惬意。他的生活，直到今天才迎来了真正的转机！什么政治啊、社会道德啊，统统都被他丢进了搅拌机，绞得粉碎，他只想找回原来的那个自由奔放的自己。

暴雨摇动着树枝，发出阵阵巨响。富冈呆呆地望着窗外，暗自感叹一个人的生活竟然如此清爽！

独自生活的紧张感，如今成了富冈唯一的动力。首先，他要搬出这个房间，之后他要挣脱妻子和父母的羁绊。如果可能的话，他甚至想重新为自己取个名字。现在的工作当然也要辞掉，他要重新找工作。不过，他并不想被人认为，是阿清之死改变了他的生活。

然而，令富冈始终感到有些过意不去的是，一个男人至今还因为他的缘故而被关在监狱里。他始终忘不了向井清吉茫然坐在监狱里的样子。每想到此，他的心情都会变得异常沉重。他希望案件能够像清吉所希望的那样早日尘埃落定，或许这样自己的心情就可以安定下来。

雨水沿着玻璃窗不停地向下流淌。抬眼望去，窗外的一片绿色，仿佛罩上了一层淡淡的薄雾。一股神秘的绿色光线，透过窗户射入房内。富冈想，虽然死亡的阴影很容易笼罩在人们的身上，但人们却不会轻易地臣服于死神。出事后，他一直没有去上班。这几天，他开始撰写一篇关于南方林业的回忆录，准备投给一家由某报社经营的农业杂志。虽然文章只有一百页左右，不过，他很想用它来换取一点儿稿酬。

在这篇文章之前，富冈曾一度心血来潮，将自己对南方水果的回忆记录下来寄给了这家杂志社。没想到这份三十张左右的稿件竟然被采用，为此，他还收到了一万元的稿费。这一意想不到的收获，极大地鼓舞了他，使他看到自己在这方面的才能。那篇文章的内容如下：

笔者从前供职于农林部，曾以文职人员的身份随军远赴越南，并在那里度过了四个春秋。正是这段时光，让我拥有了对热带水果的诸多回忆。

热带地区盛产各种水果。对生活在那里的人们而言，最强烈地吸引他们的，就是这些水果的香醇味道。其中，笔者印象最深的，便是素有“热带果王”美称的香蕉。这种水果，最近才由台湾传入日本，想必目前还很少有人知道，其种类多达数百种。从形状上看，它们有的细小，有的粗大，有的棱角分明；从颜色上看，既有褐中带白的，又有略带红色的。更有甚者，一些香蕉还可以发出奇特的香味儿。可见，无论从形状还是味道上观之，均可谓千差万别。

在热带地区生活时，我所食用的香蕉，主要有大王蕉和三尺巨蕉。虽然有人偶尔也会用香蕉制作菜肴，但味道却难称鲜美。香蕉的繁殖多采用吸芽法，植株一般在十五个月左右，便可长到十至二十尺高。此时，就会有四五尺长的巨大花梗从长着叶子的株心长出。结果之后，花梗自然下垂，植株随之枯死。之后，吸根取代原来的植株继续生长，一年后即可再度结果。香蕉适合在炎热潮湿的气候下生长，举凡黏质土壤，只要排水良好，便可栽种。不过，石砾地或砂质石灰岩土壤，以及风大之处，不利于香蕉生长。香蕉实乃上苍赋予人类之瑰宝，深受穷人之喜爱，因为它可以弥补食物的不足。

若说香蕉是果王，那么“果后”则非山竹莫属。山竹乃学名为“莽吉”之柿树所结果实。初见山竹，是在河内普拉契克镇的一家水果店。果实大小与小柿子相仿，头顶扁平，果皮光滑，外表为紫褐色。若将果实切开，可见鲜奶状的果肉。果核被包于果肉之中，果皮富含丹宁酸及色素，若衣服沾到果汁，则污迹很难除去。据说，山竹盛产于五月至七月，但我在河内吃山竹却是在二月。在顺化时，笔者曾在莫兰宾馆住过两周。当时，每天的餐桌上注定会有山竹。山竹的味道与橘子类似。

名为莽吉的柿树为小乔木，原产于马来西亚，树形呈圆锥状，叶片大、对生，为扁椭圆形，果皮坚韧。该树生长迟缓，需九至十年方可结果。山竹适宜在炎热潮湿的气候下生长，也需要土层较深、土质肥沃的土壤以及良好的排水环境。

山竹被视为果中珍品，而臭味熏人的榴莲则是一种截然不同的珍奇水果……

除上述水果外，富冈还在文章中描述了波罗蜜、木瓜的生长状况，以及自己品尝这些水果时的感觉，最后还附加了一些热带地区的旅行见闻。富冈伸手从床下取出那本农业杂志，对着自己那篇被印成铅字的文章凝视良久。不觉地，大叻的美景又浮现在他的眼前。与那时相比，自己的生活已经发生了天翻地覆的变化，这种巨大的反差令他感到茫然不知所措。

富冈将稿费的一半寄给了由纪子，而这笔钱随后又将成为她堕胎的费用。想到此，他不由得露出一丝苦笑。富冈突然怀念起自己和越南女佣妮芙之间的孩子，想到这辈子或许再无机会与她们相见，心情不免沮丧起来，而这段回忆又勾起了他的乡愁。他放下杂志，从床上坐了起来，就在这时，门外传来了敲门声。

“谁?”富冈冷冷地问了一句。

“是我，由纪子……”门外的人答道。

富冈打开门，只见面容憔悴的由纪子，正拿着一把湿漉漉的雨伞，站在走廊里。在内心深处，富冈对由纪子来访十分厌烦，尽管他也知道自己的这种想法确实有些薄情寡义。

四十三

由纪子足足等了三个星期，却始终未见富冈的影子，不禁变得焦躁起来。虽然外面下着大雨，但她还是下决心来找富冈。然而，当她看到富冈开门时的那副表情时，立刻意识到，无论自己再怎么努力，她和富冈的爱情，也已经无法挽回了。由纪子今天穿了一件浅蓝色的衬衫和一条蓝色的裙子，虽然外面下着大雨，她却没有穿雨衣和雨靴，一双毛茸茸的大腿显露无遗。

由纪子默默地走进房间，开口说道："打扰你了吧？"

富冈拢上皱巴巴的浴衣前襟，在窗边坐下来，努力装出一副笑脸来面对由纪子。

"这段时间一定很痛苦吧……"

"你也受了很多苦吧？不需要再静养了吗？"

"嗯，总不能一直住在医院里……最近，身子总算好起来了。"

想当年，在越南时，每当四下无人之际，两人便会立即手拉着手依偎在一起，而如今……面对这残酷的现实，由纪子感到无比惆怅。

"我看了那篇报道。我不能再等下去了。你在回信中说'我一定会去看你的。但愿你说的从没有说过与我分手这句话出自你的真心。若果真如此，我愿意与你相见'。正是你的这封信给了我力量，我才活了下来……"说着，由纪子疲倦地坐了下来。

富冈的表情毫无变化，一脸冷漠地回答道："嗯，一切都是我不好。其实，我一刻也没有忘记过你，只是阿清丈夫的事一直没能解决，所以才没去看你……"

"如此说来，即使我在医院里痛苦地呻吟，甚至死去，你也不会来看我啰……"

"那就另当别论了。不过，我相信你会平安的，所以才没有担心……"

"说谎！你在骗我！明明已经不再爱我了，却不敢说出来，还在说谎哄我开心！告诉你，我是不会上当的。难道你就那么怀念阿清吗？那种女人有什么好的？"

对于阿清的嫉妒，让由纪子激动得浑身颤抖。富冈这个铁石心肠的男人，让她又气又恨。由纪子痛苦万分，明知说出心里话会毁掉两人之间的关系，可她还是忍不住继续说道："你根本不想要孩子，却让我把他生下来，之后又对我不理不睬。就连我住院时，你也没去看过我。见面时总是花言巧语，可是只要一分开，却又不闻不问。你勾引阿清时，是不是用的也是这种手段？像你这种人，即使说好要殉情，可是等女人死后，准会溜之大吉的！你只在乎你自己，却从来不想会不会牺牲别人。我恨阿清，也恨她丈夫。现在想起来，真后悔当初去了伊香保……我怎么就遇到了你这种人？我恨自己，为什么还在想你，非来找你不可。真不知该如何形容我现在的心情，心里就像堵了一团乱麻，完全理不出头绪来……明明这么恨你，可还在爱你，我真可悲……”

由纪子趴在床上哭了起来。床铺发出了吱吱的响声。富冈眺望着风雨交加的窗外，耳中回响着由纪子的哭泣声。不知不觉地，一股怒火袭上了他的心头：你到底想要我怎么办？这个女人就像是个讨债的债主，不断地提起那些陈年往事。只因为与你有过一段恋情，如今就像讨债鬼似的，哭喊着要来找回旧情。

“拜托，让我一个人安静一会儿吧！如今还有什么好说的？我这个人已经是一堆行尸走肉，即使你找上门来，也没什么办法。在伊香保时，我们不已经彻底分手了吗？”

“讨厌！你不要说这种话……你是不是还爱着阿清？难道你就不能像过去一样，对我温柔一点儿吗？我不想跟你分手……”

“如果和我在一起的话，你也会一起堕落的！想当初，在返回日本时，我们就应该分道扬镳。这世界，已不再是从前的世界，你也应该走你自己的人生之路……”

“你这种人真可怕，竟然说出这种话来！你是不是想让我死在你面前？我要是想走我自己的路的话，早就不会和你见面了。你刚才说的就是你的真心话吧？是因为对我厌倦了，才说出这种话的，是不是？不过，无论你说什么，我都不会感到吃惊的。没错，就是这样！也许是你和阿清共同居住过的这间房子里的空气，影响了我们。就算阿清的鬼魂出现在这里，我也会对它说，我这辈子是不会和富冈分手的……”

“喂！别这样大声嚷嚷好不好？这里是公寓，请你注意点儿影响！阿清如今对我已无关紧要了。相反，她的死让我感到清静。我只是觉得对不起向井先生。我在外面这样自由自在，可以到处走动，可他却失去了自由，现在还坐在监狱里！难道你就不能体谅我这种不安的心情吗？”

“我干吗要考虑阿清的丈夫？你不觉得这很可笑吗？你我之间的事和他们有什么关系，事情是你自己惹出来的，跟我无关。简直莫名其妙……”

看到富冈仍深爱着阿清，至今还是一副难以忘怀的样子，由纪子心有不甘，不由得激动起来。她双眼直直地望着前方，突然眼前一黑，身子一晃摔倒在地上。由纪子趴在地上，只觉得下腹部一阵抽痛，肩膀无力地垂了下来。

富冈连忙用力摇晃由纪子的肩膀，喊道：“喂！怎么了？不舒服吗？”

窗外雨势加剧，风也刮得更猛了。富冈将由纪子抱到床上，放躺下来。只见她额头青筋凸现，嘴唇苍白，脸颊的肌肉不停地抽动。富冈意识到，自己的话说得的确有些过分了。由纪子此时整个一副病态，两手手指像蝉一般不停地抖动，仿佛要抓住什么似的，指甲上还沾着些黑土。

富冈打来一盆水，弄湿毛巾搭在由纪子的额头上。他愈加认识到自己的可恶，同时也深感要解决目前的困境，必须弄些钱来。看到由纪子已昏昏睡去，富冈径直走到桌子前坐了下来，继续写那篇关于越南林业和植物的回忆文章。

——在安南，有一段关于槟榔和老藤的美丽传说。安南王“冯旺四世”在位时，有一位臣子名叫“卡欧”，他的家里有“汤”“肯”两个兄弟。由于自幼丧父，兄弟俩的感情极深。后来，他们寄身于一位名叫“鲁兀”的人家中，哥哥汤与鲁兀的独生女相恋并结为夫妻……

写到这儿，富冈禁不住回忆起自己与由纪子初次相逢时的大叻高原的景色。记得去参观安都雷茶园时，由纪子穿的是一件方格花裙。那裙子，鲜明地浮现在他的眼前，恍如昨日一般。他无法想象，当初那位美丽的青春少女由纪子，现在竟然沦落到如此地步，正一动不动地躺在自己的床上。富冈慢慢恢复了平静，写起文章来也格外顺手。过了一会儿，他感到肚子有些饿，便从橱柜里取出面包，用电热器煮起咖啡来。橱柜上的座钟，指向了下午一点。富冈嚼着面包，无意中向床的方向看了一眼，发现额头上搭着湿毛巾的由纪子已经睁开了眼睛。

“要不要吃点儿东西？”富冈倒了杯咖啡，给由纪子递了过去。由纪子凝视着天花板，一动不动。

“要不要起来喝杯咖啡？”富冈又问道。由纪子乖乖地坐起身来，从富冈手里接过了咖啡。

四十四

到了傍晚，雨下得更大了。富冈依然在振笔疾书。

——笔者所在的大叻山林管理局，辖区内卡其亚松的木材产量，大约为每年一万五千七百立方米。奉军方之命，我们几位森林官不得不加速开发森林资源，有时甚至滥采滥伐。至今，我还依稀记得当时那几名军官的样子……

“从大叻向杜兰方向，火车的终点站叫什么来着?”富冈突然问由纪子。听到富冈写的是关于越南的文章，由纪子突然来了精神，走下床回答道：“是不是兹鲁查姆……”

“对，是叫兹鲁查姆!”

由纪子久久地凝视着面向书桌的富冈的背影，若有所思地问道：“你还记得那个叫‘曼金’的村庄吗?”

“曼金?”

“不记得了?”

“噢，是那个有安南王陵墓的村庄吧?”

“对！在距离大叻四公里的地方，有一个林务局的分所。我第一次和你散步，就是在那片茂密的森林里。”

由纪子走近富冈的身旁，瞧了瞧桌上的原稿。

“写这些东西干什么?”

“换钱啊!”

“这些东西也能换钱?”

“你自己看吧。”说着，富冈从床边拿过那本农业杂志，递给了由纪子。

由纪子接过杂志，看了看目录，发现上面写着“富冈兼吾”几个字。她立即找到那篇文章，读了起来。

“写文章赚钱的心情可真不错。上次寄给你的钱，就是这篇文章的稿费。”

“咦，这是你写的吗?”

文章记录了作者对香蕉、山竹以及榴莲等水果的回忆，并介绍了它们的生长状况，笔调轻松幽默。

到了晚上，风雨激烈依旧。窗外树木剧烈地摇晃，发出海啸般的声响。由纪子提出要住在这里，富冈闻言不置可否。他们边喝咖啡，边吃起了剩下的面包。突然，电灯熄灭了。

富冈找来蜡烛，点着后放在书架上。两人像朋友似的聊着天，讲述着彼此对越南的回忆。尽管他们的记忆偶尔也会有些出入，但可以看出，两个人都想借着这种回忆，找回昔日那浓烈的爱情。等了好久，还没有来电，可是蜡烛却已经燃尽了。无奈，二人只好上床躺了下来。由于没有窗帘，闪电发出的光不时地照进房内，将房间照得通亮。暴风雨敲击着窗框和玻璃，发出浪涛般的声响。

富冈僵直地躺在床上一动不动，心想，这又将是一次旧戏重演。由纪子却好像在急切地期盼着什么，反反复复地讲述着发生在曼金森林里的事情。记忆中的那段热吻，让由纪子心潮澎湃。然而，富冈却自顾自地躺在床上，脑海中并没有出现曼金的美景。尽管由纪子一直在他的耳畔讲“曼金，曼金”，但他心头浮现的，却只有躺在自己身旁的阿清那壮硕的身影。他清楚地记得阿清生前将脚搁在自己的腿上，哼唱歌曲的模样。听公寓里的人讲，阿清死时半睁着眼睛，舌头伸得老长。不过，富冈最终也没能见到她那后来被解剖了的遗体。他突然怀念起阿清壮硕丰腴的身体来。一想到自己熟悉的女人已经香消玉殒，黑暗中，他不禁感到一阵鼻子发酸。

“哎，你还记得网球场下面的那个中国人别墅吗?”

“嗯。”虽然这样应付着，但富冈的心里其实已不在乎什么大叻、什么中国人别墅了。由纪子却仿佛有意要富冈接着别墅的话题说下去，她这种天真的心态，让富冈感到很不开心。他觉得那些遥远的旧梦，已经没有任何的意义，可由纪子却总想抓住它不放，那又有什么用呢？与之相比，富冈更怀念阿清丰腴的身体，他不由得叹了口气。

突然，由纪子将手抬起来放到了富冈的胸口，可富冈又把它放回了原位。

“咦，怎么了？不行吗?”

“今晚太累了。我想好好睡个觉。”

由纪子缩回手，沉默了良久。她似乎觉察到了富冈的情绪变化，但却做梦也没有想到，此刻的富冈正沉湎于对阿清的回忆之中。

“喂，聊聊南方的事吧……在这样的夜晚，我不知为什么很难入睡……”

“我困了。”

“好久不见了，你怎么这么冷淡？以前的你还是蛮体贴的。”

由纪子再次抬起手来，轻轻抚摸着富冈的胸膛。富冈忽然想起了曾在哪本书里读过的一段话——酿造葡萄酒时，大可不必为了检查质与量而把整桶酒都喝掉。他不想让往事重演！此刻，除了阿清之外，他不想再碰其他任何女人，他觉得自己还没有对异性的饥渴。不知不觉中，富冈沉沉地睡去了。睡梦中，他觉得自己好像在黑漆漆的水中游动。无意中阿清出现了。她半睁着眼，吐着舌头，一张脸看起来虽有些恐怖，却带着一种诡异的妖艳。他在水里一把抱住了阿清，阿清用长腿缠住了他的身体，接着一双手紧紧地抱住了他的脖子。阿清冰冷的舌头触到了他的脸颊，他不禁“啊”的一声叫了起来。富冈被自己的惊叫声吓醒。他发现由纪子的身体正沉重地压在自己身上，一张被泪水浸湿的脸紧紧地贴着自己的脸颊。

四十五

第二天早晨，富冈醒来时，由纪子正坐在阿清的梳妆台前化妆。雨已经停歇，窗外是一片秋日常见的蔚蓝天空。富冈躺在床上看由纪子化妆的模样。他感到一阵后悔，觉得自己似乎正身陷泥潭，难以自拔。

由纪子毫无顾忌地使用阿清的香粉与粉扑，这让富冈感到有些不快。在他看来，女人这种动物真是神经迟钝，不知廉耻。毫无顾忌地使用死人的化妆品，这样的事情，大概只有拥有迟钝神经的女人才做得到。然而，自己呢？或许自己的神经比女人更加迟钝，竟然和另一个女人在阿清的床上睡了一夜！他感到有些后悔，并开始反省自身。他觉得，做错事的应该是自己。梳妆镜前的由纪子显得十分消瘦，原本丰满的双腿细了不少，看起来好像苍老了好多。她的胸部变小了，头发也成了赤褐色，毫无光泽，额头宽得惊人，眼袋无力地向下垂落。

富冈“嚯”地一下从床上爬起来，蹑手蹑脚地下楼洗脸去了。由纪子一面化着妆，一面忍不住掉下泪来。经过昨夜的事情之后，她清楚地意识到她和富冈的关系已无法挽回。听到富冈在睡梦中呼唤阿清的名字，由纪子不得不承认自己的惨败。在富冈的心中，对越南的那些回忆，早已荡然无存。

十点钟左右，由纪子心情抑郁地起身告别，而富冈则以疲劳为托词，没有去送行。由纪子却是真的累了，她早已筋疲力尽！茫然中，一堆没有了灵魂的肉体，向着车站方向缓缓地移动。她不知今后该如何生活下去，内心孤独异常，就像是掉入坑洞中一般无助。无奈之下，她想既然已无处可去，不如下决心投靠伊庭，暂时接下大日向教的那份工作。

由纪子又在无所事事中度过了五天。

伊庭寄来了一封催促信，希望由纪子尽早去报到。由纪子也改变了想法，打算去看一看大日向教究竟是个什么样的组织。她一直没有接到富冈的音讯。她想，只要富冈对她还有一点儿感情的话，也会信守诺言来看她，可现在……她的心意逐渐产生了动摇，产生了向大日向神求问一下，自己和富冈是否还有希望重续前缘的想法。

那是一个炎热的秋日。

由纪子找到了位于池上上町的大日向教所在地。果然如伊庭所说，这里不愧是银行家的宅邸，很有气魄。花岗岩砌成的门框上，装着两扇铁栅门，一条碎石铺成的甬道直通玄关。庭园里的树木修剪得齐齐整整，院子里甚至还有一座房顶铺着镀锌铁皮的新车库。由纪子从侧门进入院内，只见一名教徒模样的消瘦的中年妇女，正戴着一顶大草帽，在庭园里拔草。正门的屋檐下，立着一块木板，上面写着两个绿色的大字“点睛”。玻璃门敞开着，铺着瓷砖的地板上摆放着一大排木屐。玄关的正面立着一扇大屏风，上面绘着飞龙的图案。屏风后面，是一张办公桌。坐在办公桌前的，正是由纪子住院时的病友大津志妹。大津的脸上涂着厚厚的脂粉，身穿蓝色上衣和蓝色裤裙，正低头写着字。玄关的面积很大，通风也很好，让人觉得既凉爽又舒适。或许此刻正值祈祷时间，从里屋传出了一阵吵吵嚷嚷的合唱声。

四十六

如果没有了像野兽在荒山中嘶吼般的祈祷声，这里的玄关很可能被人误认为是一所乡村医院。大津志妹一见到由纪子，立即起身走了过来。

“欢迎光临！教师已经恭候您多时了。”说着，她从鞋箱里取出一双新拖鞋，放在由纪子面前。大津志妹态度从容，表情严肃，像是一名已经在这里工作了多年的老员工。

“怎么样？已经习惯了吗？”由纪子边穿拖鞋边问。大津则摆出一副带着丰厚嫁妆进入婆家的媳妇般的派头，根本没有理会由纪子，只说了声“请这边走”，然后便带着由纪子向走廊的深处走去。

穿过三尺宽的幽暗走廊，在拐角处的一间屋子前，大津跪下来双手着地，恭恭敬敬地禀报：“教师，由纪子小姐到了。”这让由纪子觉得有些荒诞。

“嗯。”房间里传出伊庭的回答声。

大津拉开门，只见一名六十岁左右的男人正躺在军用毛毯上，伊庭的双手在男人身体的上方平伸着。大津从房间的角落里取过一个茶色坐垫，放在门口，示意由纪子坐下，然后轻轻拉上门走开了。对由纪子而言，这里的一切都是那样的不可思议。躺着的那位老人双目紧闭，嘴唇一张一合，铁青的脸上顶着一头枯草般的头发，额上长着一颗大大的黑痣。老人赤着脚，上身是一件白色衬衫，下配一条灰色西裤。伊庭穿着与大津同样款式的黑色宽松外衣，紧闭着双眼。

“明白吗？大日向教的心愿，就是要拯救包括老少善恶在内的一切众生。无论烦恼多深，只要对本教具有强烈的信心，均可获得大日向神的垂怜。现世善恶不足挂齿，最善之事莫过于笃信大日向教而虔诚念佛。恶本不足惧，人类诸恶之中，又以病患为最轻。病患乃肉眼可见之物，诚如行路之路标。盖人心之恶，乃眼所不见、手所不及，此曰恶之地狱，亦可称‘罪孽’。然病患乃轻微之恶，只要日夜口颂大日向经，必能生出强大天力与地力。大日向神之心愿正在于此。大日向教将为你祛除病患……”

伊庭流畅之至地背出这些词句，接着将双手移至老人的肩部，剧烈地抖动着。老人的嘴一张一合地吸着气。

“张大嘴，接收空气中的精气。我的手正在传送大日向教的强大精气……”

由纪子默默地看着这一幕，心想，伊庭一定是疯了。伊庭不时地睁开眼睛，将脸凑近老人的眼睑上方。

“拥有无尽烦恼之众生，有朝一日终究会超脱生死！敬请神明垂怜，除去此人的病恶之因！请赐予他大日向神的慈悲吧！”

伊庭反反复复地重复着类似的词句，然后将抖动的双手静静地放在老人的头顶。过了一会儿，他轻轻拍了拍老人的肩膀，说道：“请起身。”

老人露出一副轻松的表情，从军用毛毯上一骨碌爬了起来。伊庭则从供奉着三件宝物的壁龛上取下一条白布，擦拭双手。

老人整整衣服，端端正正地坐下来给伊庭鞠了一躬。

“怎么样？感觉轻松些了吗？”

“是的！非常轻松，心情也舒畅多了。”

“再做四五次治疗，就可以痊愈了。你的病很重，不可能一朝一夕就能治愈。大日向神绝不像世间的巫师那样信口开河，吹嘘什么立竿见影。本神首先要观察信徒能否虔诚祈祷，然后才为其除去病患。”

“好的！我一定虔诚祈祷。”

“这样最好！”

“请问今天的治疗费，该奉上多少香钱呢？”

“本教不是医院，为人治病完全出于慈悲之心，是不收费的。此乃大日向教之一贯宗旨。对于穷人，本教分文不收，至于有钱人则凭其施舍，本教愿代其祈祷，为其驱除诸恶。”

伊庭说完悠然地坐回桌前。老人显得有些困惑，伊庭见状立即将一本账本递到了他的面前。

“这上面是迄今为止本教信徒自动认捐的治疗费，请您参考。”

老人恭敬地接过账本，放在膝盖上翻阅起来。一位看起来病病歪歪的身穿黑色裤裙的少女，为他们端上了茶来。账本的最上方，是位前大臣的名字，所捐治疗费为五万元。由于该大臣是名战犯，已被处死，因此上面的署名很难判断是真是假。翻阅过后，老人将账本放在毯子上，从桌上的笔盒里取出笔来，在账本上写下了“认捐五百元”几个字。老人付过五百元的治疗费后，礼貌地向伊庭询问下次治疗的时间，然后告辞离去了。

听着老人渐渐远去的脚步声，由纪子不禁轻叹了一口气。

“这可真是个赚钱的生意！”由纪子笑着说。真不晓得这世上吹的是什么风！眼前这个男人，就在不久前，还是个什么生意都做不来的懒汉，如今竟然只要抖一抖手，念上几句阴阳怪气的祈祷词，马上就有五百元进账，这生意未免也太容易了。若是换成以前的由纪子，恐怕早已踢开坐垫，掉头离开了。

伊庭从桌上取过一根洋烟抽了起来。他盘腿而坐，那种姿态俗称“河内山”，是一种很下流的坐姿。

“怎么样？这世界有趣儿吧？没什么了不得的，只要让人相信你就成。说白了，就是变戏法。只要能发出大日向教的精气，病人就会起死回生。现在，我已经无法像从前那样，过靠工资维持生活的日子了……人们渴求获得神佛保佑，却又不知神佛何在，因此就积攒些小钱，前来购买神佛的慈悲。我们就是看到了这一点，所以才生产出大日向教这种产品，卖给大家。你看，每个人都是心甘情愿地出钱购买的！”

由纪子听得目瞪口呆，此刻，她似乎理解了伊庭战后的心理变化。

由纪子向伊庭要了根烟，抽了起来。宽敞的壁龛里，挂着一幅挂轴，上面的字迹同样怪里怪气。景泰蓝花瓶里，插着一棵赤松。十块榻榻米大的房间的正中央，铺着一条军用毛毯。伊庭的桌子摆放在屏风的旁边，从那里可以看到外面的回廊。桌子的旁边，还有一张中国式方桌。或许是因为天花板比较高的缘故，整个房间的配置显得相当协调，通风也很好。狭小的庭院，似乎还兼具中庭的功能，里面晾着几件衣服。

“如果报社觉得奇怪，前来采访，怎么办？”

“没什么，那种人一眼就看得出来。如果觉得可疑的话，我是分文不收的。”

“你的眼光真有那么锐利？”

“当然，既然做这种生意，就必须学会观察人。”

在由纪子看来，这种生意就像色情业一样，不可能做久。不过，战后也的确有许多人心灵空虚，心理异常的人或许也不在少数。

“你身体怎么样？”

“是不是也想让我付费治疗啊？”由纪子吐着烟圈儿，笑着说。她暗自思忖，跟富冈之间的问题，光凭自己，根本无法解决，倒不如暂且留在这里帮一帮伊庭。再者，自己现在也做不来什么正经工作，哪还顾得上大日向教是什么样的组织呢，为了生活下去，与其到酒吧或咖啡店当女招待，莫不如在这里做个荒唐的助手，还轻松些。此外，对世间一切都已经厌倦了的由纪子，还想借助这种地方来诅咒富冈。她恨自己还活在这个世上。她想，如果死掉的是自己，那么富冈一定会反过来痛惜自己的！

“你好像比以前憔悴了好多……”

“嗯，不过，只要吃些好的，再养上一阵子，我也会和你一样胖的。女人嘛，如果没有男人出钱养她，是不可能漂亮的。”

伊庭一边笑着，一边用手指掏着耳垢。这时，外面传来了击鼓声。祈祷结束了。大津志妹走过来催请伊庭，由纪子跟在伊庭后面来到了大厅。只见三十名左右的男女信徒正站在大厅四周，恭候教主和教师。

整幢房子，似乎只有这里是新装修的。二十块榻榻米大的大厅里铺着木质地板，房间里还可以闻到木头的香味儿。三面祭坛的后面，垂着一面紫色的帷幕，帷幕的后面，是一只闪闪发光的月牙镜。

教主成宗专造端坐在祭坛前的一张中国式太师椅上，身穿一袭黑色的道袍，胸前别着一个刻着月牙和向日葵图案的金色徽章。

伊庭站在教主身旁，对众信徒深施一礼，说道：“各位请坐。”

众人在地板上坐了下来，由纪子也跟着坐在了后面，伊庭则坐到了教主旁边的藤椅上。整个场面，看起来很像是过去小学生的礼仪课。教主敲了一下桌上的铜锣，接着口中念念有词，过了一会儿，又在桌子上摊开了一张纸。

“诸位，今天，我要向大家讲解大日向教的第三章教义。请各位穿上道袍。”

众信徒纷纷摊开置于膝上的无袖紫色道袍，披在肩上。道袍上印有“大日向教”几个字，样子看起来像是少了衣袖的外套。

“第三章的教义——尔等须诚心与人交往，共创极乐世界，此乃道也！世人若仅凭一己之力，终将陷于迷途，彷徨痛苦。大日向神拯救众人于地狱之中，超度众人于红尘俗世。但若有人执迷不悟，不信神明，必将万劫不复……”

凉风从敞开的玻璃窗吹了进来。庭院里，园丁正在修剪花枝。咔嚓咔嚓的声音，听起来悠闲之至。

“神明之所以赐给每人五十年的岁月，乃是为了让人牺牲自我，努力修行……”

在地板上坐久了，由纪子感到腿脚有些发麻，于是悄悄地伸开了蜷着的双腿。

四十七

富冈为清吉聘请了律师。他觉得只有这样，才能够使阿清的亡灵获得解脱。虽然由纪子一直要和他一起开始新的生活，但富冈对她的感情，已经冷漠得连陌生人都不如。最近，他听说由纪子加入了一家宗教团体，心想这样倒也好。

富冈整天把自己关在阿清生前住过的房间里，除了睡觉之外，大部分时间都在撰写稿件。因为只要稿子写得好，多少总可以换些稿费，这样自己就不需要见任何人。富冈很满意自己现在的这份工作，他已经厌倦了那种每天按时上下班的生活。至于朋友开的那家肥皂厂，他连招呼都没打就不去了。从目前的心态看，富冈整个就是一个不折不扣的流浪汉。他不再回浦和探望家人，妻子邦子的来信，他也是连拆都没拆，便原封不动地扔到了柜子上。对于久卧病榻的妻子，他已经没有丝毫的感情。他知道自己年迈的父母，目前只能够勉强糊口，但他实在不知道该怎样帮助他们。卖房子的钱，大部分已被他用于木材生意，赔光了。他知道，自己留给家人的那点儿钱，顶多够他们维持一年半载的生活，而且还要精打细算才行。

富冈摊开如草纸般粗糙的稿纸，开始写关于“漆”的随笔。他在脑海里搜寻着南方的记忆，就像在记忆的海洋中航行一般。

——漆树原产于日本、中国、印度支那、缅甸和泰国。

在用铅笔写下这一行字后，他忽然觉得有些头晕。最近，他常常会感到头昏脑涨。或许是一直不能按时进餐的缘故，他觉得自己的身体越来越差。虽然心里急着要用这篇稿子去换一万元的稿费，但脑子却怎么也不听使唤。他忽然觉得，漆树产自哪里其实并不重要。于是，提笔将文章改写成了回忆录的形式。

——战时，笔者曾被派到东京①的首府河内。其间，曾受邀前往一座名叫“富寿”的小镇。

富寿镇位于河内的西北方向，距河内约一百三十公里，是世界著名的漆树产地。漆树，属“漆树科”，在我国被称为“黄栌”，在东京当地则被称为“凯松”。与日本养蚕地区的情况相同，富寿本地的农家均以栽种漆树为副业。

① 此处指越南北部地区。法属期间，这一地区曾被更名为“东京”。

安南漆过去被称为“壶漆”，一般品质较差，价格也很低廉，所以，日本老字号的漆商，大多对其敬而远之。然而，由于战争时期，日本国内对漆的需求量激增，因而漆商也开始竞相进口安南漆。

笔者虽然只在富寿的漆树园做了几天的调查，但却深感如果能将种植黄栌作为副业，在日本农民中大力推广，则优质的日本漆必能远销海外。与日本漆相比，安南漆的干燥度极差，若不能在技术上获得改进，则世界第一漆产地之美名，必将难以为继。不过，在价格方面，安南漆却十分低廉，远非日本漆所能比拟。

富寿的农民，一般要把刮下的生漆运到镇上的集市，卖给收购商。富寿的漆市，兼卖各种日用品。集市上，各种商品一应俱全，宛如打开的玩具匣，令人目不暇接。每逢市集，农家妇孺均着盛装前往，那情形颇似过节。

写到此，富冈停下了笔。他想，自从返回日本后，自己的生活越来越索然无味，与那时相比仿佛相差了一个世纪。他想远赴海外，可是在现阶段，那只能是不切实际的幻想。他担心照此下去，自己将深陷其中难以自拔。尽管他知道，这儿才是属于他的世界。富冈一面削铅笔，一面注视着闪闪发光的刀片。他突然觉得自己失去了写作的动力——就算日本漆能够远销海外，又能怎么样呢？与越南或中国相比，日本漆的产量少得可怜。富冈和衣躺下，呆呆地盯着小刀的刀刃。他想到了死去的阿清，心情愈加沉重起来。尽管阿清生前总是和他吵架，可是现在这只桀骜不驯的野兔，却死在了清吉这只狂暴的猎犬手里。而自己则像是个一时心血来潮的猎人，躲在山岩的背后窥伺着阿清。他觉得正是自己的狡诈，让清吉成了一名杀人犯。想到此，富冈将小刀的刀刃压在了自己手腕的动脉上，可是，却怎么也没有勇气压下去。

由于从早上起一直没有吃东西，富冈感到有些眩晕，想要呕吐。想到文章写得不太顺利，他索性站起身来，穿上脏兮兮的衬衫和黑色的哔叽长裤，走下楼梯。他从门口的鞋箱里拿出一双阿清穿过的木屐，趿拉着走出了大门。

虽然已是黄昏时分，夕阳西斜，但街道上依然亮如白昼。富冈在街上闲逛了一阵后，走进了车站附近的一家小酒馆，准备喝个一醉方休。他叫了杯烧酒，一口气喝干，接着又叫了第二杯。店内没有其他客人，一阵烧烤的香味儿从里屋飘散出来。看起来像是老板模样的中年男子，正站在柜台后面，小声训斥一个十五六岁左右的少女。小女孩儿冲着墙壁站着，不时地用手将短发拢到耳后，看起来满脸的不高兴。

“怎么？还敢给我脸色看！你个黄毛丫头，现在就敢跟男人鬼混……说，你昨晚在哪儿过的夜？”

富冈一面喝着酒，一面听男人训斥女儿。

“你到底在哪儿过的夜?”

少女始终低头不语。

富冈又叫了第三杯酒。浓浓的醉意，让他的心情舒畅了不少。他想，自己已经很久没有看电影了，莫不如一个人去看场电影，解解闷。刚才挨骂的少女给他端来了第三杯酒。少女没有化妆，肤色虽然较黑，但一双眼睛却是又大又亮，看起来颇有几分姿色。未经修整的眉毛又黑又粗，排成直直的一条横线。少女将酒杯放在柜台上，冲着富冈嫣然一笑，那眼神令人感到神清气爽。

三杯烧酒下肚，富冈觉得自己的人生观彻底改变了。醉意，让他忘记了所有的烦恼。他打算今晚回家后，一口气把那篇关于漆树的文章写完，邮到杂志社去。富冈醉醺醺地走出小酒馆，摇摇晃晃地在街头漫无目的地游荡起来。在三轩茶屋附近，他走进了一家电影院。这天上映的电影，名为《银座三四郎》。影片的男主角是一位医生，由于忘不了过去的女友，经常借酒浇愁。富冈迷迷糊糊地坐在电影院里的一角，边看边想，“这个医生简直就是个流氓!”片中，男主角将纠缠他昔日女友的几个地痞，一口气都扔进了河里。一位料理店店主的女儿好像很喜欢这位男主角，可是每次见面，又总要与他争吵一番。这情景让富冈想起了阿清，虽然两个人的外表相差很大，但性格却很相似。或许是喝醉了的缘故，富冈觉得这部片子的情节根本就讲不通。他越看越觉得无聊，索性中途离开了电影院。此时，天色尚未全黑。

自从卖掉手表后，富冈的时间观念已经完全消失了。他猜不准现在是几点，于是跑到一家商店门口向里面望了一眼，发现已经快八点了。没想到逛了这么长的时间！不过，他还是觉得有些不够尽兴，于是又转身向电影院方向走去。在车站附近的市场里，他看到一家木板搭成的小酒馆，于是摇摇晃晃地走了进去。鸽笼般狭窄的酒馆里，坐着一位浓妆艳抹的中年妇女，热情地将自己的坐垫递给了富冈。

“老板娘，来一杯烧酒!”

“哎哟，兴致不错嘛！刚才在别人家喝过酒啦?”

富冈将斟得满满的一杯烧酒缓缓地送到嘴边。屋檐下的灯笼被风吹得摇摇晃晃，上面写着“佳木斯”几个字。

“老板娘是从满洲回来的吧?”

“是啊？您怎么知道的?”

“我看到灯笼上写着‘佳木斯’几个字。”

老板娘身穿浴衣，胸前系着一条蕾丝边围裙。高高的额头下，排列着小小的眼睛和鼻子，眼睛的周围有些发黑，脖子上由于涂了厚厚的一层香粉，看起来白白的。柜台上放着炖好的鱼、火腿片以及煮鸡蛋等。富冈从盘子里抓起一片火腿放入了口中。

“我是独自一人从海外回来的，当时身无分文。别看我现在做这种生意，在佳木斯，我可是当了十年教师的。哎，人的命运真是难以捉摸！对现在这种生意，我根本就不熟悉。所以，大家都说我外行，注定要失败的。”

“老板娘今年多大岁数?”

“您看我有多大岁数？其实，我还年轻呢！只是操劳过度，看起来有些苍老。”

“女人的年龄可不好猜。大概四十岁左右吧!”

“哎哟，好伤心啊！我看起来像个老太婆吗？我今年不过三十五，还是花样年华呢……”

富冈不禁感到愕然！这女人可真敢说谎，竟然说自己三十五岁。他原想猜她五十岁，因为怕她不高兴，才故意少猜了十岁。

“喔，那真是太抱歉了！三十五……那还蛮年轻嘛！人生才刚刚开始啊。对了，刚才你好像说你丈夫已经去世了。真可惜，你还这样年轻貌美……”

老板娘笑得合不拢嘴，又用小碟装了两片火腿摆到了柜台上。

“是啊！自打在佳木斯分开后，我就再没有见过他。他原先在宾清的协和会工作，没想到就这样撇下我走了。不过，我现在已经不想他了……”

又一杯酒下肚，富冈开始觉得天旋地转。虽然明知人生就像是个旋转舞台，但在这里遇见一位曾在遥远的佳木斯教书的女人，还是让他觉得这世界真是不可思议！他频频地伸出手去，反复地说：“老板娘，握个手吧。”

“你丈夫真的死了吗?”

“真的啊！在朝鲜，我遇到了一位他的同事，我向那个人打听得一清二楚。听说，他是用猎枪自杀的……”

“喔……”

故事听起来越来越复杂，也越来越有趣儿了。第三杯酒下肚后，富冈已经烂醉如泥，趴倒在柜台上。

四十八

时光荏苒，转眼已是秋天。由纪子一直在大日向教的道场里做会计工作。大日向教的内部事务极其混乱，教主专造是个近乎于守财奴的家伙，经常为金钱问题与伊庭发生激烈的争吵。由纪子现在已经完全掌握了他们的脾气，只要有空子可钻，总忘不了为自己存些私房钱。专造和伊庭的口头禅是“有钱能使鬼推磨”，由纪子有时禁不住讥讽大日向教其实就是“大金钱教”。她的身体已经完全康复，皮肤也恢复了光泽，看起来比以前年轻了许多。大津志妹如今就像是专造的情妇，而由纪子也在不知不觉中和伊庭重修旧好。伊庭将妻子儿女都送回了静冈，还在道场附近为由纪子买了一间小房子。不过，由纪子并不爱伊庭，甚至有些恨他。小房子共有三个房间，除她之外，还住着一位中年女信徒。她每天从这里去道场上班。由纪子已经存了大约十万元的私房钱，教主“有钱能使鬼推磨”的教诲，使她在金钱方面变得越来越精明。由于信徒人数日益增多，大日向教的势力也越来越大，如今已成为当地的知名教会。

由纪子始终忘不了富冈，她曾几次寄信给他，却都石沉大海。她知道自己和富冈的关系已经无法挽回，不过，对现在的生活，她也不抱任何的希望。尽管衣食无忧，可她的心灵却总是异常地饥渴。

在一个雨夜，由纪子从道场回到家，脱下黑色制服，换上便服后，便和那位女信徒一起坐在饭厅里，开始吃饭。无意中，她瞥见放在暖炉旁的晚报，上面的一则农业杂志社的广告吸引了她的目光。“漆话——富冈兼吾”几个字，让她回想起在阿清的房间里，富冈曾给她看过的那本农业杂志。她立即拜托女信徒，到附近的书店买来杂志，读了起来。

富冈的文章虽然还有一些新手的生涩，但读起来却通俗易懂。其中的那些两人在安南共同经历过的往事，再一次燃起了由纪子心中的热情之火。她恨不得立即飞到富冈的身边，与他相见。然而，由于一直对阿清的亡灵耿耿于怀，她还是觉得有些磨不开面子，主动去找富冈。不过，她有一种感觉——自己心灵的饥渴，除非见到富冈，否则很难获得解脱。她想了好多好多……自己过去对富冈的指责，的确有些过分！无论阿清在富冈的心中占有何等重要的地位，自己绝不能输给她！富冈堕落了，自己也堕落了，这究竟是为什么？或许正因为他们两人都过分看重那个无法挽回的旧梦，才会彼此厌恶现在的对方！阿清其实并不是他们之间的唯一问题。如果那样的话，当初他们也不会想去殉情。

从阿清出事到现在已经过了两个多月，此时的富冈可能已经摆脱了阿清的阴影。

“哎，大婶，这是我昔日恋人的名字!”

正在收拾餐具的女教徒接过杂志，仔细看了看由纪子手指的地方。女人的名字叫阿繁，过去一直靠卖鱼为生。战争中，她的两个儿子相继战死，今年春天老伴儿也去世了。由于遭到一连串的不幸，她加入了大日向教。伊庭很看重她守口如瓶这一点，所以安排她到由纪子这里做女佣。

“这篇文章写的是什么内容?”

“关于油漆的事，就是涂在这些碗、盘子上的油漆。”

“你以前的男人是做油漆生意的吗?”

“不是！他是农林部的官员，是个很了不起的人！过去，我在农林部做打字员。战争中，我以军方文职人员的身份去了越南。在那里，我遇见了他，彼此相爱……”

由纪子说着说着不禁伤感起来，眼眶一阵发热。

“战争结束后，我们带着痛苦的心情先后回到了国内。可是，不知为什么，在越南时的炽烈感情，一回到国内却突然降了温，彼此变得生疏起来。先前我还想和他一起殉情，为此还去了伊香保，可是……”

阿繁一边慢条斯理地用抹布擦饭桌，一边听由纪子讲话。

“在伊香保时，因为缺钱用，他就将手表卖给了一间小酒馆的老板，结果却惹来了麻烦。他和老板的老婆有了那种关系。我真想不通，男人在想要殉情时，竟然还能鬼迷心窍……这件事让我对他彻底失去了信心。从那时起，我就开始破罐子破摔，无论做什么事情都提不起精神。其实，我一点儿也不爱伊庭。不过，任何人在饥饿时都会变得沮丧，心灵的饥渴可以使人变成野兽。原本相亲相爱的两个人，在陷于饥饿时，不知是不是也会变得相互讨厌……这就像乘船，当船在风平浪静的海面上行驶时，谁都不会呕吐，可是当暴风雨袭来时，人们就会晕船，不管你多想留下美好的记忆……就是这么回事……如今我又回到了伊庭的身边，现在我并不晕船……但我讨厌伊庭，他比我还要坏。我虽然比过去坏了好多，但总比他强……教主也是个坏人。大婶，你受骗了……”

“没错，这我也很清楚。可是如果不相信大日向神，我就活不下去。我并不相信教主和伊庭，他们两人根本算不了什么……”

阿繁这番相信大日向神却不相信教主和伊庭的话，让由纪子心头一震。她觉得自己先前的优越感，一下子被击垮了。

“确实是这样！我只相信无形的大日向神。”

“可是大日向神当真存在吗?”

“我曾经望着自己的指甲想，无论世人发明出多好、多方便的东西，却创造不了人。人的身体，即使是一个指甲，都是神创造出来的。所以，人的指甲比原子弹更可怕。因为，神就住在人的身体里。无论是多了不起的学者，也发明不出一块指甲，绝对发明不出来。指甲是与生俱来的，也是父母亲所赐的。如果没有神，就不会生出人类，是不是？人总会有各种烦恼，所以，我必须要有一种信仰，否则就很难活下去。由纪子小姐，我劝你还是马上去找他，把心里的话说清楚，你说呢？男人一般不轻信别人的话，是很难驯服的动物。不过，如果女人好好讲的话，男人还是能够理解的。我说的好好讲，并不是指喋喋不休地说个没完，而是什么也不说，只是静静地坐在他的身边庇护他，这就够了。”

由纪子闻言，不禁“扑哧”一下笑出了声来。她觉得自己好像很久没有这么开心地笑过了。

四十九

《漆话》一文总算换来了一些稿费，富冈的生活也因此得以延续。他拿出一部分稿费，补交了拖欠的房租，剩下的钱估计勉强还可以维持两个月的生活。富冈现在已经习惯了孤独，他开始着手写一篇构思良久的名为《一位农林技师的回忆》的文章，准备投给那家农业杂志社。在文章中，他想把自己对南方林业的怀念之情记录下来。在越南时，他写了好多研究记录，却一份也没能带回来，如今只能凭着记忆去写。如果文章能够顺利写成，杂志社又肯登载的话，他打算将它献给死去的加野。另外，在内心深处，他还希望以此文来祭奠那些客死越南的同胞的亡灵。他记得在安南，无论哪个阶层的人，都有很强烈的自然信仰。他们认为一切自然现象、社会现象都受灵魂的主宰。他们相信，人只要活在世上，他的生活就要受灵魂的左右，人世的一切祸福也都由灵魂来支配。

富冈回想起自己初抵大叻时的情景。那一天，在林务局的办公室里，局长介绍自己和加野相识。当时，加野从桌子上拿起一小块儿木片，伸到他的鼻尖儿，笑着问他："富冈先生，你见过真正的沉香木吗?"

接着，他又说："来到战地后，由于接触不到女人，在闲极无聊之下，我便开始研究沉香木，这也算得上是风雅吧?"

富冈很想把自己抵达越南后，第一次见到沉香木时的这段往事，作为文章的开头。"沉香"是中国人使用的名字，在日本，它被称为"伽罗木"，这也是加野告诉他的。记得去西贡的农林研究所时，他曾在位于植物园附近的部长办公室里，看到过一块很大的沉香木。莫南部长告诉他，沉香木在法语里叫作"波阿·多·埃谷尔"。中国自汉武帝时代起，便开始使用沉香。印度、埃及以及阿拉伯国家使用沉香的历史也很悠久。安南人崇拜神灵，所以建了很多的寺庙，人们常常把点燃的沉香作为香火。据说，出产于安南南部地区的沉香质地最佳，几与黄金等价。富冈记得，初识由纪子时，自己曾将一片儿小手指甲大小的沉香，塞到她的枕头下面。那时，每次去寺庙，只要他对僧人略施小惠，总能获得一小片儿沉香。在安南人的宗教和熏香之间，富冈感到一种神秘的联系。

文章已经写了二百多页。在写作过程中，富冈发现在自己对越南的回忆中，已经完全没有了由纪子的影子。相反，他倒是常常想念越南女佣妮芙和她的孩子。他感觉到，自己之所以对越南的景色念念不忘，恐怕完全是因为这片土地所具有的令他怀念的香气。

近来，富冈去拘留所探望清吉的次数也越来越少，算来已经一个月没有去了。他所关注的焦点就像是走马灯一般不断地转换，很少能够对一件事情关注到底。他觉得自己就像是一团还没有完全燃烧，就已经被社会这个相互咬合的齿轮抛到了外面的火星儿。监狱里的清吉与监狱外的自己，其实并没有什么根本性的区别。那些被关在监狱中的囚犯更像是好人，而自己这种被社会抛弃的人，反倒更接近于罪犯。富冈暗自怀疑，“刑法的良心”是不是真的存在。造成阿清遇害的祸首，原本是自己这个猎人，可是入狱的却是清吉这条猎犬。这个男人，竟然要选择死刑这种愚蠢的方式来结束自己的人生。有时一想到清吉，富冈就会变得心浮气躁，总觉得良心不安。他想，如果说清吉已经做出了犯罪这种“行动”的话，那么自己所犯下的过错，只是还没有发展到“行动”而已。让富冈觉得意外的是，每次他去探监时，清吉总是表现得很开朗。这不禁使他对律师的话产生了怀疑，因为律师认为清吉的性格阴郁而又孤独。

富冈不愿意多想这些事情，可是清吉的那副笑脸，即使在写作时也时常会浮现在他的眼前。猎人豢养的猎犬遭到了囚禁，可是当猎人前去探望时，猎犬却总是一副毫不在意的表情……这种情形，让富冈感到清吉还真是怪可怕的。由此，他想到了加野。加野也是因为做了他的猎犬，而被关进了西贡的宪兵队。如今，加野已经去了另一个世界。即使在卧病期间，富冈也没有去探望过他。加野是在他们二人没有和解的情况下，带着遗憾走上黄泉路的。可是，由纪子却独自一人远赴横滨探望了加野。听说，加野还就自己伤害她的事情，向由纪子表达了歉意。富冈回想起这些，觉得自己简直已经卑鄙到了麻木不仁的程度。

到了夜晚，富冈不知怎么很想喝点儿烈酒。现在，他每天只能写五六页的文章，按照这种速度，要想将这篇关于南方林业的文章换成稿费，显然还为时尚早。由于没有其他的生活来源，每当酒瘾发作之时，富冈便去卖阿清的家具或者衣服。柜子卖掉了，行李箱卖掉了，就连阿清的衣物也已经卖了个精光。那位长着一双大眼睛的少女家的小酒馆，他已经去过七八次，与少女也渐渐地熟络起来。有两次，小女孩儿还专门来他这里收过账。

这会儿，富冈写得有些累了，他想好好地去泡一泡澡，于是伸手去拿挂在墙上的毛巾。这时，从墙壁里隐约传出一阵女人的笑声。一时间，他错以为是阿清。在伊香保，那天晚上他和阿清牵手步下石阶时，她就曾发出过这样的声音。他将耳朵贴在墙上想仔细地听一下女人的笑声，没想到，门外突然传来一声“叔叔”的叫声。他把头转向门口，发现小酒馆的那个大眼睛少女正抱着两三本杂志，站在门口向里面探望。

“原来是你……”

“您一个人在家吗?”

“是啊！什么事？来收账吗?”

“我是来玩儿的。”

“哦……”

富冈心想，这姑娘可真够大胆的。少女迅速跑进房内，将手里拎着的脏木屐扔到床下，然后坐在床沿儿上，没来由地傻笑起来。富冈这才明白，刚才的笑声原来是她发出的。富冈与少女并肩坐下，伸手搂过了少女的肩膀。少女则天真地张着嘴，仰头窥视着富冈。看着眼前这张略显黝黑的脸，富冈发现这竟然是一张典型的南方人的面孔，在越南，这样脸孔的人很多。

“我爸每天都要骂我，我想吓吓他，就偷着跑了出来……”

“你爸爸是因为你净干坏事，觉得担心，才骂你的。”

“才不是呢！他是因为我妈要和他离婚，才整天烦躁不安的。我都快神经衰弱了！上次我还跑到派出所里去过夜，深夜的派出所可真有趣儿……”

“你在哪个派出所过的夜?”

“离这儿很远呢。那儿的警察人很好，也很亲切。”

富冈觉得自己实在无法理解这种女孩子的心理。

五十

时序已经进入了冬季。在穷困潦倒中，富冈完成了近五百页的《一位农业技师的回忆》，可却未被采用。杂志社说，目前出版界的状况很不景气，暂时还无法登载。富冈非常失望，他觉得自己好像突然置身于一处陡峭的山坡，随时有可能坠入深渊。原本就不安定的生活，如今更是失去了唯一的经济来源。没办法，他只好到职业介绍所去碰运气，同时找到在农林部工作时的老朋友帮忙。可是，结果却令他大失所望。

富冈整天躺在没有暖炉的房间里睡大觉。虽然有时不免会想起由纪子，但这只能让他更加鄙视自己。由于从夏天起就没有付过房租，房东要撵他搬家。另外，他母亲也从浦和找到了这里，向他诉说邦子的病情和生活的困窘。

新年刚过，在一个下雪的早上，富冈接到了邦子过世的电报。他立即将床铺卖给了旧货店，急急忙忙赶回了浦和。贫穷的生活，夺去了邦子的健康，她死时的样子简直惨不忍睹，那死法近乎于自杀。除长期的营养不良之外，她还患上了淋巴结炎。原本需要动手术，可是或许是由于担心病人既没钱又过度虚弱的缘故，医生只交代她多呼吸些新鲜空气，给她开了点儿鱼肝油。后来，由于腹股沟处已经化脓，所以不得不将患处切开，插上了排脓用的胶皮管。尽管病情已经发展到了这种地步，可邦子还是咬牙不肯动手术，直至悲惨地撒手人寰。家里一贫如洗，连买棺材的钱都没有。

在闻知阿清的死讯时，富冈还多少有些惋惜之情，可是对于妻子的死，他却没有丝毫的悲恸，有的只是自责。因为战后他一直没有尽到做丈夫的责任。现在，他甚至连为妻子买棺材的钱都没有。他恨自己竟然落魄到了这种地步。

从早上起，雪花一直飘个不停。

不用说请和尚来为妻子诵经，富冈现在连把遗体送到火葬场的钱都没有。万般无奈之下，他只好硬着头皮去找由纪子。

富冈穿着父亲的旧外套，一大早便赶赴东京，按照信上的地址找到了由纪子的住处。在一座小巧的二层楼房前，他看到了写着“伊庭”字样的门牌。涂着油漆的大门里，有一棵结着红色果实的绿树，树枝上压着厚厚的雪花。富冈刚要敲门，里面便传来了一阵尖锐的犬吠声。他毅然拉开镶着毛玻璃的格子门，没想到怀里抱着白色小狗的由纪子正从对面楼梯上往下走。身穿黄色夹克、黑色长裤的由纪子，望着狼狈不堪的富冈，一下子吓得连话都说不出来，一动不动地站在原处。与夏天时相比，由纪子好像是换了个人。脸变圆了，身材也丰满了，整个人年轻了不少，好像又恢复了在越南时的模样。她怀里的那条长毛小白狗，伸出红色的舌头，神经质地对着富冈狂叫不止。由纪子狠狠地敲了一下小狗的脑袋，说道："哎哟，我还以为是谁呢?"

对于由纪子的巨大变化，富冈感到十分吃惊。由纪子抱着狗转身上了二楼，接着从楼上传来"咣"的一声关门声。过了好一会儿，她才重新走下楼来，带着富冈来到了客厅。由纪子偷偷转过头去，吐了一下舌头，似乎在说你到底还是落魄之至地找上门来了。她觉得心里好像出了口恶气般的舒畅，同时又有一股揪心之痛。

由纪子一下子就猜到富冈是来借钱的。她掀开被炉上的柔软棉被，按下开关，连看都不看富冈一眼，故意用甜甜的声音说道："天气冷，请到被炉里取取暖吧。"

"你的变化可真大。"富冈连外套也没脱，便听话地将脚伸进被炉里，然后凝视着由纪子说道。

"变成什么样了?"

"变得年轻了。"

"是吗?其实，我的生活也并不清闲……"

由纪子在富冈的对面坐了下来。她好像刚刚洗过澡，两只手红润润的。房间里放着一只大火炉，上面的铁茶壶"咕嘟咕嘟"地冒着热气。屏风的旁边是一张梳妆台，梳妆台旁有一个小架子，架子上摆着一个玻璃盒，盒里面是一个在海边戏水的娃娃。

"想必你已猜出了我的来意。"

富冈原打算在玄关处，单刀直入地提出借钱的事。如今钻入被炉后，不知为什么，反倒有些难以开口。他仔细打量起由纪子的家，想看一看她的生活状况如何。从二楼又传来一阵狗叫声。

"伊庭先生呢?"

"去道场了。"

"你一个人在家吗?"

"嗯，我请了一位大婶帮我做家务，她去买东西去了。"

"真是位阔太太……"

"噢，是吗……"

由纪子面无表情地应付着，心里却对自己这种阔太太的身份感到好笑。

"战争结束后，男人变得越来越差劲儿，而女人却变得越来越强悍了……”

由纪子边冲茶，边拿腔作调地应了一声“是吗”。

一直让她魂牵梦萦的富冈，看起来一下子苍老了两三岁。她一面用眼角的余光审视着富冈，一面对自己的冷淡感到不可思议。

“邦子昨天过世了。”

“什么？您夫人过世了？”

由纪子瞠目结舌。她的眼前浮现出曾有过两面之缘的富冈妻子的模样。当初，自己在跟踪富冈时，曾去过他位于五反田的家。在那里，她遇到了他的太太。由纪子忘不了当时的情景。现在回想起来，她禁不住热泪直流。富冈厚着脸皮前来向旧情人借钱，此刻看到她夺眶而出的眼泪，多少有些吃惊。自己跟这个女人一起经历过的一件件辛酸的往事，突然在他干涸的心灵中激起一阵涟漪。他不知该怎样劝慰她，只是茫然地望着抽泣不止的由纪子。

由纪子之所以哭泣，却并非因为与富冈的旧情。她是因为回想起当时自己如丧家犬般的遭遇，才流泪的。然而，当她发现自己的眼泪对富冈产生了意想不到的效果时，便再也控制不住自己的情绪，从梳妆台上拿过一条湿毛巾，掩住脸号啕大哭起来。

原本茫然地看着由纪子哭泣的富冈，也渐渐地变得激动起来。那条湿毛巾上的香水味道，令他心神不宁。他起身来到由纪子身边，伸手搂过她的肩膀，顺势将毛巾抽走。富冈有些兴奋，他没想到由纪子竟然这样深爱着自己。富冈抱紧由纪子柔软的身体，开始热烈地接吻。一股新鲜的女人体香强烈地刺激着他，他的手在由纪子丰腴的腰肢上不停地游走，像是在抚摸一个全新的情人。由纪子则像一名接受治疗的患者一般，任由富冈摆布。

不久，两个人共有的回忆，在意想不到的地方，以与过去相同的形式得到了再现。这是一种世上最高形式的水乳交融，这种融合使得他们终于又可以分担彼此心灵的创痛了。

五十一

时钟响了十二下。

富冈泡在由纪子家的澡盆里，觉得自己好像从穷得五六天不能洗澡的苦日子里，获得了解脱。小小的浴槽里，放得满满的热水，开始从贴着蓝色瓷砖的槽壁向外溢。他一面向身上涂抹白色的进口香皂，一面回想起妻子病逝时瘦弱不堪的样子，不禁有些伤感。温暖的浴室外，飘着冰冷的雪花。富冈抬头仰望窗外的积雪，仿佛窥视到了将人类社会分隔成两个世界的庞大而又可怕的横断面。他觉得自己就像是个迷路人，漫无目的地行走在广袤无垠的雪野上，找不到心灵的归宿。熊熊燃烧的煤气炉发出嗞嗞的声响。

在轻柔的蒸汽中，富冈对着镜子刮起了胡须。刮胡刀或许是伊庭的，管他呢！他拿起刀来，将曾经让他心惊肉跳的刀刃贴在脸上，刮了起来。他为自己在历尽世间的沧桑后变得如此卑贱而感到苦涩。人就是这么单纯，动辄为一点儿小事而产生波动、变化。然而，人又出乎意料地坚强，即使跌倒了，也可以马上面带微笑地站起来。

由纪子抬头瞧了瞧时钟。女教徒还没有回来，这让她悬着的心放了下来。大婶平时出门买东西，便时常晚归，今天竟然比平常还要晚。一点钟，由纪子还要去道场接大津志妹的班。她打定主意，今天要把保险柜里的钱财盗取一空。她知道教主成宗专造的寝室里有一个大保险柜，里面藏着道场的全部财产。另外，道场前台的小保险柜里，通常也有二三十万元的现金。最近，大日向教生意兴隆，捐款如雪片般飞来，治疗费也急剧增加。道场每天收到的水果、蔬菜、布匹等，更是堆积如山。

由纪子做好饭菜，拿出伊庭常喝的威士忌放在餐桌上。富冈也洗完澡，精精神神地从浴室里走了出来。看着为营造一场浪漫的二人酒会而欢快地忙碌着的由纪子，富冈露出一副不可思议的表情，心里有一种偷窥般的快感。被关在二楼的小狗叫个不停。富冈钻入被炉里，感到有些头晕。他接连喝了两三杯威士忌。在酒精的刺激下，富冈抑郁的心情，渐渐好转了起来。

大婶终于回来了。一开始，她对眼前这个陌生人还感到有些茫然，不过，从由纪子待客的态度里，她很快便猜出这位就是由纪子那个写《漆话》的旧情人。由纪子从箱子里取出两万元现金，虽然有点儿舍不得，但还是痛痛快快地用报纸包好，塞入富冈的坐垫下面。富冈带着感激的目光望着由纪子。

一点钟，富冈和去道场上班的由纪子一起出了家门。由纪子边走边问："今后你打算怎么过?"

"怎么过？你也看到了，我现在这副样子，还能怎么过！这笔钱恐怕也没那么快还你，不要紧吧?"

"嗯，不要紧！对了，你还住在目黑那儿吗?"

"是!"

"我还想再见你一面……"

由纪子感到难分难舍。她觉得既然邦子已经过世，今后自己就可以毫无顾忌地和富冈在一起了。不过，想到富冈还要去买棺材，她也不好再提和好之事。由纪子说还想再见自己一面，富冈当然明白她的用意，但不知为什么，富冈很忌讳谈这件事，更何况他现在没有一点儿谋生的能力。他不知道该怎样回应由纪子才好。

在田园调布车站，两个人带着难以言状的心情挥手告别。

由纪子穿着伊庭的长筒靴，踩着积雪赶到道场，接替大津志妹的班。大津志妹今天要陪教主去热海。由纪子坐在电热垫上，久久凝视着庭院里的雪景。虽然雪已经停了，但铅灰色的天空却仍然飘着片片乌云，令人感到有些寒意。她很同情富冈的遭遇，但又觉得没有谋生能力的男人似乎欠缺了一点儿魅力。她原打算从自己背后的保险柜中偷出所有的钱，然后和富冈一起远走高飞。但此刻，她的心情意外地冷静了下来。自己还有两三个小时的时间，还可以再慎重地考虑一下。前台的电灯开着，伊庭似乎正和自己的心腹们，在教主的房间里饮酒作乐。聚集在讲堂里的二十名左右的信徒，正坐在冰冷的地板上祈祷。

电热垫散发出的热量，让由纪子的身体渐渐热了起来。她想起了富冈做爱时的那种野性力量，禁不住露出了微笑。正是这种力量，让由纪子刻骨铭心。她觉得自己的肉体里，至今仍残留着富冈的威猛。她不能不为此而动心。富冈的一切都可以引发她的爱意，她甚至愿意为他繁衍后代。她觉得，只有在富冈那儿，自己才能够得到这种爱。

内心中激烈翻腾的波浪，将由纪子推向了身后的保险柜。她将老鹰般的双手伸向了保险柜——这里有滚滚而来的金钱，但对她而言，这儿的生活却平淡而又无聊，充满挥之不去的烦恼。她想摆脱目前这种莫名其妙的生活。她觉得，一个人躲在这样的角落里生活，实在太过寂寞。

由纪子若无其事地翻阅今天的捐款单，意外地发现上面有一笔很大的金额。她打开保险柜一看，里面竟然有将近六十万的现钞。其实，四五天下来，保险柜里有这么多的钱原本并不稀奇。可是今天，在由纪子的眼里，这笔钱却别具魅力。由于大津志妹每天都要清点，并且要报告教主和伊庭，所以，保险柜里的钱原本是动不得的。然而现在，由纪子却不愿在黄昏时分将它上缴。教主房间里的大保险柜，通常只在星期天晚上才会打开。今天是星期天，照例教主要和伊庭在这一天偷偷点数一周的收入。但今晚教主不在家，估计大保险柜要到星期一的晚上才会开启。如果是这样，由纪子便有两天的逃跑时间。

由纪子为自己寻找各种借口。她知道自己卷款潜逃后，女教徒必定会将富冈来访之事禀报伊庭。由纪子左思右想，感到十分疲倦，于是起身来到讲堂。祭坛上，电子蜡烛大放异彩，信徒们正在大声地祈祷。

“尔等须诚心与人交往，共创极乐世界，此乃道也！世人若仅凭一己之力，终将陷于迷途，彷徨痛苦……大日向神拯救众人于地狱之中，超度众人于红尘俗世。但若有人执迷不悟、不信神明，必将万劫不复。法莲华经……大日向神降临之处，黑暗尽消，白日光辉，世人将免受在暗夜中徘徊之苦……”

由纪子在地板上坐下来，一面倾听信徒们的祈祷声，一面静静地合掌闭目，可是内心的烦躁却像一团乱麻，无论如何也清静不下来。浮现在她眼前的，不是神，而是一沓沓诱人的钞票。她找不到神的踪影，也无法接收到伊庭所说的大日向神的精气。神明根本就不存在！在宽敞的地板上，有的只是一群仿佛乘上了诺亚方舟一般的教徒，看起来阴森森的。

伊庭满面红光地走进讲堂，挺着发福的身躯，环视一下正在祈祷的信徒，然后打开玻璃窗，向院子里吐了口痰，随即又粗鲁地关上了窗子。看到由纪子也坐在入口处祈祷，伊庭露出了一副满意的神情，缓缓地走回了里屋。在伊庭眼里，这些信徒就是一群无知的幼童，他那渐渐远去的背影，看起来自信满满。

由纪子注视着烛火通明的祭坛。挂在紫色幕布后的镜子还在闪闪发光。她将视线投向了镜子，希望能够在镜子里找到神的影子，但却什么也看不到。庭院的草坪上，积雪开始慢慢地融化。外面大概是起风了，玻璃窗被吹得吱吱作响。

由纪子又想起了富冈，早上的快感仍紧紧地包围着她，令她留恋不已。

五十二

办完邦子的葬礼，富冈又在浦和住了五天。葬礼结束后，他就像卸下了一副沉重的担子，轻松了不少。他将妻子的棉被以及随身物品廉价地处理掉，对死者的回忆也都随之烟消云散了。对他而言，邦子老早就是个毫不相干的陌生人了。他为阿清的死痛苦过，但对妻子的过世却只有如释重负般的感觉。在葬礼的同时，他和邦子的一切都结束了。作为他的妻子，邦子的一生可以说是寂寞的一生。自打富冈从越南回国后，邦子便成了有名无实的妻子。想当初，他将邦子这个朋友的妻子弄到手，但他们甜蜜的夫妻生活却只持续了短短的两年，之后他便被派到越南工作。倘若没有这场战争，或许富冈会和邦子过一辈子普通公务员的家庭生活。可是在回到阔别五年的日本后，他发现自己和邦子之间已经有了难以拉近的距离。无论对于邦子还是富冈，战争都是一种难以承载的重负。在穷困潦倒的战后生活中，彼此双方都失去了相互扶持、共创新生活的热情。最终，他们成了纷飞的劳燕。为妻子送葬归来后，富冈觉得十分轻松。

年迈的双亲，提出要返回信州松井田①的老家，靠帮人种田安度余生。于是，富冈便将浦和的那间小房以十四万的价格，卖给了一名在国铁上班的男子，让二老带着这笔钱回了老家。父亲的弟弟在松井田务农，家里闲着一间过去用于出租的库房，刚好可供他们安居。

富冈返回东京的那一天，天气十分晴朗。一跨进房门，他看见车站旁那间小酒馆的大眼睛少女正裹着棉被在看杂志，那样子就像是躺在自家的床上一样轻松。见富冈走进门，少女嫣然一笑。自从去年年底来过一次之后，少女便一直不见踪影。不知什么时候，她竟然烫了头，脸上还化了妆。有一次，富冈曾借着醉意，开玩笑似的亲了一下少女的嘴，但他们的关系仅此而已。没想到，现在她又一次找上门来。

“刚才有一位漂亮的姐姐来找你，但被我赶走了……”

富冈一下子没猜出她说的漂亮姐姐是谁，过了一会儿，才想到应该是由纪子。

“是个什么样的姐姐？”

---

① 位于群马县境内。

“打扮得很时髦！身穿一件高级的条纹外套，脚上穿着尼龙袜，还拎着一只亮晶晶的黑皮包。她还坐在这儿抽了一支烟呢！”

“你和她说了些什么？”

“她问我是怎么认识你的，我告诉她，我是你的相好。她一听便皱着鼻子笑了起来，我一气之下，就铺开棉被躺了下来。”

“她走之前没说什么吗？”

“她说还会再来的。另外，她问我是否要一直住在这儿，我回答是……然后她便露出很奇怪的表情。我很讨厌那个女人，她看起来好像很冷酷。她还仔仔细细地打量了好一阵屋子里的东西。我想，她可能不会再来了。我这样做没错吧？”

“你这孩子可真过分……”

“咦，原来那位姐姐是你的心上人？”

“是我老婆！”

“骗人！人家都说你老婆被人杀了。这些事我都知道的！”

少女恶作剧般地笑着坐了起来。她上身穿着夹克衫，下面却只穿了一件脏兮兮的内裤，丰腴的膝盖整个露在外面。富冈移开视线，伸手扭开了电暖炉的开关。空旷的房间里连张床都没有，令人感到冷冰冰的。富冈不知该坐在哪里好，他迟疑了一下，在桌前坐了下来。桌子上凌乱地散放着少女的粉盒，还有一支廉价的口红和一把掉了齿的红色梳子。富冈露出了苦笑，心想，由纪子看到这些，肯定会想这个负心郎到底还是改不了好色的本性。

“喂，叔叔要开始工作了，你回家吧！”

“我现在已经无家可归了。前一段，我一直住在鹭之宫的养静园，可是我逃出来了。那里一点儿也不好玩儿，整天要做糊航空信封的工作。你看，我手上都长出冻疮来了。后来，我想起了叔叔您，所以才逃了出来。我现在回家，还是要被赶出来……除了您这儿之外，我已经无处可去了。”

“养静园是什么地方？”

“是专门收容像我这种不良少女的地方。在那里，我整天糊那些红蓝条纹的信封。刚开始，还觉得那些漂亮的信封蛮有趣儿的，可是很快就厌倦了。整天看那些像理发店招牌似的图案，日子久了，眼睛里就像是积了一堆垃圾，大家都担心会变成色盲呢。”

富冈觉得心很累，生活中的一切都让他感到疲惫不堪。他不禁怀念起从前那段悠闲的公务员生活。过去，曾被自己鄙视的“平凡生活”，如今反倒成了最美好的记忆。在做公务员的时候，生活中也会有各种烦恼，但那时的烦恼却不像现在这样阴晦。记得那时，他有时也会因痛苦而大声地叫喊，但十年后的今天，他觉得自己衰弱得连叫喊的力气都没有了。自己的生活就像是发了霉一样，越来越无聊。与此同时，富冈觉得自己仿佛变成了一个旁观者，冷眼观察着世人发了霉的生活方式。望着眼前这个乳臭未干的少女那桀骜不驯的样子，富冈觉得自己好像看到了战败后日本社会的一个缩影。少女或许也已经心力交瘁了。

然而此刻，对于富冈而言，少女却是个烦恼的存在。

“喂，我送你回家好吗?”

“不！我想待在这儿。”

“为什么不肯走?”

“别嫌我烦嘛！今天外面好冷。睡在这儿，总比睡在车站强。我不会打扰你的，让我住下来吧。”

“不行！我送你回去。你最好还是回家住！”富冈冷冷地说道。

少女躺着不说话，过了好一会儿，才一骨碌爬起来，默默地拿起丢在枕边的裙子穿上，用包袱布包好自己的东西离开了。小姑娘用力关上门，发出了很大的声响。富冈不禁扭过头来看了一下，心想，少女的心里一定相当地不满。他茫然地站在那里，内心十分痛苦。在他看来，少女的青春年华，被她本人白白地浪费了。他实在搞不懂，这个孤独、无知、神经质而又有些歇斯底里的小恶魔，究竟为什么要流浪街头？少女的下场，大概不是进监狱，就是自杀！一想到这些，富冈不禁有些反胃，他狠狠地踢了几脚地上的棉被。富冈回想起了邦子入殓时那瘦得像煎饼似的身体。他一边踢着棉被，一边为邦子的惨死而感到眼底发痛。那个女人也去了，没有享受到一丁点儿的幸福，就像块破布似的去了。尸体装入棺材后，即将盖上棺盖儿的那一幕，在此刻，勾起了富冈强烈的感伤。

五十三

由纪子没有和女教徒打招呼，便拎着简单的行囊离开了家。她没有再回头的打算。带着对新生活的强烈憧憬，她坐上了出租车，前往富冈的公寓。不料，在那里，她却碰上了一名疯疯癫癫的少女，这让她改变了主意。由纪子离开富冈的公寓，重新坐上了刚才那辆在外头等候的计程车，直奔品川站，准备搭火车回静冈。她是因为实在没地方可去，才想到要去静冈的。

由纪子就像是个一时心血来潮的旅行者，漫无目的地坐上火车，茫然地凝视着窗外冬日的黄昏景色。她原打算回老家去看一看，但随即又打消了这个无聊的念头，因为她不想遇到熟人。

在八点钟左右，火车到达了三岛①。由纪子临时改变了主意，在三岛站下了车，她打算从这儿搭乘电车去修善寺。在电车上，她仔细观看各个车站的广告牌上的住宿广告。在名为“长冈”的小站，她取下放在行李架上的行李，下了车。或许是深夜的缘故，由纪子觉得这个平凡的小镇，与东京的郊外并没有什么不同。一位前来接客的老者，把由纪子带到了一家名为“山吹庄”的小旅馆。虽然设施简陋，但却是新装修的。不过，对于由纪子而言，住什么样的旅馆都无所谓。她连外套都没脱，就先给富冈发了一封电报。

旅馆的客人看起来并不多，显得很安静。由纪子将上了锁的行李箱藏进壁橱上方的一个小柜子里，然后换上旅馆的浴衣去洗澡。她始终静不下心来，携六十万元巨款潜逃一事，让她有些心虚。不过，她并不害怕伊庭或教主，她只是意识到，即使世上有六十万元的幸福，她现在也很难用这笔钱买到它！然而，事到如今，想回头已经来不及了。

洗完澡，她在服务员端上的餐桌前坐了下来。可是，饭菜却很难填补她心灵的饥渴。她步出旅馆，冒着寒风在街上闲逛，可周围到处都是黑漆漆的街道，无奈，她只好在水果店里买了几个橘子后，返回了旅馆。她恨不得富冈立即赶过来陪她，于是又写了一封电报，求女服务员帮忙发出去。她顾不得旅馆的人是否会起疑心，还故意半开玩笑地向女服务员透露自己正在等候情人。由纪子原以为自己得到了这笔巨款，马上就可以和富冈携手开始幸福的生活，可是现在，拥有金钱的满足感，却令她更加的孤独难耐。

---

① 位于静冈县内。

深夜，由纪子辗转难眠。躺在飘散着糨糊味儿的床单上，听着窗外“飕飕”的寒风声，她对富冈的思念之情如火一般燃烧起来。半夜里，她几次起来，打开柜门确认行李箱是不是还在，直到天亮都没能安稳地睡上一觉。

在由纪子发出第四封电报之后，富冈终于赶到了长冈的山吹庄。旅馆老板前来通知正在吃晚餐的由纪子有人来访，随即身穿破旧外套，头上连帽子都没戴的富冈走进了房间。他一脸愠怒地坐下来，开口便说：“说什么‘不来就要出人命’，哪有这么拍电报的！”

富冈的到来，让由纪子感到很开心。她很想和富冈一起分担这两天的不安。她立即吩咐女服务员拿上酒来，然后满心欢喜地等候富冈洗完澡出来。她一面听着女服务员的揶揄，一面莫名其妙地傻笑个不停。

洗过澡，富冈边在餐桌前落座，边问：“什么时候到这儿的?”

“昨天晚上。接到这样的电报，一定大吃一惊吧?”

“嗯，我隔壁房间的太太也吓了一跳。”

“对不起，我实在太想见到你了！有很多事想和你说，告诉你，我已经离开伊庭那儿了。”

对此，富冈并没有感到吃惊。

“你打算做什么?”

“也没什么，只是受不了那儿的生活，所以才离开的。我做了一件坏事……”

由纪子像是做了恶作剧的孩子一般，天真地将自己从教会偷出六十万元钱逃跑之事，一五一十地讲了出来。

“伊庭现在可能已经报警了吧?”

“不会的！因为他们做的是见不得人的事，是骗钱的宗教！如果把我送进警察局，道场的秘密就会被曝光。所以，我想他们是不会自寻烦恼的！再说，对于他们来说，损失六十万块钱，不过相当于撞坏了一辆汽车罢了……反正他们做的都是无本生意，赚的是不义之财……”

“你会遭报应的……”

“如果是大日向教的报应，那没什么可怕的，因为大日向神根本就不存在。至于伊庭嘛，他要送给我的那间房子，大概也值这么多钱……”

“真是个有钱人！看来宗教这东西，只要运气好，还真能赚钱！”

两三杯酒进肚后，富冈有了些醉意，心情也逐渐放松了下来。说了一大堆教主和伊庭的坏话之后，由纪子心中的罪恶感也好像减轻了不少。富冈觉得他和由纪子这段漫长的感情纠葛似乎是一种宿命。阿清死了，邦子也死了，唯独由纪子还活着，而且活得充满斗志。想到这儿，富冈觉得自己今后大概很难甩掉这个女人了。

由纪子想起了“世人若仅凭一己之力，终将陷于迷途，彷徨痛苦”的祈祷词。她想，即使明天就被伊庭抓到，只要今天的迷途能让自己高兴，也已经足够了。她已经把一切都豁出去了。用过餐之后，由纪子吩咐前来收拾碗筷的女服务员，再拿几瓶酒来。

“一想到伊香保，我便觉得咱们能够活到今天，真是侥幸……”

“那之后的日子，其实是画蛇添足……”

“是吗？可是你的生活不是很丰富多彩吗？还有了阿清这样一位情人……”

富冈默不作声。

“如果不是阿清死得那样悲惨的话，我应该还可以过得幸福些。一看到你的脸，我就觉得阿清的阴魂至今还没有散去，真可恶！我这可不是醉话。因为她，我们俩一直不能像现在这样推心置腹地交流。我恨阿清，到现在还在恨她！我觉得那个女人很讨厌……”

“你叫我来，就是为了谈阿清的事吗？”

“不，不是！我先前并没有想这些……可是一看到你那阴沉的表情，我就觉得那个女人的亡灵，至今还附着在你的身上。当初在伊香保，我们两个怎么就没有痛痛快快地死掉呢？”

“现在，你有勇气死吗？”

“你有吗？”

“我没有……”

“是啊……我也没有。”

“现在，我们已经没有死的必要了。岁月为我们安排好了一切。”

“这话是什么意思？”

“没有什么特别的意思。”

“是不是说，我从此就可以跟你在一起了？”

“在一起？嗯，不大可能吧！我打算明天就回去。这一点，来之前我就想好了……”

或许是喝醉了的缘故，由纪子觉得眼前一团雾水，眼泪扑簌簌地掉落在胸前。听富冈说今后不大可能和自己在一起，由纪子颤抖着嘴唇，抽抽搭搭地问：“为什么？”

“对不起，最后还是要让你伤心。你问我为什么不能在一起，其实，我也没有明确的理由。或许这就是现实吧！听说你偷了道场的钱，我觉得很对不住你，可是我暂时不需要妻子，也不需要女人。我想认真地做些工作，我已经习惯了过穷日子。现在，就连那间公寓，我也要住不成了。不知道你愿不愿意就这样心平气和地和我分手？”

由纪子突然觉得那六十万元的钞票，仿佛变成了沉重的铁锚，向自己的头上砸落下来，她感到一阵钻心的痛。

五十四

听到“心平气和地分手”这句话，由纪子禁不住愣愣地望着富冈的脸孔。她想，不管心里怎么想，这个人总不该在自己面前讲“不需要妻子，也不需要女人”之类的话。由纪子一时陷入了沉默之中。

富冈醉了。他觉得今天醉酒的感觉很奇特，与过去完全不同。他把胳膊肘放在桌子上，边喝酒边望着由纪子，眼神中一片茫然。那是一种由纪子从未见过的冷漠表情，她想，或许他天生就是这副样子。由纪子仔细打量着富冈，只见他脸颊瘦削，眼眶发青，每次将额前的头发向上拢时，都会习惯性地用手揪一把。另外，他还不时地拉开浴衣的前襟，用手拍打几下红黑色的胸膛。由纪子觉得眼前这个男人十分陌生。她一动不动地望着这个陌生的男人，忽然闻到一股熟悉的体味儿。她想，或许正是这浓浓的男性体味儿，强烈地吸引着她。她又一次把酒杯递到了富冈面前。很快，她也醉了。

由纪子很想大醉一场。她觉得自己携款潜逃的良苦用心，并没有得到富冈的理解，自己今天早上的想法实在是太过天真……虽然她知道，即使和富冈在一起，自己也不一定幸福，但就是忘不了他。

由纪子的醉意越来越深，她觉得全身的皮肤都开始发麻，就像是吃了有毒的河豚。她想借着酒劲儿痛骂富冈一场。醉意蒙眬中，不知不觉地，她又提起了在越南时的往事。

“哎，我绝不会像你那样，对什么都感到绝望。我一定要活下去，你就在外面养你的女人吧！在河内的收容所里，我读过一本名叫《俊友》① 的小说，你就像是小说中的男主人公……只不过，那个男主人公是个把女人当成梯子，步步高升的浪荡公子，而你呢，只是将女人当作梯子，却不能向上爬……”

富冈没读过这本小说，但一听到由纪子将自己形容为“将女人当作梯子”的浪荡公子，不禁火冒三丈。他一把抓过由纪子的手腕，大声吼道：“你叫我来，就是为了说这些吗？我是个男人，即使你有一千万，也不会靠你养活的。别从教会偷了点儿钱出来，就装出一副了不起的样子！你要是真那么爱我的话，干吗还要跑到伊庭那儿去？”

“什么？你说什么？你自己在外面乱搞女人……”

---

① 法国著名作家莫泊桑（1850－1893）的长篇小说，发表于1885年。

“你也可以找男人嘛!”

富冈松开由纪子的手，一骨碌躺倒在榻榻米上，痛苦地闭上了眼睛。不知为什么，他突然想起了自己在顺化住过的、位于克列孟梭桥畔的“豪华大旅馆”。当时，他为了购买树木种子，出差去顺化拜访山林局局长马尔康先生。想当年，投宿在豪华大旅馆时的自己，是何等的风光！可是现在，却落魄到了要靠女人偷钱过日子的地步……富冈不禁暗自嘲笑自己。由纪子说他将女人当成梯子，或许并不为过。

前一阵子，在农林部工作的朋友，要介绍富冈到日本最南端的屋久岛①工作。虽说是好马不吃回头草，他也并不想再做什么公务员，可是在目前这种走投无路的情况下，他也只能重操旧业了。除鹿儿岛之外，朋友还为他推荐了另外两个可供选择的地方。一个是和歌山县的高池町，那儿的林业试验场正在招聘一名技师。此外，和歌山县伊都郡九度山町的高野营林署也有一个空缺。富冈想，与其到和歌山，莫不如到南疆孤岛——屋久岛的营林署去。当时，他回答朋友说，等走投无路时，一定去找他。现在，他觉得与其这样在东京鬼混下去，倒不如早下决心，重新到深山里去工作。过去，他虽然想去屋久岛，但由于没有妥善安排好年迈的父母和生病的妻子，所以一直有些顾虑。如今邦子已死，父母也已去了松井田，他已经无牵无挂。他相信，只要找朋友帮忙，自己很快就可以拿到去屋久岛的调令。

富冈根本不了解屋久岛到底是个什么样的地方，只知道该岛是屋久杉的原产地。在他的印象当中，屋久岛就是个无人岛。朋友曾笑着说，该岛的一切全都由营林署在经营。岛上民风淳朴，雨季时会接连下一个月的雨，若想去的话，一定要做好心理准备。既然准备重当公务员，富冈觉得与其到和歌山的高野山区，不如去更远的屋久岛。为此，他曾看过地图，发现屋久岛是种子岛附近的一个圆形岛屿。

富冈闭着眼睛想屋久岛的事。由纪子爬到他的身边，嘴里叨叨咕咕地说着什么，富冈却懒得理她。由纪子将脸贴到富冈的胸前，说道：“为什么你的心飞得那么远？为什么突然变得这么冷淡？是因为我去投靠伊庭，惹你生气了吗?”

“不是，现在我已经不知道生不生气了。战败后，每个人都变得麻木不仁……都丧失了自我判断能力。人生的目标不再由自己，而是由周围的事物来决定……是这个国家的现状决定了你我的一切。虽然我们可以用你身上的这笔

---

① 位于鹿儿岛县南部的小岛，内有屋久杉原始森林，1993 年被指定为世界文化遗产。

钱，重温一下旧梦，过一段安逸、荒唐的生活，但这终归不是长久之计。你我还是像无根的浮萍，不会有什么好的结果……”

“那就自杀吧！在伊香保我们就应该死，却没有死成。等这笔钱用光了，我们就自杀。你不是曾经想我和你一起死吗？”

“死是很痛苦的事！”

富冈突然想起《恶灵》中提到的自杀方法。他想，如果一块房子般大小的巨石，向着头顶砸来，不知道人会不会感到痛苦？不过，人站在那里，想象着一块几百吨重的巨石即将砸中自己时，一定会感到非常恐怖！或许这种恐怖，要比被巨石砸中的感觉，更令人痛苦。富冈现在对任何一种自杀方式都感到恐怖，就像是对巨石的恐惧感一样。

“死是非常痛苦的！”

“只要死了，就不会感到痛苦了。”

“不，如果能够顺利地死掉，倒也罢了。若是不顺利，那将十分痛苦……”

“我能忍受痛苦，却无法忍受你讨厌我。”

由纪子揪住富冈浴衣的前襟，用力地撕扯。

“我不是讨厌你，而是喜欢你。我只是想，我们都应该改变一下自己的生活方式……你想回到伊庭的身边也好，想用这笔钱谋个差事也好。反正这世界已经变成了这副样子，你我之间的浪漫爱情早已随着战争的结束而消失了。你年纪也不小了，最好别再像个少女似的，有那么多的幻想。其实和你分开时，我也会梦到你，而且在梦里也会有销魂的感觉。人就是这么一回事。把脸转过来！今晚我们好好谈一谈，我不想不明不白地和你分手。我真的不是因为讨厌你才跟你分手的，如果讨厌你，我就不会来这儿了……”

富冈从榻榻米上爬起来，将壶中的凉酒倒入了杯中。女服务员不经意间走了进来，要为二人铺床。富冈又要了一壶热酒，之后和由纪子一起走出房间，在回廊的椅子上坐了下来。回廊里，冷飕飕的。

两个人面对面坐在桌子两侧，一言不发。不一会儿，床铺好了，两个人又回到房间，将火炉和茶几拉到壁龛处，开始喝酒。由于加了些木炭，火炉里重新升腾起了蓝色的火焰。

“有什么话，尽管说吧！”

“别催我嘛，其实，也没什么重要的话……我只是想，你我都已经过了寻死觅活的年龄了。”

“你真自私！”

“为什么?”

“不为什么！我是抱着求死的心情跑出来的!”

“求死的心情？这可不太好！我还不想死……记得《马太福音》上有这样一段话：‘在生死关头，人应该选择小门，而不是大门。因为通向大门的死亡之路很宽，上面走着很多的人。相反，与生相连的小路却很窄，门也很小，能够发现它的人也很少……’我想，你我二人早已经错过了死亡之门。我刚才说了，死是痛苦的，我害怕死。”

“那我就一个人去死!”

富冈露出冷酷的表情，冷笑着小声说：“随你便吧!”

五十五

第二天，两人醒来时已将近中午。富冈躺在被窝儿里看了会儿报纸。报上满是国铁工人将在二月份举行罢工的报道，富冈无聊地将报纸扔在枕边，张口打了个哈欠。由纪子望着白色窗帘上的污点出神。一想到富冈还可以回到他那间小屋，而自己却无家可归，由纪子不禁烦躁起来。金色的阳光透过窗子照了进来。由纪子将手臂伸到被窝儿外面，对着阳光愣愣地瞧着。富冈翻过身，趴在枕头上，伸手取过香烟点着了。

“你打算什么时候离开这儿?”

“我想坐两点钟左右的电车走!”

“非回去不可吗?”

“你想怎么办?”

“我还能怎么办? 我已经无家可归了!”

富冈盯着吐出的烟雾出神。由纪子讨厌回到伊庭的身边，如果真想回去的话，她就没有必要像现在这样死缠着富冈不放，只要偷偷地跑出来，跟富冈约会后，再偷偷地跑回去就成了。由纪子不想自杀，但也无意返回伊庭的身边，这一点是不会改变的。她不想再说什么。她想要富冈再多陪她一会儿，然而，在内心深处她已不抱任何幻想。想到今日一别将成永别，由纪子禁不住泪如雨下。

富冈觉察到由纪子正在哭泣。其实，他又何尝感受不到由纪子的心意。他把烟蒂捻熄在烟灰缸中，走到由纪子的身边，伸手抱住了她。昨晚由于醉得厉害，两人讲讲话便睡着了。可是现在真到了要分手的时刻，总免不了要缱绻一番。

“现在，我们还能这样抱在一起，可是再过两三个小时，就要分手了，彼此将形同陌路。”由纪子伏在富冈的胸前，伤心地说。此时此刻，二人的心情就像是晕船一样难受。

“打起精神来!”

“嗯。”

“我原本不想说，其实，我不久就要重新开始工作了。”

“什么?”

“大约一个星期后，我就要去新的工作地点报到了。”

“工作地点？在什么地方？”

“要从鹿儿岛坐船过去。那地方叫屋久岛，是个边境地区。”

“屋久岛？我从来没有听说过。”

“那里的营林署有个空缺，我打算到那儿去，在山里面住个五六年，甚至一辈子……”

由纪子紧紧地抱住富冈的肩膀，哭了起来。

“不要！我不要你去那么远的地方……要不，你就带我一起去！”

“不行啊！那是个寂寞的岛屿。再说，你根本不可能在那种地方待五六年的。反正我一年要回东京一次，到时候还能再见面。现在，我也不晓得自己能否干长久，总之，想先到那儿看看再说！”

由纪子呆呆地发愣，内心中想象着自己尾随富冈去屋久岛的情景。

“哎，那个小姑娘，该不会跟你一起去吧……”由纪子突然冒出了一句。

“小姑娘？”

“是啊！你房间里，不是睡着一个漂亮的小姑娘吗？还盖着你的被子。”

“喔，她是附近一家小酒馆老板的女儿，是个不良少女。”

“你是不是跟她有关系？就像和阿清那样……”

“胡说！”

“我不相信你会一个人去那么远的地方……”

“是一个人！我一个人去！”

“是吗？不过，那又怎么样？男人总有办法找到安乐窝，可女人却很难有容身之处。”

“你可以回伊庭那儿去……”

“你以为那是我最好的选择吗？”

“除此之外，你还有什么选择？”

“我是绝不会回伊庭那儿的。要是那样的话，我这次来见你，岂不成了偷情？你不要侮辱我！我是为了和你结婚，才下决心跑出来的，因为你现在已经是一个人了。自从返回日本后，你我曾为许多事情而迷茫，也因为自暴自弃而误入歧途，我们的罪过是相同的。如今，我们总算顺利通过了那道死亡之门，我想我们不应该分手，而应该共同努力去寻找通向生的小门。你说过，人不应该怀旧，但又说分手后会梦见我，可见你是个浪漫主义者，是个怀旧之人。我不明白，为什么你已经孤身一人，却还要和我分手？如果是讨厌我，那就明明白白地讲出来……那样的话，或许我会照你说的回伊庭那儿去。总之，我想不通，你为什么不结婚？”

富冈默不作声。他的心里其实还残留着阿清的阴影，只是无法说出口。他打算去屋久岛工作，然后拿出一部分薪水，为阿清的丈夫聘请律师。细想想，阿清也是自己与由纪子感情纠葛的牺牲品。但如果将这些话和盘托出的话，由纪子肯定又要大发雷霆。所以，唯一的办法，便是用一些暧昧之词，将自己的真心掩饰过去。

两人又去泡了一会儿澡，然后坐在饭桌前吃起了迟到的早餐。算起来从上次去伊香保到现在，刚好过去了一年。富冈蹲在梳妆台前，对着镜子梳理头发，却发现镜子里的由纪子正用犀利的目光看着自己。

“你好像很幸福!”

“是吗?”

“跟我断绝关系后，你是不是很轻松?”

“是!”

“你这个人真冷漠，过去就这样……”

“你是说我吗?”

“嗯，就是你！我现在越来越觉得加野可怜……”

“你一定很怀念他吧……”

“我的确怀念他，为什么他要死呢？死了就什么都没有了。”

“所以，你无论如何都要活下去!”

“现在再要去找生的小门，恐怕太迟了。”

“还不迟!”

“哎，你要不要带上十万块钱走?”

“你要给我十万块吗?”

“嫌少吗?”

“不，已经不错了。”

“给你二十万块也无妨!”

“不是自己的钱，花起来倒是大方!”

“这本来就是不义之财！大日向教，每天都是财源滚滚……”

“都是通向小门的入场费吧!”

“大概是吧……”

由纪子从柜子里取下了行李箱。富冈把梳子放在梳妆台上，说道：“我一分钱都不要。只要有了工作，我什么都不会缺。对你来说，这倒是一笔重要的钱。”

“有什么重要？我根本就不需要钱……”

“这怎么可能！对任何人来说，钱都是最重要的。”

“我现在明白了你为什么要一个人去屋久岛。不晓得我猜得对不对，不过，我认为一定是这样的……你心里始终没有忘记阿清，是不是？或者是因为你太太？”

富冈在壁龛前坐了下来。这时，女服务员端着热茶走了进来，富冈顺便向她打听起电车的时间来。

五十六

既然富冈要回去，由纪子也无意再待在旅馆里。办好退房手续后，两人一起坐电车到了三岛，接着又乘上了开往东京的火车。由纪子已无处可去，富冈无奈只得先带她回自己的公寓，他总不能就这样狠下心来，丢下她不管。两个人在品川站下了车。在站台上等电车时，两个人的心情稍微好转了一些，脸上也开始有了些笑意。

就这样，由纪子跟着富冈回到了他的住处。一进入房间，富冈便看到了一张农业杂志社寄来的明信片，通知他将分期刊载《一位农业技师的回忆》那篇文章，这让他的心情好转了不少。

由于电暖炉出了毛病，由纪子放下行李后，立即出门到附近的木炭配给所买高价木炭。富冈翻出书稿随便翻阅起来。这时，邻房的太太拿着一张名片走过来告诉他，刚才有一位叫伊庭的先生来过了。富冈随手将名片装在口袋里，他暂时不想让由纪子知道这件事。

过了一会儿，由纪子满脸通红地走进屋来。除了木炭之外，她还买了许多食物，手里还拎着一大瓶酒。富冈不禁同情起由纪子来，他觉得有些愧对这个充满孩童般幻想的女人。他心里相当矛盾，不明白自己为什么总是辜负女人们的一番情意。他对女人的天性产生了一丝恐惧。准确地说，是对自己体内的另一个自我的恐惧。他此刻的心情，就像是个罪犯般内疚。他觉得女人与男人的不同之处，在于她们不喜欢回首过去的痛苦。她们身上那股孩童般的天真，对男人具有极大的诱惑力。

既然伊庭找上了门来，那么此处便不再安全，还需尽早动身去屋久岛才好。只是，富冈不知道该如何向由纪子解释。

“你不想重回过去的工作单位吗？如果你有这个想法的话，我可以托人去问一问。这样，你就可以再租间房子，过清闲的生活，还可以学点儿东西，说不定还能找到合适的结婚对象……”

由纪子狠狠地瞪了富冈一眼，那神情似乎在说“不要再说这些事了”。她已经豁出去了！她不在乎昨天，也不在乎明天，只想拥有今天。何况手里的六十万元现金，也使她多了些底气。她想，有了这笔钱，自己好歹能够撑一阵子。她甚至想，万一过不下去的话，自己就一个人跑到屋久岛去找富冈。这男人身上的味道，令她实在难以抗拒。这股伊庭和加野身上所不具有的男性气息，令由纪子如痴如醉。如果能够舍得和富冈分手的话，她早就从品川直接回伊庭那儿去了，根本没有必要再到他家来。

由纪子熟练地在厨房里忙活起来，那样子就像在这里生活了很久似的。富冈没办法，只好从口袋里拿出名片递到由纪子的面前。由纪子大吃一惊。

“咦，伊庭来过了？什么时候？他怎么知道这儿的？真奇怪……”

“是大日向神告诉他的吧……”

“别开玩笑了，他究竟是怎么知道的呢？我从来没把你的住址告诉过任何人！”

“大概是因为阿清的事吧？”

“不，应该不会！就算他知道了阿清的事，也不可能知道这个地方。”

由纪子对伊庭的出现百思不得其解。富冈的心理则多了些焦虑，仿佛在被人追踪一般。

“总之，我现在这副样子，只要有地方可去，无论是哪儿都无所谓了。求求你，带我去屋久岛好不好？如果哪天厌倦了，我就一个人回来，哪怕只住一两个月也好！这样的话，我也就死心了。”

富冈原本无意带由纪子去那个南疆小岛，可是伊庭的出现，却改变了他的想法。第二天一大早，他跑到朋友家，求朋友尽快帮他安排去屋久岛的事。之后，他又揣着书稿，去了位于丸之内的农业杂志编辑部。

富冈在编辑部坐了一个多小时，才等来自己认识的那位记者。记者告诉他，昨天早上有人来编辑部打听《漆话》一文的作者地址。富冈这才恍然大悟，因为由纪子说她买过那本农业杂志。显然，伊庭是看到杂志后，才想到要向编辑部打听自己住址的。

由纪子一整天都在外面闲逛。她提着行李接连看了两三场电影。她知道，富冈不在家时，如果伊庭来的话一定会把自己抓回去。对于她而言，能够顺利地跟富冈到屋久岛去，才是最重要的。她甚至拿出钱来，为阿清的丈夫聘请了律师。如今她已别无他求。

直到深夜，由纪子才返回富冈的住处。第二天，她又提着行李到外面闲逛。这样的生活一直持续了一个星期左右。到了第七天，富冈收到了一封伊庭寄来的快信，信上说很想见他一面，并请他指定见面地点。就在同一天，去屋久岛的调令也办好了。富冈随手撕掉伊庭的来信，扔进了垃圾桶里。由纪子对此却还有些担心。不过，转念一想，既然自己要和富冈远走屋久岛，那么就没必要再害怕伊庭他们了。

接下来的几天，富冈忙着四处辞行，还抽空修改了一下书稿。又过了一个星期，他才将整理好的行李送到托运处，将房间腾了出来。

富冈始终有些犹豫不决，直到离开东京的那一天，他还在考虑要不要把由纪子留下来。可是一想到自己已经让她拿钱为阿清的丈夫聘请了律师，现在再撇下人家不管，实在是说不过去，便只好顺其自然了。在越南收容所里的那段生活，让富冈养成了凡事顺其自然的习惯。记得马来人在搬运木材时，每当遇到意外情况，总要说上一句“阿派·波雷·波阿多”。对现在的富冈来讲，没有比这句意为“没办法”的话，更让他心安理得的了。

他觉得自己的确是没有办法。虽然没有直接触摸由纪子的钱，但实际上现在的所有费用，都是由纪子支付的。富冈为自己的无能而感到难过。前一段时间被媒体热炒的二月大罢工，虽然被政府禁止了，但世间的骚动却愈演愈烈。富冈觉得，像自己这样一根筋的人，很难在东京生活下去。他想，自己生活中的许多矛盾，或许与东京的现代生活不无关系。在遍历了各种曲折之后，他不知该何去何从。他想，除非离开东京，改变一下生活环境，否则自己很难洗心革面，开始新的生活。对于自己所处的被动地位，他深感懊恼，觉得自己好像和这个社会脱了节。在他看来，社会就像是飞速旋转的传送带，将人们带到东西南北。这股社会的洪流，挤压得自己喘不过气来。他甚至好像闻到了第三次世界大战的硝烟。在这种精神涣散的状态下，他实在不想和由纪子再续前缘。然而，这段前缘却总是剪不断，理还乱，像细菌似的在自己的生活中生根、繁殖。

二月中旬的一天，两个人乘夜车离开了东京。

五十七

“I lale diable au corps”，意思是“恶魔附在我身上了”，这是加野在大叻时的口头禅。当富冈追问恶魔是谁时，加野用下巴指了指由纪子。

这一趟漫长的火车之旅，让富冈感到无聊至极。望着丝毫不觉得无聊、大口大口吃着零食的由纪子，他不禁有些愕然。清晨时分，火车抵达了京都。如果没有由纪子同行，富冈很想在京都站下车，逗留一天。或许是身上从没有带过这么多钱的缘故，由纪子每到一站都要下车，到站台上买来一大堆食物。富冈将头伸出窗外，望着由纪子身穿外套的背影，发现这个女人已经青春不再。由纪子好像为富冈买了包香烟，她转过头来向富冈这边望了一眼，一张面孔看起来苍白而又干涩。

火车经过大阪、神户，来到舞子①的海岸时，车窗上映出了铅灰色海面反射出的白色光芒。由纪子竖起衣领进入了梦乡。这班驶往终点博多站②的三等列车里人满为患，就连通道上都坐着乘客。没有暖气的车厢内，因挤满了人而变得闷热异常，地板上满是食物的残渣。富冈茫然地望着由纪子的睡容。经过这些天的折腾，她的眼底出现了三角形的暗影，干裂的嘴唇上，口红凝成了一条条的线，眉毛上长出了不少新的茸毛，小巧的鼻头泛着油光，眼皮偶尔会出现几次神经性抽动。他想，恶魔终于睡着了。可是，恶魔却只是装睡而已。她感觉到富冈正在看自己，不禁笑了起来。富冈慌忙移开视线。由纪子睁开眼睛看着富冈，那神情似乎在说“你又想说我什么”，接着，便又开始剥放在膝盖上的橘子。

在萧瑟的冬日里，披着白霜的田地、仅余烟囱的残破工厂，以及山川、海洋等，都在轰隆的车轮声中，向后面飞快地闪去。

抵达博多时，已是深夜，外面下着雨。虽然已经十分疲倦，但两个人还是立即换乘了开往鹿儿岛的列车。经过这一段折腾，他们仿佛变成了两堆烂泥，坐在座位上动弹不得。由纪子渐渐地开始觉得有些不安。夜光中，雨滴不停地敲打污浊的车窗。由纪子断断续续地做了几个梦，梦见自己正坐在颠簸的汽车上，从西贡经夷灵，前往兰宾高原的大叻。每次从睡梦中醒来，发现自己还置

---

① 位于兵库县境内。

② 位于福冈县境内。

身于雨夜中行驶的火车车厢里时，她心头的不安都会加深几分。她没有想到，日本竟然会如此的辽阔。在她的对面，富冈正在熟睡，那样子看起来像是个病人。

又是一次漫长的旅程。在由纪子的心中，她与伊庭共同生活的那段经历，随着渐行渐远的火车，逐渐地变淡、消失了。抵达熊本时，雨势稍歇。车厢里又换了一批陌生的面孔，周围的说话声也变成了九州腔调，身边的一切仿佛都与他们毫不相干。由纪子将疲惫的双脚伸到富冈的双腿之间，闭上了眼睛。

由纪子知道自己已经彻底摆脱了危险。她想象着伊庭恼怒的样子，觉得有些好笑，心想，我已经跑到这种地方来了，看你还怎么抓我……她禁不住要为大日向教祈祷，祝愿它生意兴隆。她想到了大津志妹。那个浓妆艳抹的女人，今后一定还会每天坐在保险柜前点数钞票。想到这儿，由纪子下意识地抬起头来看了看放在行李架上的旅行包，如今，它已成了由纪子的唯一依靠。

火车抵达鹿儿岛时，已是清晨。外面下着倾盆大雨。两人坐上一辆出租车，来到了港口附近的千石街，在一家小旅馆里住了下来。

从二楼的窗子望出去，巨大的樱岛①像是披了一层幕布，端坐在紫色的烟雨之中。疲惫至极的由纪子，伸开双腿躺在散发着海腥味儿的榻榻米上。富冈向女服务员打听什么时候有船去屋久岛，得到的回答却是每遇暴雨或暴风，交通船都要停航数日。富冈拜托女服务员再去仔细问一问航班的时刻，之后便和衣躺在了榻榻米上。

富冈边休息，边眺望着樱岛。只见蓝色的海面泛着漆器般的光泽，码头上泊满了小船。女服务员为他们送来了茶水，富冈又要了几瓶啤酒。

“这地方可真够远的。可我们还要再坐一晚上的船，这感觉真像是流放。要是我一个人，绝不会到这儿来的!”

“我们要在这儿待四五年呢!”

“是啊!”

“怎么样？要想回去的话，现在还来得及。”

“怎么又讲这种话?”

“你不是说一个人绝不会来嘛!”

“可是现在不是和你一起来的吗？难道你不觉得我这个女人命很苦吗?”

“你可别这么说！我又没有逼着你来。”

附近房间的收音机里传出一阵喧闹的声音。由纪子脱下外套，披上旅馆为

---

① 位于鹿儿岛湾的一座火山岛。

客人准备的棉袍，凝视着风雨交加的窗外。

“我又没说你硬逼着我来，我可没那么多心眼儿！可是有我在，总比你孤零零一个人强吧？如果在屋久岛住不惯，我还可以到这儿的料理店做服务员。女人嘛，也只能这样喽！被人抛弃也没有办法，或许我还会在这儿住下去……”

“我什么时候说要抛弃你了？”

女服务员端来了啤酒。富冈一口气喝干了冒着泡沫的啤酒，觉得精神了不少。服务员告诉富冈，交通船要停航两天左右。虽然觉得在这里耽搁两天会很无聊，但现在也只能忍受了。两个人走出房间，站在走廊上看着风雨中的大海。

“你对杂志社的人说要去屋久岛了吗？”

“说了。”

“伊庭现在可能正生气呢。”

“会不会追过来？”

“怎么会？又不是什么大钱。”

“不，这笔钱可不小……说不定他会报警呢！”

“不要紧。”

由纪子边说边返回房间，喝起了啤酒。冰冷的啤酒下肚，不知为什么，她觉得有些不舒服。这时，女服务员告诉她洗澡水已经备好，并问：“夫人，您要不要去洗澡？”

迄今为止，还从来没有人叫过由纪子“夫人”，她一下子瞪大了眼睛，盯着富冈看。

“夫人，请您先洗吧！”富冈揶揄道。而他自己却因为浑身乏力，连澡都不想洗。

富冈告诉由纪子，自己要去码头买船票，顺便问一下交通船的情况，随后便向服务员借了把雨伞走出了旅馆。按照女服务员的指点，富冈朝着海岸的方向，沿着一条荒凉的大道，向码头走去。或许是好久没有一个人外出的缘故，他觉得说不出的轻松。如果此刻有出发的交通船，他真想撇开由纪子，独自一人离开这里。码头的办公室是一间外面涂着蓝漆的、临时搭建的木板房。他打听了一下船的行期，结果和服务员说的完全一样，必须要等暴风停歇后才能开船。富冈买了两张去屋久岛的二等船票，在乘客登记簿上，他把与由纪子的关系写成了夫妻。回来时，富冈找到一条热闹的街道，买了瓶威士忌。一回到房间，他看见由纪子正面色苍白地躺在被窝里，浑身颤抖。

“你怎么了?”

“觉得很冷，全身一直在发抖。能不能请个医生来……”

由纪子紧紧地抓住富冈的手腕，身体抖个不停，嘴唇上渗出几道血丝。看样子不像是感冒。富冈用手摸了摸她的额头，觉得并不是很热，不过，他还是拜托旅馆的人帮忙去请医生。因为万一由纪子病倒在这儿的话，会很麻烦。

身上盖着三条棉被的由纪子仍在不停地颤抖，口中直喊冷。医生迟迟没有到来。富冈等得有些不耐烦，于是亲自跑到外面去买感冒药。他产生了一种不祥的预感。

由纪子吃下感冒药，又喝了些热茶，可是身体却还在发抖。大约过了一个钟头左右，年轻的医生总算出现了。他让服务员帮由纪子脱下衣服，给她做了检查，之后为她注射了强心剂和维生素针剂。医生告诉富冈，病人只要静养两天就没事了。富冈终于松了口气，可是不知为什么他觉得由纪子的病情与死去的邦子很相似。望着由纪子的脸，他有种不祥的感觉。

由纪子吃了片镇静药，昏昏入睡了。富冈回想起自己的一连串遭遇，觉得一切似乎都是命中注定。当初邦子生病时，医生也说过只要两三天便可以康复，结果却并非如此。

这家只有五个房间的小旅馆，看起来像是空袭后临时搭建的。令富冈意外的是，这种地方竟然也住满了客人。其他房间的房客正在热闹地说笑，唯独自己的房间里死气沉沉！心情抑郁的富冈连衣服都没换，便坐在由纪子的枕边，打开威士忌的瓶栓喝了起来。

窗外风越刮越猛，房子在强风下不时地发出阵阵哀鸣。由于停电，房间里越来越暗，樱岛那巨大的阴影笼罩着整个窗面。坐在房间里的富冈，感受到一股强大的压力，觉得樱岛似乎正向着自己身体的方向倒塌过来。

五十八

由纪子的发病，给完全没有心理准备的富冈带来了相当大的冲击。

第三天早上，雨住了，可风还是很大。早晨，女服务员进来添加炭火时告诉富冈，交通船“照国丸”将在上午九点出航。然而，由纪子的病情却全无好转的迹象，仍昏昏沉沉地睡着，偶尔还会发出一阵剧烈的咳嗽声。那声音，让富冈感到一种难以言状的痛苦，既像是皮肤划伤时的感觉，又像是牙痛的感觉。

从走廊的窗户向外望去，挂在寒冷晨空中的樱岛仿佛融入了淡褐色的晨曦之中。岸边有几座简陋的木造仓库，船只的桅杆像一道道栅栏露出仓库的屋顶。路灯尚未熄灭，清晨的冷月在路灯的灯影上罩上了一层淡淡的光。富冈静静地眺望着尚在沉睡中的海港，心想，今天是无法动身了，没办法，只好改乘下一趟船了。他走到放在枕边的暖炉旁，弯下腰来点了根烟。这时，由纪子睁开了眼睛。

“怎么样？好点儿了吗？”

由纪子看样子很想挤出一点儿笑容，可却怎么也笑不出来，只是睁大眼睛，仰望着富冈的脸。富冈用手摸了摸由纪子的额头，发现竟凉了不少。由纪子睁大眼睛，目光中饱含着说不出的寂寞，那是一副富冈很少见到的神情。这神情，令富冈的心里顿生怜意。他跪下来，将自己的脸紧贴在由纪子的脸上，一字一句地说：“别担心，我已经推迟了船期。过一会儿，我就去码头更换船票，你就安心地睡吧。着急也没有用，知道吗？你是累病的，又淋了雨。”

由纪子睁大眼睛，点了点头。富冈拿过由纪子的手贴在自己的脸上。他回想起当初自己陪伴被加野刺伤的由纪子，在大叻的一家法国医院接受手术时的情景。那时候，由纪子流露出的就是这种神情。对于越南的回忆，在富冈的心中隐隐作痛。他记得，他们曾在医院里一起眺望笼罩着湖面的晨空。当时，自己曾对两人之间的这种宿命性的情缘，产生过一种近乎恐怖的感觉。他想，他们之间的感情之所以会变成现在这个样子，或许是由于它产生于旅途的缘故。那么，自己和越南女佣之间的那段情缘呢？是不是也可以归结为旅途中的情缘？皮肤黝黑的妮芙那清纯的模样，鲜明地浮现在富冈的脑海中。或许是由于再也无法相见的缘故，富冈对妮芙的怀念，就如同对死去的阿清一般。然而，现在回想起来，在越南的那段感情，似乎并不能简单地归结为旅途之情。其实，它更像是一个被宣判死刑的人，自被宣判的那一刻起，心中便会有的一种渴望与人交流的寂寞之感。专制独裁的日本军队，不允许人们有孤独的自由，于是自己就把由纪子的身体，当作了缓解精神饥渴的工具。正是自己的自私，结下了今日的恶果。想到这里，富冈怀着一种赎罪的心情握紧了由纪子的手。

“你不会一个人坐船走吧?”由纪子有气无力地问道。

“傻瓜！你是怕我撇下你不管吗?”

由纪子像孩子似的点了点头。富冈像对待亲人似的，用手指轻轻地拭去由纪子眼角的泪珠，为了让由纪子安心，他又使劲儿地握了握她的手。这时，女服务员端着茶水走了进来。富冈放开由纪子的手，向她询问钟点。

“七点左右吧!”女服务员抬起手腕，看了一眼手表后答道。

富冈走下楼来，只见玄关的时钟刚刚指向七点多一点儿的位置。他来到码头的售票处，拜托售票员换了一张四天后，同样由这里起航的“照国丸”的船票，之后顺便去码头看了看。白色船身的“照国丸”的大烟囱正向外喷着黑烟，船上的起重机在忙碌地装卸货物。码头上坐落着一排专做旅客生意的水果店。在九州地区的最南端，看到水果店里摆放着堆积如山的苹果，富冈觉得有些不可思议。他为由纪子买了六七斤苹果，让店员装在绿色的竹笼里，拎着来到了船边。搭船的旅客已经排成了长龙，每个人的手里都抱着一个小小的玻璃鱼缸。富冈忽然觉得，这艘“照国丸”很像他去越南时乘坐的那艘船。他幻想今天早上，自己和由纪子要是能乘坐这艘船重返越南，那该有多好！然而，这艘舒适的船只，最多只能行驶到屋久岛，再往南便超出了战后划定的疆界线。它不可能在南方那黄色的海面上乘风破浪！码头上凌乱不堪，挤满了乘客和码头工人，栈桥上到处是丢弃的稻草屑、碎木片以及苹果皮等。

富冈想，这场败仗给日本带来的变化，也可以算作是一次革命了。他茫然地望着装卸完货物的起重机一点点儿收起钓钩。准备开航的汽笛响了，几个卖彩带的小孩儿和妇女在送行的人群中钻来钻去。富冈也买了一卷红色的彩带。身穿旧式服装的乘务长走下舷梯，站到了栈桥的旁边。舷梯两侧，站着一排身穿白色制服的船员和警察。检票开始了，扛着大包小包行李的乘客，推推搡搡地挤向船舱。

到了九点钟，汽笛再度鸣响，交通船缓缓地驶出了码头。栈桥上送行的人群吵嚷不堪。船上安置好行李的乘客，陆续出现在甲板上。彩带像一群振翅的小鸟从栈桥飞向船头，幻化成五彩缤纷的彩虹，在风中舞动。富冈也把彩带的一端，向着站在甲板上挥手的一个七八岁的小男孩儿抛了过去，没想到却飘落到一名看似船员的女人手里。女人身穿一袭破旧的黑衣，外面罩着一件褪了色的蓝夹克，长着一张可爱的面孔。为了避免彩带断裂，她高高地举着双手。船只移动的速度十分迟缓，富冈慢慢地失去了兴趣，扔掉手中的彩带，离开栈桥向码头方向走去。在码头上，他漫无目的地闲逛了一阵，等他像想起什么似的，转过头来望向大海时，交通船已变成了一个小点儿。扔满彩带的栈桥上，还站着一些送行的人，他们有的挥着手，有的挥着帽子，还有人挥着手帕。混浊的海面上漂浮着刺眼的各色彩带。

富冈一路询问来到了邮局。他先给屋久岛的营林署拍了封电报，然后买了张明信片，想要寄给松井田的双亲，告诉他们自己已经到达了鹿儿岛，正在这里等船。宽敞的邮局里空空荡荡。他站在一张金字塔状的六角形桌子前，用公用圆珠笔填写明信片，无意中瞧见身旁一名年轻女子正在往电报纸上写“东京”两个字，这让他想起了那个久违的地方。对于富冈而言，女人的电报发送地——东京这个大都会，已经遥远得像是世界的尽头。东京是令富冈怀念的地方。若非发生了阿清那件事，他也不至于选择这条无异于自杀的遁世之路，来到这块令人绝望的土地。窗明几净的邮局中，清晨的阳光像海底世界般宁静而平和。身旁的女人拿着写好的电报，走向镶着铁条的窗口。她脚上的鞋子已磨损得相当严重，身上的黑色外套也给人一种疲倦之感。富冈将明信片丢入邮筒，步出了邮局。

五十九

富冈在旅馆附近发现了一家小钟表店，他来到橱窗前，端详起陈列的手表来。橱窗里都是些瑞士表的仿制品，他看上了一只标价三千六百元的表，便想买下来作为此次屋久岛之行的纪念。他走进钟表店，要老板把表拿出来仔细地看了起来。在越南买的那只手表，已经在伊香保卖给了阿清的丈夫。从那时起，他一直过着没有手表的日子，觉得很不方便，因此很想再买一只。富冈把手表贴在耳边仔细地听了听，发现表针走动的声音相当清脆，款式也是他喜欢的圆形，而且很薄，便毅然买了下来。

等他回到旅馆时，由纪子早已等得不耐烦，一副泫然欲泣的样子。可是，一看到他手里的苹果篮，由纪子却立马来了精神，从被窝儿里伸出手来。富冈在由纪子的枕边坐下来，开始用水果刀削苹果。

“我顺便去看了一下船。这船真不错，大概是通往屋久岛的船只中最好的一艘！乘船的旅客每个人都捧着一个金鱼缸，真不明白，难道屋久岛上就没有金鱼吗……”富冈边削苹果，边说起交通船的事。

“船体是白色的。想到你的病情，虽然奢侈了一点儿，但我还是把二等舱换成了头等舱。他们说船上不供应餐点，最好自己准备好两餐。另外，我听说中途经停的种子岛上还有几个医生，可是在屋久岛，却一个也没有……”

“原来是这种地方！”

“嗯，我有些担心……”

“在船上，万一我的情况不好，你就把我留在种子岛，自己去吧！”

“与其留在种子岛，还不如留在这儿。在下一班船之前，如果你的情况还不见好转，我就把你送进这儿的医院，或者帮你找家小旅馆养上一阵，等好了之后，再去屋久岛找我。不管怎么说，鹿儿岛也是大城市，方便多了。”

由纪子望着富冈削苹果的手，突然发现他手腕上戴着一只新表。

“你买表了？”

“嗯，刚才在旅馆附近买的。”

“让我看看……”

富冈伸出了左手，由纪子对着表盘仔细端详了半天，觉得很像他在伊香保卖掉的那只。由纪子说了声“真不错”，却没有问多少钱，富冈也就没有提起。由于表是用剩余的稿费买的，因此富冈并没有觉得有什么不好意思，不过，由纪子却以为这只表一定很昂贵，心里多少有些不高兴。

“若是搭上了这班船，那我们应该已经在大海上了……怎么样，风浪大吗?”

“风虽然很大，但海面却相当平稳。船驶出码头时的样子，很像是出航的外国船，有好多人在向船上丢彩带。”

“哇，一定很漂亮!”

“不，我倒觉得很土气。不过是那些出不了国的人，借机在矫揉造作……”

富冈的眼前，浮现出一道道五颜六色的彩带。透过彩带，他仿佛看到了人们心灵的寂寞与天真的幻想。由纪子却还在想手表的事，她觉得在这种时候，富冈还能买下如此昂贵的手表，说明他确实是个寡情之人。

富冈将削好的苹果分一半给由纪子。由纪子咬了一口酸溜溜的苹果，只觉得软软的，味道很差。富冈也吃了起来。

“这苹果不新鲜……”富冈说着将嘴里的苹果吐了出来。

从旅馆的院子里，传来一阵公鸡尖锐的鸣叫声。窗外，雨又淅沥淅沥地下了起来。

将近中午时分，年轻的医生又来为由纪子打针，他一边检查由纪子的前胸和后背，一边对富冈说：“最好能做一次胸透……”由纪子心里不禁一颤。对于此刻的由纪子而言，病倒在旅途是一件无法容忍的事情。她想，自己好不容易到了这里，要是和富冈分开的话，还不如当初就留在东京。她下意识地觉得，自己胸口的痛感，大概源自一场致命的疾病。与这种令人担心的疾病相比，当初从越南返回国内时所染的疥疮，简直算不上一回事。由纪子心里埋怨年轻的医师多嘴多舌，怪他不该向富冈提这种建议。

无论是对于富冈还是由纪子，在旅途中耽搁的这四天，都是一段难熬的日子。在这四天里，年轻的医生成了他们最亲密的朋友。他曾是一位野战部队的军医，卢沟桥事变时，刚好在中国大陆服役。医生的年龄和富冈相差无几，迄今还是独身一人，目前在他父亲开的医院里工作。或许是因为未婚的缘故，他的外表看起来相当年轻。据旅馆的女服务员讲，年轻的医生姓比嘉，祖籍琉球，毕业于福冈医科大学，有收集唱片的嗜好，喜欢听音乐，会组装留声机。有一天，比嘉一面歪着头倾听着从附近房间的收音机里传出的音乐声，一面笑眯眯地说：“我很喜欢这首曲子。”富冈这才竖起耳朵听了起来。这是一首他好像在什么地方听到过的乐曲。刚刚打过针的由纪子，也一面揉着手臂，一面仔细地倾听着。不过，两个人却都叫不出它的名字来。

“这是谁的曲子?”由纪子直率地问道。

“是德弗札克的《新世界》。”比嘉边回答，边慢慢地收好注射器，然后将手伸到洗脸盆中清洗。富冈很羡慕他对音乐的爱好，同时也很高兴能在九州的最南端遇到这样一位医生。比嘉的体型属于在医生中较为少见的矮胖型，他那柔和细长的眼睛和一口洁白整齐的牙齿，给富冈留下了深刻的印象。富冈向他谈起自己即将去屋久岛营林署赴任的事，还告诉他自己曾以军方文职人员的身份在越南的林业局工作过一段时间。听到富冈说要去营林署工作，比嘉显得更加亲切，他告诉富冈，自己在少年时代，也曾梦想过去北海道帝国大学读书。当听说富冈担心屋久岛上没有医生，向他询问万一有什么事情，可否拍电报请他去屋久岛出诊时，比嘉满口答应，说无论怎样都会去应诊。

“我也听说屋久岛上没有医生，营林署的医生好像常年待在深山里。我以前也考虑过去屋久岛开诊所的事，但听说那里没有电，而且常年下雨，就裹足不前了。对我来说，听不了唱片是很痛苦的。不过，最近我听说营林署已经每隔几天供一次电了……总而言之，人都是自我本位主义，虽然满口的仁心仁术，但一想到要去连唱片都听不了的荒岛上生活，我还是做不到。不过，今后我倒很想找个机会去岛上看你们……请恕我直言，我觉得尊夫人的身体似乎不太适合潮湿之地……既然你在那边工作，我也不好再说什么，不过，我建议你尽量住山上的房子，生活要有规律……由于时间有限，我也不能为夫人彻底地诊治，你们到了岛上后，可以将夫人的病情用明信片告诉给我。”

比嘉用不至于引起病人不安的语调，讲出了上述的注意事项。由纪子已经记不得德弗札克的《新世界》究竟是怎样的一首乐曲，但它的名字《新世界》却深深地印在她的记忆之中。她觉得比嘉是在有意识地用这首曲子，祝福他们开始新的生活。对于他的这份真情，由纪子充满感激和敬意。富冈突然想起陀思妥耶夫斯基在《罪与罚》中说过的话——人无论是谁，若是没有同情心，就很难活得下去。在比嘉医生的身上，富冈仿佛看到了俄国革命之前，沙皇时代的俄罗斯人的影子。他拜托比嘉帮自己准备了一些应急药品和注射用的器材，然后按照原定计划，在第四天早上乘车前往码头，准备搭乘“照国丸”出航。在码头，令富冈和由纪子没有想到的是，比嘉竟然光着脑袋，连外套都没穿，就跑着赶了过来。人在旅途，本以为没有人会向他们抛掷彩带的富冈和由纪子，做梦也没有想到，这位医生会赶来为他们送行。

头等舱客房里的床为上下铺，毯子又白又新，长条椅的前面摆放着桌子和单椅，墙壁上挂着镜子和水壶。客房大约有四块半榻榻米大小，看起来还算宽敞。由纪子一上船便躺倒在下铺的床上，一道上来的比嘉从药箱里取出注射针筒，用酒精棉擦拭干净后，往由纪子的手臂上打了一针营养剂。由纪子永远也忘不了他那冰凉的手触及自己肌肤时的感觉，那仿佛是一种朦朦胧胧的初恋感觉。由于由纪子无法起身，富冈一个人送比嘉出了房间。

富冈站在一等舱的甲板上，握着比嘉抛掷过来的绿色彩带伫立良久。直到像掀翻的玩具箱般散乱的栈桥逐渐消失，他才停止挥动手中早已断裂了的彩带。比嘉站在栈桥的尽头挥舞着白色的手帕，然后掉过头来，略微弓着腰大踏步地离去了。药箱随着他腾挪的脚步，在他的腰间轻轻地晃动。在富冈看来，那背影年轻而富有朝气。

或许是因为到了海上的缘故，披着微弱晨光的樱岛显得格外的小，周身散发着健康的紫色光芒。从旅馆房间里看到的樱岛，好像披着一面巨大的幕布，但从海上看，它却像是个小巧的装饰品。三等舱的乘客纷纷从洞穴般狭小的船舱里爬到甲板上，坐在木椅上晒太阳。甲板上到处摆放着似乎要被作为礼物的金鱼缸，每只鱼缸里都有几条金光闪闪的鱼在悠然地游来游去。

海面上风平浪静。

站在背阴处的富冈，觉得冷风好像透过外套直刺肌肤，他走到向阳处，照射在身上的阳光总算让他感觉到了一丝暖意。从头顶的大烟囱里喷出的滚滚黑烟，向西飘散而去。富冈将手上的绿色彩带抛向洒满阳光的白色海面，眼望着彩带随风飘逝。最近几个月，他始终被一种锥心刺骨的心灵创痛所困扰，然而面对着无垠的大海，那禁锢他手脚的命运之锁，好像一下子被海风吹断了，他感到神清气爽。望着沉默的海洋，富冈想起了“沉默胜过饶舌，言多语必失”的格言，他觉得海上与陆上之别就好比沉默者与饶舌人。

航船的摇动透过背部传到由纪子的体内，令她感到身心愉悦。置身于航船之中，任由航船随意飘动的感觉，和当初从越南归来时的心情极为相似。年轻医生温柔的言行举止，略带药水味儿的体味，以及那张与加野有几分相似的面容，都令由纪子难以忘怀。由纪子禁不住在脑海中一遍又一遍地想象着，自己在屋久岛的山中和比嘉重逢后，发生的一段危险恋情。她无法理解自己为什么会产生这种莫名其妙的感情，只是像牛反刍食物一般，反复地幻想着。这种幻想令她感到愉快。

六十

两点钟左右，船驶抵了种子岛。从客房的窗子望出去，一座缺乏高低变化的黄色岛屿，浮在泛着白光的海面上。由纪子还在昏睡。富冈一面抽着烟，一面眺望俯卧在海上的孤岛，不禁感叹自己竟然来到了如此遥远的地方。远处小小的港口里，泊满了小船。坐落在海边的民房，屋顶看起来像是黑白相间的剪纸工艺品，吸引了富冈好奇的目光。

交通船缓缓地驶入了种子岛西边的码头。据船员讲，船将在种子岛停泊到晚上九点。听了这话，富冈有一种百无聊赖的感觉。从内心里，他真不想在这儿多浪费时间，只盼望能够早一点儿抵达终点。

远远望去，种子岛像是一座无人岛。他有些失望，就像是冲入敌阵后却发现没有半个敌人的战士一般。富冈对这座无人岛实在提不起兴趣。他曾听人讲，在大隅①的岛屿之中，种子岛是唯一有人类文明存在的岛屿。富冈茫然地望着渐渐临近的码头，暗想自己将要去的竟然是比这儿还要荒凉的小岛！

这是一座状似秃山的岛屿，岛身很长，面积也很大。或许是由于没有高山的缘故，种子岛看上去非常的平缓，让人禁不住担心它会不会沉入到海里。

“船到什么地方了？”由纪子动了动枕头，开口问道。

富冈将胳膊肘搭在窗边，用手拄着下巴回答道：“种子岛。”

“港口漂亮吗？”

“嗯，虽然小，但很整洁。你要不要起来看一看？”

“不看了。反正哪儿的港口都差不多。”

“这座港口还是蛮热闹的，停着好多小船！我记得在越南有个地方，和这儿有点儿相像。”

“像越南？”

“倒也谈不上，只是印象中有个地方和这儿有点儿相似。日本人建的港口，无论是哪儿，都给人一种阴郁、寂寞的感觉……”

船锚咯噔咯噔地沉入了海中。交通船缓缓地靠向港口的栈桥。桥上密密麻麻地站满了前来迎接亲友的人。

随着船只的驶近，人群中每一个身影都变得清晰可辨。人们身上的服装与

---

① 旧藩国的国名，由现在的鹿儿岛东部和种子岛、屋久岛等岛屿组成。

东京或鹿儿岛并没有什么不同，一些年轻的女人甚至还穿着最近颇为流行的红夹克。几乎每个女人都烫了头，年轻的男人们则留着油光锃亮的大背头。不久，船桥放了下来，拎着苹果、捧着金鱼缸的旅客，纷纷步下船桥。狭窄的栈桥随着波浪轻轻地摇晃，上面的人群看起来像是一群忙碌的蚂蚁。富冈披上外套，来到头等舱的甲板上，向下观望。不一会儿，人群纷纷消失在坐落在山坡上的街市当中。夕阳下，白色的砂路反射出柔和的光芒。码头边杂乱无章地排列着一大堆建筑，有木造的乡公所、货运行、三层楼高的旧旅馆，以及小酒馆等。富冈实在想不通，交通船为什么要在这儿停泊到晚上九点。若说是为了装卸货物，那倒也未必，因为栈桥上并没有那么多等待装船的货物。

富冈和由纪子都没有下船，一直待在客房里。傍晚时分，甲板上亮起了刺眼的霓虹灯，扩音器里开始传出喧闹的流行乐曲。酒吧的陪酒女郎穿着木屐在甲板和走廊上四处游动，不时发出一阵淫荡的娇笑声，有的甚至直接推开他们的房门，伸头向里面张望。这种粗鲁的举止，让富冈和由纪子大惊失色。

“不晓得屋久岛会不会也跟这地方一样……”由纪子裹着毛毯，担心地说。

甲板上传来一阵阵让人心烦的爵士舞曲。

第二天早晨八点钟左右，屋久岛终于进入了人们的视野。富冈和由纪子的目的地是安房港，可交通船却停在了宫之浦的海面上。由于海边浪大，又没有可供停泊的港口，所以，船只能停在海面上，之后再用小船运送乘客上岸。望着位于大隅诸岛边缘的，像黑痣一般的孤岛，富冈感慨万千。他想这就是自己今后的栖身之处了！湛蓝的海面上，宛如天鹅绒般浓绿的群山，矗立在晴朗的天空之下。

屋久岛位于种子岛西南三十二海里处，面积为五百平方公里。全岛的形状为圆形，岸边几乎没有曲折变化。岛中央耸立着九州地区的第一高山——宫之浦岳，海拔高度为一千九百三十五米。此外，还拥有永味岳、黑田岳等所谓的八重岳山群，垂直方向极富变化。海拔一千至一千五百米的山腹地带，是著名的屋久杉的产地。

富冈的口袋里装着一本记事本，上面记录着关于屋久岛的资料。与种子岛不同，屋久岛是一座圆形的岛屿，上面长满了郁郁葱葱的植物。望着岛上睽违已久的浓绿色彩，富冈的心情无比舒畅，仿佛听到了来自森林的召唤。此时的他，非但没有被流放的落寞，反而生出一种身心被洗涤一新的感觉。

富冈站在甲板上，一面吹着寒冷的海风，一面眺望着矗立在远处的那座百看不厌的小岛。如果说种子岛是一座趴在海上的岛屿，那么屋久岛便是一座直立着的岛屿。富冈暗自想象，若是在昏暗的清晨，有谁在海面上突然望见这样一座岛屿，想必会有心惊肉跳之感！

晴朗碧绿的海面上，漂浮着森林茂密的小岛，这本身就称得上是大自然的鬼斧神工。待小舢板离开后，交通船的引擎又开始忙碌地运转起来。在波涛汹涌的海面上，小舢板像一片漂浮的树叶，摇摇晃晃地向着宫之浦那孤寂的海岸飘去。

由纪子缓缓地爬起来，开始化妆。她一脸看破红尘的表情，随手将粉盒扔在掀开的毛毯上，梳理起凌乱的头发。她把碍事的干涩头发束在一起，用手帕绑好，接着又郑重其事地往脸上涂抹乳霜。海面反射出的阳光透过窗子，照射在涂着白漆的木板墙上，像雾气一般飘动。

由纪子始终不肯看窗外的景色。先前她没有看种子岛，此刻也不想看近在咫尺的屋久岛。或许对于由纪子而言，无论登上的是哪一块陆地，都无所谓。她之所以要勉强坐起来整理一下仪容，不过是因为马上就要到达目的地了。富冈想，由纪子的这种慵懒，一定是由于身体不适造成的。

十点钟左右，交通船驶抵了安房的海面。小舢板在起伏的波浪中向着交通船划行过来。天空不晓得什么时候下起了小雨。富冈搂着由纪子的孱弱肩膀，步下了陡斜的船桥。身穿白色制服的服务员站在船桥下，准备接由纪子。在起伏不定的海面上，船桥忽高忽低，上下摇晃，看起来十分惊险。由纪子咬紧牙关，抓住服务员的手，整个人滑向了舢板。她蹲在用草绳捆绑着的行李包旁，无意中，透过行李包的缝隙，看到了一座高耸在海面上的魔鬼一般的小岛。由纪子瞪大眼睛久久地眺望着小岛。乍看之下，岛上看不到一点儿人类居住的迹象。她在心里暗自嘀咕“岛上哪有什么人啊”，与此同时，她也深深地感受到了这座高耸着的黑色岛屿带给自己的压抑感。

过了一会儿，小舢板乘着汹涌的浪涛驶离了大船。剧烈的摇晃，令人感到极不舒服。小雨在不知不觉中变成了倾盆大雨，将舢板上的每个人都淋成了落汤鸡。由纪子头上披着富冈的外套，膝盖以下却感到一阵刺骨的寒冷。她躲在外套下面剧烈地咳嗽起来。

驶入狭窄的港湾之后，舢板总算停止了摇晃。白色的沙滩被雨水冲刷得异常洁净。港湾里碧绿的海水清澈见底，水下的岩石、海藻以及发着亮光的空罐等清晰可见。

白色沙滩的前方似乎是一条小河，高高的防护堤上挂着一座弧形的大吊桥。沙滩上，站着四五个前来迎接的人，里面有两位是营林署派来迎接富冈的，其中的一位撑着雨伞，另一位则穿着雨衣。付过舢板的费用后，富冈从船上跳到了白色的沙滩上，随后将裹在湿外套里的由纪子抱下船来。营林署派来的两个人踩着沙滩，快速地向富冈这边跑来。

“您一定累了吧？听说尊夫人病了，这可怎么办？”

中年男人急切地将手中的雨伞伸到由纪子的头上，那质朴的眼神与都市人截然不同。从海边到堤防隔着一段长长的距离，疲惫不堪的由纪子几次停下脚步，大口地喘着粗气。她感到呼吸困难，浑身烫得像在喷火。

吊桥上巍峨耸立着的群山，不知何时消失在了乳白色的浓雾中。爬上堤防，走过吊桥后，两人被带到了一间挂着“安房旅馆”招牌的小旅馆里。旅馆坐落在山丘上，狭小的水泥坡道上，矗立着几根钢筋混凝土筑成的柱子，吊桥的几根粗大的铁索就固定在这些柱子上。

这是一家兼做大米配给和运送生意的旅馆，外表看起来与普通的旅馆不同，显得阴森森的。几个人在阴暗的泥地上脱下鞋子，爬上因下雨而变得黏糊糊的楼梯，来到二楼的客房。房间看起来十分简陋，木板墙上竟然连灰都没有抹。富冈吩咐穿夹克的年轻女服务员，先为由纪子铺床。

外面雨越下越大，从走廊望出去，海洋和群山已完全隐身于一片白色的浓雾之中。这浓雾仿佛是一堵白色的墙壁，屏蔽了人们的视线。庭院的浴室里飘散出黄褐色的烟气。

床铺好后，富冈在阳面的房间里，和前来迎接的人交换了名片。女服务员端来了温吞吞的茶水和黑砂糖制成的糕点。

“听说这里经常下雨，是吗？”

富冈把烤火箱拽到自己的身边，边吸烟边问道。

“已经下了整整一个月了。在屋久岛，人们都说一个月要下三十五天的雨！”穿雨衣的男人边脱雨衣边回答。令富冈没有想到的是，脱下雨衣的男人竟然很年轻，而且颇有几分学者风度。

六十一

穿雨衣的年轻人姓田付，撑伞的中年男子姓登户。两个人都是事务官，都不在山里面工作。据说，这里每天有两趟矿车往返于山上和山下。营林署为富冈准备了一间宿舍，但考虑到由纪子有病在身，目前住过去还不太方便，所以，两个人建议富冈先在这间旅馆里住上五六天。富冈虽然觉得有些过意不去，但还是接受了他们的建议。

令人窒息的大雨下个没完，雨水激起了一片乳白色的雾气。

送走来人后，富冈在五卫门浴盆①的混浊热水里泡了个澡，然后钻入被窝儿里睡了一觉。他感到非常疲惫。由纪子一直没有停止咳嗽，脸憋得通红。她起身吃了片止咳药，之后便睁着眼睛躺在黑暗的房间里。

富冈和由纪子都有一种因受了惩罚而被流放的感觉。由纪子甚至有一种将要死在这里的预感。她想，如果注定要死的话，还不如现在就痛痛快快地死掉。她认为自己不可能忍受这种每天下雨的日子。她侧耳聆听窗外的雨声，觉得那雨水似乎正流向自己的耳朵里。

客房里没有玻璃窗，只有一扇纸拉窗。窗框与窗纸，稍微有些下垂，看起来像是一条弯曲的麻袋。榻榻米上铺着两条棉被，床单散发着海水的腥味儿。枕头很硬，枕上去的感觉像是树根。凹凸不平的铝壶里喷出的热水滚落到暖炉里，竟然没有激起一点儿灰尘。炉子里的炭灰看起来像贝壳般坚硬。由纪子凝望着升起的水蒸气，静静地品味着充塞在房间里的凄凉感。壁龛的花盆里插的似乎是菊花，花盆上面吊着三盏懒洋洋的电灯。房间里再无他物，让人禁不住联想起百无聊赖的古人生活。富冈正打着呼噜熟睡着。从他的鼾声中由纪子听到一种心的宁静，这让她羡慕不已。

听着嘈杂的雨水声，想到自己进退两难的处境，由纪子忍不住叹了口气。就算身体能够康复，她也不认为自己能在这种地方生活下去。不过，如果就此返回东京，也同样看不到希望在哪里。

到了晚上，客房里的电灯亮了起来。服务员端上了晚餐。菜肴只有煮熟的红蟹肉，没有一点儿蔬菜。由纪子发着近四十度的高烧，浑身直冒冷汗。由于没有可供更换的衣物，她只好穿上了旅馆里带着腥臭味儿的浴衣。富冈笨拙地

---

① 一种铁制的日式浴盆。

在由纪子的手臂上注射了一针，然后坐在她的枕边自斟自饮起来。饭桌上没有任何下酒菜，倒是白米饭在小饭盆里堆得像山一样高。富冈没想到在这种不产大米的地方，竟然看到这样一幅景象，禁不住露出一丝苦笑。

酒似乎是用芋头酿成的，只要一端起杯子，便会闻到一股呛人的味道。他想换一种酒，却没有想到，铝壶旁边放着的两个酒壶里装的竟然都是这种烧酒。他问女服务员是否有清酒，得到的回答却是，在屋久岛根本就买不到清酒。既然没有，那就只能忍受了。虽然烧酒难喝，但富冈还是把自己灌得醉醺醺的。醉眼蒙眬中，他忘掉了所有的往事，甚至产生了一种错觉，以为从老早以前，自己就一直生活在这里。

雨很快又变成了大暴雨。沿着导水管下落的雨水声，像是打击乐发出的噪声。思想在这里变成了多余之物。富冈觉得自己之所以在这里，唯一的理由就是要活下去。他什么也不想，一味地喝着酒。其实，任何一块土地都要受神的支配。无论下雨也好，刮风也罢，都是神的旨意。在这种多雨的环境下，岛上的居民过着俭朴的生活，与风雨抗争着。倘若败给了大雨，他们就无法生存。

富冈从来没有想到过，这里的雨水竟然多到如此程度。带着敌意的恼人的雨声冲击着富冈的心。身边的女人正在患病，烧得口吐白沫。虽然这是个神支配的无情世界，但人却绝不能屈服于神的力量！既然流落到了这里，那么这儿就是他富冈的极乐世界。他从来没有幻想过，自己可以从这里全身而退。他认为那是一个不可能发生的奇迹，而且，说不定由纪子也要葬身此处。想到两个人共同经历过的种种磨难，喝醉了的富冈禁不住热泪盈眶。在这个世界上，恐怕再没有哪个女人，会这样满腔热情地对待像自己这样的男人！阿清先走了一步，妮芙也没有跟在自己的身边，邦子则败给了穷困的生活，只有由纪子不顾病魔缠身，伴随自己来到了这里。在码头上，营林署派来迎接他的人称呼由纪子为“夫人”，那一刻，富冈忽然联想起长年过着公务员生活的健康家庭的样子。他的眼前浮现出被由纪子打掉的胎儿的面容，内心不禁充满了自责、惋惜之情。

由纪子依然高烧不止，昏睡中常常呼唤比嘉医生的名字。富冈不时地将搭在她额上的湿毛巾翻转过来，他心里难过地想，要是病情到了明天仍不见好转的话，就给比嘉医生拍电报。潮湿的榻榻米，散发着雾气的木板墙，眼前的一切在富冈的眼里都成了不祥的预兆。

第二天，雨停歇了，天却依然阴沉。富冈一大早便来到营林署报到。由于署长出差去了宫崎，登户出面接待了他。除了观看山林地图以及相关文件外，登户还顺便带他去看了看位于官署附近小学旁的宿舍。宿舍是一间没有围墙的田字形木板房。庭院里有一株垂着气根，可供数人合抱的大榕树，还有一株结着绿色果实的芭蕉树。那翠绿的树叶，让人很难相信眼前的一切竟然属于冬季。雨丝像薄雾般又一次飘落下来。说好了明天入山的事情后，富冈又委托登户给比嘉发了一封电报。中午时分，他返回了旅馆。

由纪子高烧还没有退。富冈按照比嘉先前的叮嘱，试着给她打了一针青霉素。过了一会儿，由纪子有了些精神，开玩笑似的说："能够死在你的身边，我已经心满意足了。"

"死算什么！人总有一天会死的。既然到这儿了，就别说这种丧气话！"

"这场雨吵得我心烦……"

"雨已经小多了。"

"就算一次也好，真想看看晴朗的天空……"

隔壁房间里好像在搞集会，隔着纸拉门，可以听到四五个人的说话声。毛毛细雨中，远处的山峦清晰可见，看起来仿佛是块竖起的砚台。富冈伸手摸了摸由纪子额头上的毛巾，发现热得超乎想象。他用力地握紧湿毛巾，愣了半晌。旅馆的老板好心地劝他把磨碎的辣椒粉敷在病人的胸前试一下。于是，富冈委托女服务员买来了辣椒，磨碎之后敷在了由纪子的胸前。过了一会儿，富冈发现由纪子胸前的皮肤变成了红色。他把脸贴在那块红色的肌肤上，默默地向神祈祷，恳请神明赐给他们一次重生的机会。

六十二

由纪子的呼吸越来越急促，富冈紧紧地握住她那被汗水煮过一般滚烫的手，默默地将额头贴在榻榻米上，边祈祷边数着由纪子的呼吸次数。祈祷中，富冈想起了“愚蠢的家伙，今夜我是来取你灵魂的，可你却为我准备了别人的……”这段话。他有一种不祥的预感。他已经记不得这是在什么地方读过的话，可是现在它却奇怪地出现在富冈的脑海里。他紧紧地握着由纪子的手，可内心深处却突然奇怪地闪现出希望她早一点儿死掉的念头。他一面努力地驱逐这种念头，一面不停地在由纪子的耳边轻声地呼唤：“由纪子！由纪子！”由纪子勉强张开灼热的眼皮，无力地向四周张望。富冈将耳朵贴近由纪子的心脏，发现心跳还相当有力，接着，他又去数由纪子的脉搏。慢慢地，他觉得再这样下去，自己简直就要发疯了。富冈的耳朵里塞满了恼人的雨水声。他想起在兰宾高原时，似乎也曾有过这样一个夜晚，不禁感叹他与由纪子之间这种奇妙的缘分。经过这些年的磨难，他觉得自己似乎已经丧失了人性，变成了一个徒有躯壳的空心人，就像是一个怪物，外表与常人无异，却缺少了一颗心脏。富冈不禁对自己产生了一丝寒意。

此刻的富冈，已无力去怜惜由纪子，他甚至不知该如何面对自己。到了晚上，雨还在下个不停。傍晚时分，由纪子昏昏沉沉地睡着了。高烧似乎也退了一点儿，或许是每隔四小时注射一次的青霉素发生了作用。富冈很高兴药物对延续由纪子的生命起了些作用。他已经精疲力竭，到了傍晚，又坐在由纪子的枕边喝起了芋头烧酒。随着醉意渐浓，他开始觉得躺在自己身边，张着嘴睡觉的由纪子那憔悴的面容，有些让人讨厌。就算这个女人的命运与自己不无关系，那也不过是一段逝去的回忆。自己竟然和她像私奔一样跑到了这种地方，这简直近乎于疯狂。女人对回忆总是依依不舍，却分不清回忆与命运之间的差别。富冈记得自己过去曾讥笑过由纪子出生在萝卜的产地练马①，在他眼里，由纪子病中的邋遢睡容，很像是个红杏出墙的女人。他还记得加野曾说过由纪子长得很像一位姓三宅的女演员，但仔细端详之下，富冈觉得她那呆头呆脑的样子，更像是出身于歌舞伎世家的傻丫头。

富冈又喝了很多刺鼻的芋头烧酒，他觉得自己比平常更加精力充沛。女服

---

① 在日本，人们用萝卜来形容女人的粗腿。

务员进来询问病人的情况，富冈双眼发直地告诉她不要紧。在酒精的作用下，他已经完全忘记了回忆、命运等说也说不清楚的问题。他仿佛置身于鼓风机吹出的狂风之中，冷静地剖析着自己。自己可以不来这种地方，却也不想待在东京沦为乞丐。俗话说“艺能养身”。如今，在这深山里，自己究竟能否胜任这份仙人一般的工作？自己之所以肯带着由纪子踏上旅途，彻底地沦为她回忆往事时的倾诉对象，是否是由于在内心深处觊觎她偷来的那笔钱？不管怎么说，那笔钱毕竟是从神那里偷来的，早晚要受到报应。神永远是公平的，公平到残酷无情的程度……听着从导水管里溢出的雨水声，富冈不由得想要喝个通宵。

富冈的身旁已堆积了七八个空酒壶，他觉得自己已经无力再去爱女人，女人对他而言，纯属累赘。他怀着大彻大悟后的舒畅心情，精疲力竭地躺倒在由纪子的被窝儿旁。到了半夜，他感到喉咙里有团火在烧，鼻子里好像要喷出血来。他摸索着找到放在火炉旁的茶壶，对着壶嘴儿猛灌了一通。

雨好像是变小了，雨水声听起来断断续续的。

富冈看了看手表，时钟已指向了四点。他点燃酒精灯，取出了注射用的针头。他感到天旋地转。这可能就是一种习惯！他想，世上的护士大概都是这样一种心理。明明对病人毫不关心，却总是习惯性地在半夜起来照顾病人。虽然如此，可病人还是会理所当然地皱着眉头，露出难受的表情。

“感觉怎么样？”

“嗯，舒服多了。”

“雨好像停了。”

“真没想到这地方雨竟然这么多……”

“嗯……”

“这雨真让人心烦！”

“和你喜欢回忆往事的程度差不多，是不是？”

“嗯……或许是这样吧！”

“我们两个是不是很像被剥了皮的兔子？”

由纪子露出了微笑。收拾好针筒后，富冈点着了受潮的香烟，一面皱着眉头，一面把手伸向壁龛上的空酒壶。突然，阿清的幻影在他眼前一闪而过。富冈拿起一只只空酒壶，将残剩的酒往嘴里滴。

“你就这么想喝酒？”

“嗯，很想喝！”

“若非生病，我也想喝。哎，我们为什么跑到这种地方来了？”

“因为我要在这儿工作，才不得不来的！”

“你为什么非要在这么远的地方工作?”

“因为在东京无法糊口嘛！等你好点儿之后，就先回东京吧……好吗?”

“回去干什么?”

“这我就不知道了。随便你干什么都成……”

富冈的话，似乎触到了由纪子的旧伤，她痛苦地闭上了眼睛。她觉得自己这次的病很奇怪。比嘉曾几次建议她作胸透，但她都拒绝了。尽管比嘉说可以使用携带型的X光机，但由纪子还是讨厌让人窥视她的内心。

“几点了?”

“天已经亮了，现在是五点。听说这里一年到头都在下雨。”

“不晓得是不是真的。”

“我必须去山里面工作。昨天我去看了一下宿舍，现在的问题是你能不能一个人住在那儿……我每次上山，大概都要待一个星期左右。”

“我能不能跟你一块儿上山?”

“大概不行吧!”

“是吗? 不过，只要不下雨，我倒认为这是个不错的地方，我估计不会每天都像这样下雨的……唉！这时候如果加野在就好了……”

“你打算去地府叫他回来吗?”

“如果我去叫他，却有去无回，你一定会松一口气的，是吧?”

“当然了。天涯何处无芳草嘛!”

“是啊！女人就是这样不值钱。在男人眼里，无论多好的女人都不值得珍惜……真是太荒谬了！什么天涯何处无芳草? 我真不甘心!”

“既然不甘心，那就早点儿好起来吧！康复之后，还可以跟男人一争高下，用女人最具威力的武器去争斗……”

“你这人说话真讨厌！过去说话就这么尖刻。要是有女议员听到了这话，一定会大发雷霆的。”

“女议员……我认为女议员根本算不上是女人。我都忘了有女议员这种人了!”

“说得也是。”

由纪子一面生着气，一面却又伸出放在胸前的手，去握富冈的手。

六十三

考虑到一直住在旅馆里也不是办法，富冈在上岛的第四天，趁着雨停歇的工夫，请人用担架把由纪子抬到了宿舍。附近的居民像看热闹一般，跑出来围观。

天空现出了久违的蓝色，太阳也露出了难得一见的笑容。道路两旁的树叶，在阳光下闪闪发光。天空的颜色亮丽得令人目眩，暖暖的湛蓝色彩，一点儿也不像冬季的天空。

担架在蜿蜒的道路上颠簸着前行。在听不到人声的地方，由纪子睁开了眼睛，看到几只鸡正惊叫着往附近的院子里逃。在称不上是村落的小村子里，只有一两户人家开着窗户，那样子与越南的村落极为相似。由纪子左顾右盼，不可思议地眺望着四周，发现绝大多数住家的窗户都是关着的。穿过一排榕树组成的绿色隧道，她听到了富冈的声音。

“啊，各位辛苦了……”

接着，房门吱吱地打开了。担架被跌跌撞撞地抬进了屋里。由纪子瞪大眼睛审视着房间，只见天花板上满是污渍，木板墙上糊着报纸，她不敢相信这就是所谓的“官员宿舍”。

中午过后，富冈就要坐矿车进山，而且要在山上住一宿，直到第二天傍晚才能返回。为此，他请了一名在战争中死去丈夫，一个人带着孩子过活的女人来帮忙。他不在时，由纪子便由这位女佣来照顾。

房间里铺着一床不知从什么地方弄来的整洁的条纹棉被，上面铺着他们在鹿儿岛买的毯子。榻榻米连边都没有，光秃秃的。方形的暖炉上，一只崭新的铝壶正喷着热气。

吃过旅馆送来的午饭，富冈打好绑腿，备好上山的行头便要出门。他头戴雨帽，身穿一件脏雨衣，肩背一只皱巴巴的背包，一副标准的山林官打扮。这时，身穿滑雪服的登户赶过来接他。富冈向女佣交代了几句后，走出了家门。

这是一个难得的晴天。

“这样的好天气真难得……就连人的心情都好了不少。夫人，粥已经煮好了，您要吃点儿吗?”

女佣脸色苍白，眼眶发青，看起来像是肚子里有蛔虫。她姓都和井，名叫信。据说，她丈夫在九年前战死沙场了。

由纪子一点儿食欲也没有。她睁着眼睛，眺望着窗外碧蓝的天空。富冈那句玩笑话“天涯何处无芳草”，让她一直耿耿于怀。她想，自己可能活不长了，可那个厚颜无耻的男人却一定会活下去。附近的山里传来了山鸠的鸣叫声，顺着窗户，她看到一座像砚台般耸立着的紫色高山。

“小杉谷离这里很远吗?”由纪子问阿信。

正在挤橙汁的阿信抬起有些水肿的脸，答道：“嗯，怎么也要走两个半小时左右。从这儿到中间的太忠岳，大概要花一个小时左右。听说小杉谷正下着大雪，先生恐怕会冷的!”

小杉谷的海拔高度为七百米。伐木所附近的年平均气温在十六度以下，每年的十二月至第二年春天的三月左右都会积雪。或许是由于多山之故，屋久岛的气候阴雨无常，再加上该岛正处于台风行经的路线上，所以常常会受到暴雨的侵袭。然而，由于村里的财政十分拮据，治水问题始终未能很好地解决。该岛的财政收入，主要包括五月时的飞鱼、甘薯、甘蔗，以及来自林业的收入。屋久岛因盛产屋久杉而闻名，但却无法利用河川将杉木运送到河口，运送木材的工作全都靠矿车来完成。或许是因为常年生长在雨中的缘故，这里的杉树密度很大，无法浮在水面上。用矿车运出的杉木，在装船时若不小心掉入海中，就会沉入海底。

“这么暖和的地方，竟然会下那么大的雪?”

“是啊！每年的三月之前，小杉谷都可以滑雪。”

“你登过小杉谷吗?”

“没有，我只登过中间的太忠岳。”

天色忽然暗淡了下来。

像砚台般耸立的山顶笼罩了一层薄雾。望着山顶漂移着的雾气，由纪子有一股说不出的悲伤。光是这一点，就让她觉得这里不适合她这种人生活。对于已经享受过奢华生活的由纪子而言，天花板上的污渍以及糊着报纸的木板墙，实在难以忍受。只要返回东京，就可以重新感受一切文明的气息。然而，在池袋那间小屋子里的生活就一定比现在强吗?由纪子的眼前，又浮现出乔那张令人怀念的面孔。抱着大枕头来她家的乔，曾在她的枕边，随着收音机里播放的曲子，为她演唱那首名叫《勿忘我》的歌曲：

心上的人啊，虽然我已是明日黄花，但也曾美丽地绽放！你我共度的美好时光，永远在我心中珍藏。

记得富冈曾看着收音机，让她放一些舞曲来听，可她却故意将收音机调到了审判战犯的节目。

“请问阁下当时是怎么想的?”

收音机里，第二代日裔美国人正以独特的口音采访战犯。富冈恳求由纪子不要再听这种让人难过的节目，改放一下美国爵士乐。由纪子生气地说：“你我都应该接受审判。其实，我也不愿听这种节目，但是一想到现实中确实有很多人应该接受审判，我就想一定要好好听一下这场战争的真实情况。”

由纪子觉得自己与乔的相识，似乎已是十年前的往事。那个外国人大概已经返回了故乡。虽然当初他们在言语上无法充分地沟通，但却可以通过肉体的融合，来了解彼此的心意。记得那时，每当富冈拿这件事讥讽她时，她总是这样反驳：“你当初在越南时，不也是爱上了妮芙吗?”

由纪子觉得过去的一切都让她怀念。与乔交往的时候，他们无须相互揣摩对方的心意，也用不着去谈彼此的责任，双方无拘无束，轻松极了。

六十四

富冈搭上矿车，与司机并肩而坐。矿车在狭窄的铁轨上发出轰隆隆的巨响，缓缓地向上爬行。他觉得自己仿佛被悬挂在半空之中，山脚下碧绿清澈的安房河水一路闪着银波，蜿蜒地流向密林的深处。富冈胸前的口袋里揣着今天刚刚印好的名片，上面“农林技师”的头衔让他觉得有些羞愧。

“抽烟吗？”富冈掏出根烟递给司机。

司机吃惊地望着富冈，那眼神似乎在说：下面可就是悬崖峭壁！

富冈稀奇地望着一种与羊齿相似的名叫“笔筒树”的植物。记得在大叻的山地，随处可见茂密的羊齿草，它的外形很像日本的“鬼羊齿”。富冈点了根烟，塞到手握方向盘的司机手中。位于右下方河流边缘的安房村，逐渐消失在森林之中。矿车仿佛是在腾云驾雾，车头的后面拖着四节没有盖子的车厢，车厢里装着稻米袋、蔬菜、邮件以及干粮等，五六位营林署的伐木工哆哆嗦嗦地靠在稻米袋上，登户也在其中，正扯着嗓门儿说话。

屋久岛营林署管辖内的土地面积大约两万公顷，全部都是公有地。从面积上看，它甚至没有越南的一些私有土地大。然而，在这个小岛上，能够拥有这样一片土地已属不易。对于如今的日本而言，这两万公顷的狭小土地也称得上是难得的宝藏。战后的日本必须翻遍整个列岛，寻找可供生产的土地，才能养得起这个偌大的家庭。

“山里一定很冷吧？”

“听说，今年全国各地降雪量都很大。这儿的山里面，积雪也比往年多。对此，大家都觉得很稀奇！”

“早知道这些，我也应该准备些冬天的衣服！”

“山里面预备了一些衣服。”

“屋久岛的东西方向有多宽？”

“东西向为六里，南北向为三里二十七町①……此处距离鹿儿岛约九十七英里②。安房村虽然暖和，山上却非常寒冷。”司机用军人似的口吻回答道。

富冈向左望去，只见山峰上偶尔现出一片裸露的红土，异常刺眼。矿车已

---

① 日本计量单位中的 1 里为 36 町，1 町约为 109 米。

② 1 英里约为 1.609 公里。

经爬到了很高的位置，人呼出的哈气也变成了白色。

过了一会儿，山上飘过一团乌云，豆粒大的雨点儿随即砸落下来。富冈回过头来，只见坐在车厢里的人有的穿上了雨衣，有的撑起了雨伞。矿车驶抵大忠岳时，雨下得更猛了。司机停下矿车，在车厢上盖上了一层苫布。山里的气温低得让人受不了。

黄昏时分，矿车终于抵达了小杉谷。山中已是一片昏暗，飘落的雨水中夹杂着片片的雪花。高大挺拔的杉树枝繁叶茂，伐木所的宿舍就坐落在树荫之下。

富冈一下车便跑到营林署的办公室里烤火。登户向富冈介绍了办公室里的几位同事。今天发电所的机器不巧发生了故障，一盏大大的煤油灯吊在天花板上。

一位已是白发苍苍的姓“界”的事务官，笑着对富冈说：“过去，这里的工人几乎都是朝鲜人，如今却是清一色的日本人，都是从满洲和朝鲜回来的。现在，这里每天还能收到五份《赤旗》①。在这种偏僻的地方，也有人在搞民主主义，弄得人与人之间的关系越来越复杂。这世界变化可真大！现在的人，好像说话声越大越得势。这山上，已经不需要像我这样的老家伙了。富冈技师，与其埋头伐木，我建议你最好还是做一名雄辩家。”

说罢，老先生接过富冈递过的香烟，就着炉火点着了。

玻璃窗外一片漆黑，低矮的屋檐下垂着几根冰柱。

---

① 日本共产党的机关报，1928 年 2 月创刊。

六十五

出了西贡市之后，道路直通嘉定镇，镇上驻扎着很多日本军人。从嘉定镇到边和镇之间，是一片片蔗田、果园和几个生长着茂密椰子树和槟榔树的小村庄。此后，汽车又穿过了两道驾设在沱泥河上的长铁桥，到达了美丽的边和镇。由纪子曾和加野、富冈等在边和镇上住过一晚。那一夜，他们投宿在一家法国人经营的名为“角楼”的小旅馆里。由纪子还记得，旅馆的招牌上画着一条大大的鱼尾。

由于发电厂在空袭中受损无法供电，黄昏时分，三人在盛开着火焰花的庭院里用餐。从周围的树丛里不时传来野鸟奇异的鸣叫声，空气中飘满了扑鼻的花香，庭院里的草坪在夕阳的余晖下翠绿欲滴。木桌下，由纪子穿着白色皮鞋的脚和富冈的脚勾来勾去。

那是一个闷热得让人难以入眠的夜晚，远处牛蛙的啼叫声令人感到恐怖。由纪子呆呆地躺在床上，忽然富冈那重重的身躯压在她的胸前，让她喘不过气来。其实，由纪子刚才便已听到拧动门锁的声音，之后房门打开了，她瞥见富冈那高大的身影一闪身进入了房内，随即又消失在了黑暗之中。由纪子躺在白色的蚊帐内，佯作不知地用力挥着扇子。富冈炽热的嘴唇挨了过来，她闻到了刚才在院子里喝过的那种雪莉酒的香味。由于旅馆里还住着两组军方人员，由纪子和富冈压住声音，在一片漆黑中互相凝视对方。两道野兽般的目光，在黑暗中闪烁。一段远离战争的秘密恋情，在两人的目光中流淌。突然，窗外传来一声果实坠地的声音，把他们吓了一跳。在高原小镇边和的旅馆里度过的，那宛如井底一般寂静的夜晚，令由纪子一直魂牵梦萦。直到如今，每当回想起那件往事，她还能回忆起触摸富冈那浓密黑发时的手感，手掌上好像还残留着他头发的味道。

第二天，两人装出一副若无其事的样子，乘上了汽车。汽车从达伍吉亚经分岔点夷灵，奔驰在长约四十公里的弯弯曲曲的官道上。由纪子和加野坐在后排的座位上，而富冈则坐在前排越南司机的身旁。加野那天的情绪很低落，让人觉得莫名其妙。汽车越过排列整齐的橡胶林，穿过洒落着点点阳光的绿色隧道，行驶在高原之上。

一行人在林业试验所所在地托兰克波姆下了车。等富冈和加野各自处理完公务后，汽车又一次低吼着，奔驰在蜿蜒冷清的浅灰色国道上。据司机讲，这一带经常会有野象出没。放眼望去，密生着巨大巴朗树的黑黝黝的森林，让人觉得阴森恐怖……

在梦中，由纪子微笑着追寻那段往事。可是，那一段与青春相伴的岁月，却再也无法唤回……光阴一去不复返，如今的富冈与由纪子虽然一起来到了这南疆的屋久岛，但毕竟时过境迁，他们已不是几年前的他们。由纪子的耳中仿佛传来一阵树叶的沙沙声。可是，很快她就意识到，这声音其实不过是雨水敲打玻璃窗的声音，心情顿时因失望而陷入了无底的深渊。

宿舍整个被浸泡在了雨水之中。由纪子闭上眼睛，静静地倾听着从皮肤和肌肉的缝隙间传来的清晰的心跳声。不时地，心跳会突然停顿一下，之后才又开始咚咚地跳起来。由纪子将耳朵贴在枕头上，发现自己心跳的声音，竟然和人走路时发出的脚步声一样大。

大雨像是要用刀砍断周围的空气一般猛烈地下着。由纪子静静地伸开四肢，脑海中不知为什么浮现出一种不祥的念头——自己的棺材该是多大的尺寸？她焦急地盼望着昨天入山的富冈能够早点儿回来。

比嘉一直没有来。由纪子忽然想给静冈的老家写封信，她想把信寄给她的继母，但转念一想，又放弃了。女佣阿信好像并不愿意为由纪子的食物多费心思，每天端来的都是糨糊般难以下咽的稀饭和一粒梅干，偶尔再加上一只生鸡蛋。不知为什么，由纪子产生一种错觉，以为阿信已经和富冈好上了。她想，自己必须从这个女人的手中挣脱出去，否则很可能被她杀死。

由纪子不时地张开眼睛，仔细地端详着一动不动地坐在她枕边看书的阿信。从她的身上，由纪子看到一个在丈夫阵亡后孤独地度过九年岁月的女人所独有的强悍。她的前胸和下颏周围的肌肤，看起来油亮光洁，很有几分女人的味道。

由纪子想问女佣看的是什么书，但却因懒得张口而放弃了。她从毯子里伸出浸着汗水的手臂，静静地凝视着。内心中，她已预感到自己的生命正慢慢地走向尽头。阿信放下手中的书籍，起身向玄关走去。那是一本富冈从安房旅馆借来的家庭医学书。或许是由于烟雨蒙蒙的关系，今天从房间里看不到像砚台般耸立的八重岳。由纪子注意到走向玄关的阿信那双洁白的脚底。这里的女人平时都打赤脚，不知道是不是因为在沙地行走的缘故，女人们的脚底都很干净，不需清洗，便可直接踏入屋内。

由纪子想，如果自己就这样死掉的话，富冈或许会和阿信结婚，在这里定居下来……她觉得这种猜想完全有可能变成现实。她在头脑里不停地想象着他们结合的过程。突然，她感到胸口一热，一股温热的液体以难以阻挡之势喷涌而出。她痛苦地扭动身躯，只觉得胸口痛得喘不过气来。她想用双手掩住口鼻，但却怎么也阻挡不住。她喘不过气来，也发不出声音。棉被、毯子以及枕头上，满是喷出的鲜血。

由纪子想，自己很可能就要死掉了。她觉得一个浑身冰凉的自己，正坐在另一个自己的身旁，拼命地抓住死神。死神对着冰凉的她宣布：所有的一切都正在远离这个女人的肉体，然后便跳起了胜利的舞蹈。由纪子的头脑中闪过各种念头，蒙眬中她好像听到加野在呼唤她，于是轻轻地动了动头。对于迄今为止的生活，由纪子已没有任何的牵挂，即使富冈此刻坐在她的身边，她也会毅然搭上这辆专门前来迎接她奔赴黄泉的灵车。不过，由纪子还有一个未遂的心愿——她想知道自己死亡的起点，想知道通向她生命终点的一连串肉体的毁灭过程，究竟是在什么地方发出的第一声坍塌声。她痛苦地喘息着。她想要喝水。她想起了自己身体还健康时的那次长途旅行。越南的一幕幕旧事，像彩虹般接连不断地浮现在她眼前。即将走向另一个未知世界的不安、崩溃和混乱贯穿了她的十根手指，使其呈现出敲击钢琴键盘时的表情。她觉得黏糊糊的血液正从自己空洞的肺部向外喷涌，她感到一阵恶心。

她觉得有人在她的枕边晃动，那身影让她感到心烦意乱，于是，她仰起沾满血迹的脸，想要躲开。然而那身影就像是毁灭人类的闪电一般，夹带着幽暗的光，在她的额头晃来晃去。

雨声中，诺亚、基督的审判发出震天的巨响，袭向由纪子。孤立无援的由纪子站在声音的另一侧，深深地感受到一个不受任何人疼爱的女人心灵的空虚。她仿佛看到了女人的身影。已经失去了生的权利的由纪子，此刻再也无法追寻任何事情。她不明白，过去的那个总想找回往日记忆的自己，究竟是为了什么……越南的种种往事，现在只要想起来就让她心烦。由纪子一面将热乎乎的血液强行咽回喉咙，一面在内心中呻吟：“我要活下去!”那声音就像是被活埋者的求救声。由纪子还不想死，她的头脑像冰块般清醒，可身体却怎么也不听使唤。

六十六

山上下起了少见的倾盆大雨。富冈将下山的日期向后拖了一天，坐在办公室的暖炉旁，和五六位山里人喝起了芋头烧酒。他没有勇气回到山下的宿舍。他并非不担心由纪子的病情，但这种担心随着酒精的作用渐渐地淡薄下来。富冈觉得八重岳的山貌很像是吴哥窟①的百茵庙，于是讲起了它的故事。

“山石上矗立着巨大的石塔，塔上刻着人面雕像，每个房间的石柱都是倾斜的，石梁也好像马上就要坠落一般。废墟前庭的大树支撑着岌岌可危的围墙。树的形状就和这里的杉树化石完全一样。废墟原本是王宫，供奉着男女生殖器交合在一起的湿婆神②像，好像又叫‘男根神’……尽管文明在不断地发展，但湿婆神的教义很可能是人类最伟大的文明。就连原子弹，似乎也是从湿婆神的神秘教义中产生出来的……”

山里人很喜欢摆龙门阵。他们一个个竖起耳朵听富冈讲他在越南视察山林时的奇闻轶事，同时从暖炉上的热水壶里取出烫热的烧酒喝个不停。富冈如今已经适应了芋头烧酒的味道。与东京的烧酒不同，这种酒不仅喝起来不会上头，而且习惯了之后，口感也相当不错。

话题在不知不觉中转到了女人身上。煮饭的阿婆和姑娘们一面咯咯地笑着，一面殷勤地为富冈撕着鱿鱼干，还不时地帮他往青花鱼干上浇一点儿酱油。富冈喝得酩酊大醉，醉到连贴在耳边的手表的嘀嗒声都听不到的程度。他想要喝醉，因为没有酒精的刺激，他就无法忍受心灵的痛苦，或者应该说，更难忍受的是肉体的痛苦。他的身旁坐着一位皮肤黝黑的矮个子姑娘，她那丰腴的手腕，在富冈的眼前晃来晃去。富冈已经有一阵子没有碰过女人了。小姑娘那丰腴的脖颈、凹凸有致的腰肢，甚至连紫色的脚趾甲，都令富冈感到一团欲火在腹中燃烧。小姑娘穿着一条带碎白花纹的蓝裤子和一件绿色的夹克衫。山上积着陈年的白雪，窗外雨雪交加，打在脸上让人感到隐隐作痛。在如此寒冷的深山里，姑娘们外出时竟然连袜子都不穿。

如果周围没人的话，富冈真想把小姑娘压在身下。小姑娘的脸形和阿清有几分相似，她那富有弹性的身体令富冈心神荡漾。富冈已经很久没有这种感觉

① 柬埔寨的古都，每座城门上都刻有巨型的石像。

② 印度教中的毁灭之神，兼具生殖与毁灭、创造与破坏双重性格。

了。然而他提醒自己，他是为了忘记过去的一切才来到这儿的。富冈爬上蚕箱般狭小的三楼，脱下皮外套，躺倒在铺着毯子的床上，耳畔一直萦绕着小姑娘的笑声。

心烦意乱的富冈勉强睡着了。可是刚睡了一会儿，在五点钟左右，他就被人叫醒了。周围亮起了煤油灯，楼下有人在喊他的名字。富冈从两根栏杆之间探出头去，看到有人正冲着他喊："山下来电话说尊夫人病危！"富冈急忙披上外套，跑下楼梯，坐在火炉旁，边穿登山靴边问周围的人："这种时候矿车还能出动吗？"

"可以！反正是下山，只要放下去就成，我找个人陪你下去！"负责后勤工作的老人满口答应。

四周已经黑了下来。山里的每间小屋都亮起了忽明忽暗的煤油灯。雨水不知什么时候变成了雪花。富冈戴上遮雨帽，用从小姑娘那儿借来的围巾包住脸和脖子，坐上了矿车。矿车里挤了三个人，除富冈外，还有一名准备搭乘明天的交通船返回鹿儿岛的学生，以及一位负责驾驶的年轻的伐木工。富冈和学生轮流提着马灯，伐木工靠着这一点儿光亮操纵着控制杆。

矿车发出雷鸣般的巨响，在陡峭的山道上向下滑行，有时甚至飞离开轨道。年轻的伐木工一面拼命地控制车速，一面吓唬他们："啊，车子快要翻掉了！"马灯在伸手不见五指的黑漆漆的山谷里，沿着矿车的轨道向下飘动。

富冈返回宿舍时已是夜里十点钟左右。山下正下着滂沱大雨。由纪子已经闭上了眼睛。屋子里围聚了七八位富冈和由纪子从未见过面的陌生人，是他们陪着由纪子走完了最后一段生命。富冈向众人道过谢，之后便坐在死者的枕边，借着煤油灯的光亮，久久地凝视着死者水肿的面容。不知是谁帮富冈脱下了身上的湿外套。

由纪子的双手还没有放在胸前。富冈轻轻地握住由纪子已有些僵硬的双手，交叉着摆放在胸前，那情景和妻子邦子去世时完全一样。女佣大概只为由纪子擦洗了脸部，死者冰冷的双手还沾着一块块已经凝固了的血迹。看着由纪子手臂上的血迹，富冈的热泪夺眶而出。阿清死了，邦子死了，现在由纪子也死了！富冈拼命地摇晃由纪子的身体，可是那已经僵硬的身体却没有任何反应。前来帮忙的人一个个离开了，窗边的过道上传来撑开雨伞的声音。

"夫人什么时候死的？"富冈问阿信。

可是阿信却回答不出来。她一直在阅读那本医学杂志，根本不知道病人正用恐怖的眼神盯着她，仿佛要洞悉她阅读的内容一般。阿信怀了孩子，却不想生下来，无意中看到病人的枕边放着本医学杂志，于是便随手翻阅起来。杂志里写着很多合法的堕胎方式，阿信边看边盘算到鹿儿岛找医生堕胎所需的费用。不知不觉中，她低头看了一眼病人，却看到一张微睁着眼睛的肿胀的脸，那样子十分恐怖。独自一人待在和自己非亲非故的死人旁边，阿信觉得如坐针毡，于是便打着赤脚，顶着雨跑回了家。

阿信努力地为自己辩解着。富冈明知她是强词夺理，但想到事已至此，再说什么也已经于事无补，所以也就不再追究。他觉得由纪子仿佛是专门为了寻死而来到屋久岛的。富冈请尚未离去的村民们各自回家，原想叫阿信留下来陪伴一段，但看到她一脸不情愿的样子，索性也一道打发了。

可以看出，由纪子在临死前曾遭受过巨大的痛苦。看着四周的血迹，富冈觉得全身好像是虚脱了一般。他从隔壁房间的暖炉上取来开水倒在脸盆里，然后拿出一条白毛巾，浸湿后替由纪子擦净面孔。接着，他又从放在枕边的手提包里取出口红，向由纪子的嘴唇上涂，可却怎么也涂不上去。当他用毛巾擦拭眼眉的周围时，不经意间翻动了死者的眼皮，他感觉由纪子的嘴唇好像动了一下，那样子似乎在说“让我静静地走吧……”。

雨水痛苦地敲打着木板房的屋顶，富冈有一种被从天花板传来的嘈杂雨声逼得无处可逃的感觉，他忍不住想高声责问：“雨啊，你到底要我怎么办?”由纪子的眼睛还像生前一样明亮，这让富冈有些放心不下，于是又盯着她的眼睛看了起来。在煤油灯的光亮中，那双眼睛充满哀伤。从那哀伤的眼神里，富冈仿佛读出了死者无尽的抗议。他从手提包里取出梳子，梳理好死者浓密的头发，将其扎了起来。死者此刻对生者已经不再有任何的企求，任由生者随意摆布。

手表的指针指向了十二点。大雨还在哗啦啦地下个不停。半夜，富冈开始拉肚子。他痛苦地蹲在厕所里，双手捂住脸，像孩子般呜咽起来。人类到底算是什么？又想要成为什么？在走完一道道程序之后，人便要悄无声息地从这个世界消失。所有的人都具有两面性，既是神的子民，又是魔鬼的同伴！

雨水从只装着钢丝网却未镶玻璃的厕所窗口飘进来。脚边的烛光摇曳不止，下腹的疼痛令富冈有一种置身地狱之感。疼痛伴随着臭气，让他觉得全身的肌肤像被撕裂开一般。被困在狭小空间里无法移动半步的处境，在富冈看来是神对他的报复。那种绝望的感觉，让他觉得自己已经到达了客西马尼①。由纪子之死，像是一次突如其来的意外，就跟在东京的大街上被汽车撞死没什么两样。这种死法令富冈感到无限的悲伤。如果是长期患病的死者，至少还能给

① 耶稣的蒙难地。

生者带来一些痛苦，从而减少对她的留恋……富冈用手按住下腹部，连走带爬地回到屋里，用毯子裹住了腰。他不知道哪边是北方①，所以暂且将死者挪到了靠墙边的位置。崭新的棉被上放着一把种子岛产的剪刀。

在这个孤岛上，他没有一个认识的人。可是当他不在时，却有几位刚刚相识的村民，陪伴着由纪子走完了人生最后的旅程。富冈觉得有些不可思议——人不知会在什么地方遭遇什么样的灾难，每当这时总有一些好心人出面帮忙，然而这些好心人又有可能遭遇同样的灾难。富冈觉得这个世界实在是荒唐！他从厨房里找出今晚叫阿信买来的烧酒，烫热了之后，喝了起来。将死去的女人停放在隔壁房间，一个人独斟独饮着烧酒，带给富冈一种宗教般的清寂，让他的心情稍微好转了一些。

富冈知道，有朝一日自己也会像由纪子一样死去，可是此刻，他却不想和由纪子同行。随着醉意的加深，他的心情也越来越放荡不羁。他觉得正是这种人性中放荡不羁的一面拯救了自己。醉酒的感觉渐渐遍布了他全身的每一个细胞，他开始为自己活着而兴奋，有一种赚了的感觉。他不时地觉得，房间里似乎飘荡着死者的灵光。他目不转睛地瞧着榻榻米上的死者，可她却一动不动。在死去的三个女人当中，富冈觉得由纪子对自己最为深情。然而，此刻的由纪子却已经僵硬、变冷，不再有任何反应。两人之间的一件件往事，浮现在富冈醉醺醺的脑海里，他的眼圈一阵发热。富冈大口大口地喝着烧酒，由于没有吃东西，他觉得今天的酒醉得格外厉害，可他还是一面喃喃自语，一面继续喝着。

风吹进了屋里，吹熄了由纪子枕边的烛火。富冈重新点上一根蜡烛，踉踉跄跄地爬到死者的枕边，立了下来。死者那毫无表情的面孔，看上去孤独而寂寞。富冈伸手抚摸由纪子的额头，然而冰冷的尸身却让他立刻缩回了手。房间里既无新手帕又无纱布，富冈只好摊开一叠日本纸，覆盖在由纪子的脸上。

---

① 在日本，停灵时一般要让死者的头部朝北。

六十七

一个月后，富冈请了一个星期的假，去了趟鹿儿岛。鹿儿岛此时正值少雨季节，干爽的初春气候，与屋久岛简直就是截然不同的两个世界。富冈投宿在过去住过的那家旅馆。虽然只过了短短数日，旅馆里却已换了一批新面孔。女服务员把富冈带到了过去他曾和由纪子一道住过的房间。这种巧合，让富冈感到有些不可思议。

富冈的手表因淋雨而发生了故障。他把表送到原先买表的商店去修理，可负责修表的人却因为受伤而没有上班，没办法只好又把它送到了别的修理铺。回来的路上，富冈顺路去看望比嘉医生。比嘉刚好在家，而且还记得富冈。在一间满是药味儿的房间里坐下后，富冈将由纪子的死讯告诉了比嘉。比嘉告诉他，当初正是因为对由纪子的病情不太放心，所以才建议她作透视的。

中间少了由纪子这个病人，富冈觉得自己不知该和比嘉说些什么好。一个月来，他每天沉迷于酒精之中，整个人都变了形。他一根接一根地抽着烟，房间里很快就充满了烟气。过了一会儿，咖啡煮好了。富冈突然觉得好像重新触摸到了久违的文明。他端起香醇的咖啡喝了起来。比嘉一面往自己组装的留声机里装唱片，一面说："听一听尊夫人生前喜欢的那首德弗札克的《新世界》吧！"唱片响起后，比嘉告诉富冈，由纪子的身体其实老早就出了问题，只不过她自己没有注意到。随后，他又笑着对富冈说："要不要我也为你做一次身体检查？看来，你好像经常喝酒，是不是？"

听过音乐，富冈的心情平静了许多。由于比嘉傍晚还要去参加一个聚会，富冈道过再见后便起身告辞了。走出医院的富冈，有一种不知何去何从的感觉。他想，每个人都有自己的生活方式，也都不愿意让别人对自己的生活指手画脚。今天的接触，让富冈对比嘉的想念之情淡化了一些。比嘉毕竟是一个与他不同的、生活正常而又有规律的医生。正所谓 On ne se soigne jamais trop……意为"人应该最大限度地保护自己"。富冈想去旧书店买本小说带回去，他想读左拉的作品。记得在大叻时，他曾向林业局的混血儿打字员借过左拉的《酒店》。

黄昏时分，富冈来到了热闹的天文馆大街，在一家电影院附近闲逛了起来。无意中，他发现这条狭窄的街道上，竟然走着这么多的混血儿。这种"文明"的现象让富冈感到心情郁闷。他走进小巷，来到一间有女人陪酒的小料理店。店里的女服务员个个打扮得花枝招展。富冈看中了一名穿红色晚礼服的女孩儿，叫她过来一起喝啤酒。鹿儿岛干爽清新、没有雨水味道的空气，让富冈拾回了久违的神清气爽的感觉。他第一次觉得啤酒竟然是这样的爽口！女孩儿的那双藏在厚厚眼皮下的细得像条线似的眼睛，不时地散发出妖艳的光芒！她的指甲涂成了乳白色，身上的红礼服在霓虹灯下显得脏污不堪。

这时，一位脖子上围着红围巾的吉他手，走进了狭窄的小店。女孩儿用浓浓的地方口音接连吐出一大堆词句，将吉他手轰了出去。那口音与由纪子有几分相似。富冈又想起了被埋在湿漉漉的泥土中的由纪子的面容。曾经那样强悍的一条生命，就这样从人间消失了。然而，在这里还有众多的少女如雨后春笋般冒了出来，还有那些任性而不知悔改的亚当……神撒下了无数的种子，却不管它们能否成活，任凭它们自生自灭。富冈转眼间喝光了半打啤酒，然后被女孩儿连拉带拽地上了二楼。

到了半夜，富冈被女孩儿送回了旅馆。女孩儿看来还算本分，除了该交给柜台的钱款之外，富冈的钱包里还剩下不少钱。这些钱都是由纪子当初留下来的。富冈连衣服都没脱，便钻进干爽的被窝儿里，用变得像石头一样的脑袋去思考自己的将来。他没有勇气返回屋久岛，却也不忍心扔下被埋在那里的由纪子独自离去。况且，即使现在返回东京，又能怎么样……

富冈觉得自己就像是一片浮云，一片不知将在何时何地消失的浮云。

（全文完）